HISPANIC TEXTS

general editor
Professor Catherine Davies
Department of Spanish, Portuguese and Lati
Nottingham University

series previously edited by
Professor Peter Beardsell, University of Hull
Emeritus Professor Herbert Ramsden

series advisers
Spanish literature: Professor Jeremy Lawrance
Department of Spanish and Portuguese Studies, University of Manchester
US adviser: Professor Geoffrey Ribbans, Brown University, USA

Hispanic Texts provide important and attractive material in editions with an intro-duction, notes and vocabulary, and are suitable both for advanced study in schools, colleges and higher education and for use by the general reader. Continuing the tradi-tion established by the previous *Spanish Texts*, the series combines a high standard of scholarship with practical linguistic assistance for English speakers. It aims to respond to recent changes in the kind of text selected for study, or chosen as background reading to support the acquisition of foreign languages, and places an emphasis on modern texts which not only deserve attention in their own right but contribute to a fuller under-standing of the societies in which they were written. While many of these works are regarded as modern classics, others are included for their suitability as useful and enjoy-able reading material, and may contain colloquial and journalistic as well as literary Spanish. The series will also give fuller representation to the increasing literary, political and economic importance of Latin America.

Crónica del alba

Manchester University Press

HISPANIC TEXTS

Ramón J. Sender

Crónica del alba

edited with an introduction, critical analysis, notes and vocabulary by
Anthony Trippett

WITHDRAWN
UTSA LIBRARIES

Manchester University Press
Manchester and New York
distributed exclusively in the USA by Palgrave Macmillan

The right of Anthony Trippett to be identified as the author of this work has been asserted by him in accordance with the Copyright, Designs and Patents Act 1988.

Published by Manchester University Press
Oxford Road, Manchester M13 9NR, UK
and Room 400, 175 Fifth Avenue, New York, NY 10010, USA
http://www.manchesteruniversitypress.co.uk

Distributed exclusively in the USA by
Palgrave Macmillan, 175 Fifth Avenue, New York, NY 10010, USA

Distributed exclusively in Canada by
UBC Press, University of British Columbia, 2029 West Mall,
Vancouver, BC, Canada V6T 1Z2

British Library Cataloguing-in-Publication Data
A catalogue record for this book is available from the British Library

Library of Congress Cataloging-in-Publication Data applied for

ISBN 978 0 7190 5674 1 *paperback*

First published 2013

The publisher has no responsibility for the persistence or accuracy of URLs for any external or third-party internet websites referred to in this book, and does not guarantee that any content on such websites is, or will remain, accurate or appropriate.

Typeset in Adobe Garamond Pro
by Koinonia, Manchester
Printed in Great Britain
by Bell & Bain Ltd, Glasgow

Contents

List of plates

Preface

Crónica del alba is an immensely entertaining and accessible novel with a charm reminiscent of Mark Twain's *Tom Sawyer*. But those drawn to it are likely to find themselves engaged in an intriguing exploration of weightier topics: why people write, what it means to write about oneself and where to draw the line between fact and fiction. All takes place in the context of the traumas of defeat and exile following the Spanish Civil War, and how different people try to survive them. The novel is the first of a series of nine, and it is hoped that this edition will introduce readers to the others and to the work of Ramón Sender, one of the most important Spanish writers of the twentieth century.

The basic research for this introduction was financed by a grant from the Instituto de Estudios Altoaragoneses. I am very grateful too to the team at the Instituto, Esther Puyol Ibort, Ana Oliva Mora, Pilar Alcalde Arántegui and José Domingo Dueñas Lorente, who have always been generous with their time and expertise. My particular debt of gratitude is to Jesús Vived Mairal without whose friendship, generous support and encyclopaedic knowledge of everything to do with Sender my work would have been very difficult. It was through him that I was able meet and pick the brains of *taustano* Miguel Salas. I would also like to record my thanks to Professors Nicholas Round and Peter Beardsell who helped at early stages of the project; to Professor Francis Lough and the editors of Manchester University Press who gave assistance more recently; to Carmen Ramos Villar, Jesús Moya and Paul Jordan who solved particular difficulties; to Vicente Lachén, Dominique Leyva and Jonathan Trippett who went to a lot of trouble over the photographs; and to my wife Rosemary who has given me invaluable support throughout.

Introduction

In 1942, Ramón J. Sender (as he is usually known) published a novel under the title *Crónica del alba*.[1] This is a critical edition of that novel. Sender was to add sequels until 1965–66, when three volumes of a series of nine novels appeared, all under the general title *Crónica del alba*.[2] (I will refer to the set of nine novels as the *Crónica del alba* series and the single novel as *Crónica*.) The narrative structure of the series is established in the first novel and there is therefore a sense in which we are dealing with a single work, albeit not an altogether homogeneous one. My hope is that this critical edition of the first novel will lead readers to the rest of the series.[3]

The importance of the series *Crónica del alba* is huge in terms of Sender's own canon: he described the work as the most ambitious he had ever undertaken and it is one that, alongside the later *Réquiem por un campesino español*, edited in this series by Patricia McDermott,[4] has enjoyed the greatest popularity.[5] Like that novel, the early parts of the *Crónica del alba* series have been made into films.[6] Learning something about the author and the Spanish Civil War – which is the setting of the whole series – helps give access to the novel that concerns us.

---

1 México, Nuevo Mundo.
2 San Cugat del Vallés (Barcelona), Delos-Aymá. After completing the first three novels, and with more in prospect, Sender briefly considered the idea of calling the series *La jornada*: see preface to *Los cinco libros de Ariadna* (New York, Ibérica, 1957), p. xiv.
3 See below, where I summarise the plot of the remaining eight.
4 *Réquiem por un campesino español*, ed. Patricia McDermott, Manchester and New York, Manchester University Press, 1991.
5 It figures in P. Boxall (ed.), adaptación española J. C. Mainer, *1001 libros que hay que leer antes de morir* (México D.F., Grijalbo, 2006).
6 *Valentina* (primera parte de *Crónica del alba*). Director: Antonio José Betancour (Producción: Ofelia Films, S. A., Carlos Escobedo, 1982) and *1919* (segunda parte de *Crónica del alba*). Director: Antonio José Betancor (Producción: Ofelia Films, S. A., Carlos Escobedo, 1983).

The Spanish Civil War[7]

With the exception of a brief interlude in the nineteenth century Spain had always been a monarchy. So the departure of King Alfonso XIII and the advent of the Second Spanish Republic in 1931 represented a huge break with the past. Traditional hierarchies and values were challenged in quite a new way, and at the same time Spain had its first experience of parliamentary democracy. But the gap between those who wanted change (the majority of the urban and rural working class, the trade unions and the liberal professions) and those who did not (landowners, property-owning upper middle classes, the Church and a large part of the Army) was in many cases immense. The backwardness of Spain in terms of levels of literacy, living standards, unequal distribution of political empower-ment and of wealth argued for fast and radical change, but traditionalists and vested interests put up a determined resistance. Moreover, change through parliamentary democracy was severely challenged by groups both on the right and on the left who were scornful of the rule of law and due process. The rise of Fascist Italy and Nazi Germany and a proselytising USSR complicated matters further. Nevertheless, successive republican governments battled with such issues as: agrarian reform – to alleviate desperate rural poverty; the place of the Catholic Church in modern society and particularly within the educational system; the organisation and role of the military; and the wish of the Basque Country and Catalo-nia to exercise a degree of self-government.

War began in July 1936 following an uprising of army generals includ-ing Francisco Franco against the elected government. The Catholic Church blessed the generals' uprising, calling it a crusade. They came to be known as the Nationalists and saw themselves as fighting against atheism and communism, and in support of law, order and traditional values. The government and its supporters, known as the Republicans (including Sender who saw active service), were defending democracy, freedom and rights for all, against fascism and the forces of reaction. Three years of conflict came to an end in April 1939 with the victory of General Franco and the Nationalists. The UK and France had followed a policy

---

7 An excellent, accessible and up-to-date introduction is Helen Graham's *The Spanish Civil War: a Very Short Introduction* (Oxford, Oxford University Press, 2005). An invaluable source of material on the Civil War can be found in Paul Preston's 'Bibli-ographical Essay', in his *The Spanish Civil War: Reaction, Revolution and Revenge* (London, Harper Perennial, 2006).

of Non-Intervention, which had tended to favour the Nationalists, while Italy and Germany had actively supported them. The Republicans had the help of the USSR and volunteers from throughout the world.[8] Many of these volunteers became members of the International Brigades.

Hundreds of thousands had died, and tens of thousands more would do so in Franco's gaols. Military courts conducted summary trials of Republican prisoners and executions continued until the 1960s. The legislative justification was the horrendously repressive, retroactive Law of Political Responsibilities of February 1939. It is estimated that around 400,000 went into exile – some, like Sender, to Latin America; others to the UK or Eastern Europe or to detention camps in France; many would be swept into the Second World War, and some would die in German concentration camps. In Spain life after the Civil War was very difficult for the general population: with the economy in ruins, this time came to be known as 'los años del hambre'; on the political front Spain was seen as a pariah state by Western democracies. General Franco was to stay in power as Head of State for thirty-nine years until his death in October 1975.

Ramón Sender

Ramón José Sender Garcés, who was born in Chalamera de Cinca, Aragón, on 3 February 1901, was one of the most famous and prolific Spanish writers of his generation.[9] Many critics, following an indication given by Sender himself,[10] divide his life and work into two parts: up to the Spanish Civil War and the years after it, his period of exile. In his Spanish phase he was a left-wing revolutionary much celebrated both as a novelist and a journalist; but after 1939, in exile, his commitment to radical change gave way to a concern to understand and stimulate understanding in others.

8 Figures released in 2011 by the British Security Services MI5 indicate that up to four thousand volunteers may have left the UK for Spain, though this upwardly revised figure has been challenged. Famous among them were George Orwell and John Cornford.

9 For full information regarding Sender's life see Jesús Vived Mairal's magnificent *Ramón J. Sender Biografía* (Madrid, Páginas de Espuma, 2002).

10 'Dejé de escribir una literatura de combate para escribir una literatura ... de iluminación.' In Marcelino Peñuelas (ed.), *Conversaciones con Ramón Sender* (Madrid, EMESA, 1970), p. 91. Francis Lough argues for less of a break between the pre and post-Civil War works, see *La revolución imposible: política y filosofía en las primeras novelas de Ramón J. Sender (1930–36)* (Huesca, Instituto de Estudios Altoaragoneses, 2001); in contrast, on the same subject Patricia McDermott speaks of 'The Great Divide', in Sender, *Réquiem ...*, pp. 11–16.

(The *Crónica del alba* series dates from the post-Civil War period.) He published articles and novels throughout the Western Hemisphere and was very widely translated but censorship in Spain ensured that nothing he wrote was available there for more than twenty-five years. (See below for further details.) In the twilight of Francoism and afterwards, his works and films of his works became increasingly available and popular in Spain. He returned briefly in 1974 and also in 1976 but did not settle and, though he regained his Spanish citizenship, died in America (at San Diego, California, on 16 January 1982).

From the first, Sender showed himself to be extraordinarily independent and individual; even as an adolescent he lived for extensive periods away from his parents, supporting himself in part as a chemist's assistant.[11] His serious engagement with public affairs followed his military service which radicalised him; Sender had gone to Morocco shortly after the Spanish military disaster of Annual of 1921.[12] He became actively involved first with anarchist groups and later with communism, and was imprisoned briefly in 1927. His experiences, which included a visit to Casas Viejas, within a week of the brutal suppression of an anarchist strike there, and to the USSR, invited by the Unión Internacional de Escritores Revolucionarios, became the material for a very extensive body of journalism. Among other publications, he wrote for *La Tierra* (Huesca), *El Sol* and *La Libertad* (Madrid).[13] The same experiences were often the source of inspiration for his novels and for longer non-fiction works. Thus his military service was depicted in *Imán*, his imprisonment in *O.P.*, the Madrid telephone workers' strike of 1931 in *Siete domingos*

---

11 One of the reasons for Sender living away from home from an early age may well have been the well-documented, difficult relationship he had with his father, José Sender Chavanel; see Charles L. King, *Ramón J. Sender* (New York, Twayne, 1974), p. 10.

12 This was a significant and disgraceful defeat of the Spanish conscript army that was attempting to suppress a tribal rebellion in the northern part of the Protectorate of Spanish Morocco. It was an episode in what is variously known as the Guerra del Rif, Guerra de Marruecos and Guerra de Africa (1911–27). The widely suspected involvement of King Alfonso XIII in the campaign is felt to have undermined his public standing which, in turn, may have been a factor leading to his subsequent flight from Spain in 1931.

13 It has been thoughtfully suggested that the demands of journalism, and particularly the reading necessary for the literary reviews he wrote for *El Sol*, provided Sender with the higher education he never formally enjoyed. See Angel Alcalá *Testigo, víctima, profeta: los trasmundos literarios de Ramón J. Sender* (Madrid, Editorial Pliegos, 2004), pp. 71–2.

rojos, Casas Viejas in *Viaje a la aldea del crimen,* his Moscow visit in *Madrid/Moscú – Notas de viaje,* the early period of the Civil War in *Contraataque.*[14] Even in respect of *Míster Witt en el Cantón,* the novel that describes the nineteenth-century Cantonalist uprising in Cartagena and earned the author the prestigious Premio Nacional de la Literatura, there is little doubt that Sender is drawing on personal experiences of the 1930s, and he is rather more interested in warning his fellow activists of 1935 of the potential failure of revolutionary movements than of reconstructing events of 1873.

In the early months of the Spanish Civil War Sender's wife, Amparo Barayón, and his brother Manuel Sender, who was mayor of Huesca, were both summarily executed by the Nationalists.[15] His own political and military involvement in the war meant that as it drew to a close Sender had no option but to go into exile. After initial difficulties of a number of kinds in Mexico and estrangement from his children,[16] he moved to the United States and was in time to enjoy a relatively comfortable life with university posts in Albuquerque and Los Angeles. These allowed him to devote a lot of time to journalism and creative writing, two areas in which he was exceedingly prolific. Indeed, the range and volume of his output makes generalisations difficult, particularly in respect of his journalism on which there has been little critical commentary.[17] As for the fiction, while some works defy easy classification, what can be noted is that a substantial number involve the processing of Civil War and pre-exile experiences – *El verdugo afable, Los cinco libros de Ariadna, El rey y la reina, La luna de los perros, Crónica del alba, Réquiem por un campesino español, La esfera* –

14 The best source for bibliographical information on Sender is Elizabeth Espadas, *A lo largo de una escritura: Ramón J. Sender Guía bibliográfica* (Huesca, Instituto de Estudios Altoaragoneses, 2002).

15 Manuel in Huesca on 13 August 1936, Amparo in Zamora on 11 October 1936. The details of Amparo's death were particularly horrendous: her children, both under two years of age, were taken away from her and it seems that she was denied absolution by the attending priest. See: Pilar Fidalgo, *A Young Mother in Franco's Prisons* (London, United Editorial Ltd, 1939).

16 The estrangement was life-long: the children were initially brought up in New York and Sender was living in Mexico; they never properly learnt Spanish and Sender never properly learnt English. The limited subsequent relationship was never easy: see below.

17 Almost all the serious work has been on the pre-war journalism. See in particular José Domingo Dueñas Lorente *Ramón J. Sender, Periodismo y compromiso (1924–39)* (Huesca-Zaragoza, Instituto de Estudios Altoaragoneses, 1994), and Jesús Vived Mairal (ed.), *Ramón J. Sender, Primeros escritos (1916–24)* (Huesca, Instituto de Estudios Altoaragoneses, 1993).

at times obliquely, and sometimes using historical settings; others have new American settings – *Epitalamio del prieto Trinidad, Mexicayotl, Relatos fronterizos, Novelas ejemplares de Cíbola, La aventura equinocial de Lope de Aguirre*; and others again, notably the last he published – *Un virgen llama a tu puerta, Zu el ángel anfibio, La mirada inmovil, Adela y yo* and *El alarido de Yaurí* – embrace ecological themes, revitalising Sender's life-long concern for mankind's relation to the natural world and natural values. With very few exceptions the post-Civil War works are of high seriousness and focus on philosophical, psychological and moral concerns, though I would suggest that there is a lessening of quality from the late 1960s onwards.

Sender in Franco's Spain

The Franco regime, with the support of the Catholic Church, exercised tight, political, social and ideological control over the country for a long time after the Civil War. This was to diminish with time, and notably from the late 1960s, but the death of the dictator in 1975 did not end the practice of turning a blind eye on the past, at best, and often encouraging or forcing others to do so too. The effect on very many aspects of Spanish life and culture was profound – and with it the reception of Sender in Spain.

Perhaps fear by the left (that there might be a return of the former violence and repressions) and by the regime's supporters (that they would lose their privileges and might be held to account) underlay what came to be known as the 'pacto de silencio' in which all major political parties colluded. It was expressed in the Amnesty Law of 1977, declared illegal by the United Nations Human Rights Committee, which forbade legal scrutiny of the past and the bringing of charges associated with the Nationalist regime. There could be no Truth and Reconciliation Commission, and in practice at both official and personal levels even the simple uncovering of the truth was made difficult. Nevertheless attempts were made, and the Asociación para la Recuperación de la Memoria Histórica was founded by Emilio Silva and Santiago Macías in December 2000, to help the descendants of Republicans who wanted to find out about the fate of their friends and family, particularly where it was a case of extrajudicial killings and the graves were unmarked. In a parallel move, and on their own account Sender's children, Ramón and Andrea, who had spent 90 per cent of their lives living outside Spain, returned separately in 1997 and 2003 to discover the truth about their mother's death of which their father had always refused to speak and of which official records had been falsified.[18]

In legal matters, the legacy of Francoism has proved particularly strong. A Ley de Memoria Histórica, designed to recognise and increase the rights of victims of the Civil War and the Dictatorship, was finally passed in October 2007, but when the celebrated Spanish lawyer Baltasar Garzón, a presiding magistrate on Spain's Central Criminal Court the Audiencia Nacional, sought to investigate 'crimes against humanity' committed by the Franco regime, the 1977 Amnesty Law was invoked and he was suspended in May 2010 pending a trial that began in January 2012.[19] Historiography and literary studies in Spain have fared a little better.

In the view of Helen Graham, while early attempts by Spanish historians to challenge Francoist interpretations led to publications that were from an ideological point of view 'overly schematic or two dimensional', more recently independent, amateur and professional researchers have produced work of lasting value that has made important contributions to uncovering the truth.[20] Similarly while the return visit in 1974 of Sender, who was regarded as a notorious revolutionary, and the subsequent removal of the ban on publication of many of his books awakened a lot of immediate attention which was often ill-informed and superficial, serious scholarship on Sender did indeed start to become possible in Spain;[21] previous study had only been possible pursued abroad. And since then, notable efforts have been undertaken by the Grupo de Estudios del Exilio Español (GEXEL) at the Universidad Autónoma of Barcelona,

18 For the son's moving account of his visit see Ramón Sender Barayón, *A Death in Zamora* (Albuquerque, University of New Mexico Press, 1989); for my discussion of it, see Anthony Trippett, 'De tal palo, tal astilla', in Ara Torralba and Gil Encabo (eds), *El lugar de Sender. Actas del primer congreso sobre Ramón J. Sender* (Huesca, Instituto de Estudios Altoaragoneses, 1997), pp. 737–48.

19 Three cases involving Garzón were brought to Spain's Supreme Court in January 2012 with a formidable range of political and legal forces arrayed against him. Two cases were dismissed. However, the third – involving wire-tapping and quite separate from the 'crimes against humanity' case – resulted in Garzón's conviction and his being barred from the bench for eleven years. This has brought to an end his formal involvement in investigations into Spain's Civil War and post-Civil War past. Moreover in the 'crimes against humanity case' the Supreme Court reaffirmed the validity of 1977 Amnesty Law, thereby closing the door on further investigations.

20 Graham, *The Spanish Civil War*, footnote to p. 139.

21 See the 'Preface' to Anthony Trippett (ed.), *Sender 2001, Actas del Congreso centenario celebrado en Sheffield* (Bristol, HiPLAM, 2001).

and the Instituto de Estudios Altoaragoneses (IEA) in Huesca especially, through the organisation of conferences to 'normalise' the appreciation of exiles such as Sender within the country.[22] Nevertheless, it is the opinion of José-Carlos Mainer, one of those who have worked particularly hard to rehabilitate Sender in Spain, that the author still does not enjoy the reputation he deserves.[23]

Crónica

As I hope to show, even the first part of Sender's nine-novel series is a multilayered and complex piece of work. So it is understandable that with different levels of insight and inclusivity critics have emphasised different aspects when talking about the book: while some speak of its charm, its depiction of a happy childhood and its links with Sender's own life, others register painful learning processes, battles between different value systems, adult nostalgia and the attempted recovery of a lost paradise.[24]

A child's tale ...

At times *Crónica,* with its moments of childhood happiness, reads like a

22 The first IEA conference took place in 1995, the second in 2001. The conference papers were published: Ara Torralba and Gil Encabo (eds), *El lugar de Sender. Actas del 1 Congreso*; José Domingo Dueñas Lorente (ed.), *Sender y su tiempo. Crónica de un siglo. Actas del segundo congreso.* The first GEXEL conference took place in 1995 – Manuel Aznar (ed.), *El exilio literario español de 1939. Actas del I Congreso Internacional*; the second in 1999, Manuel Aznar (ed.), *Las literaturas del exilio republicano de 1939*; a third in 2003 – *Escritores, editoriales y revistas del exilio republicano de 1939*. In association with the second conference, there were no fewer than eleven sets of conference papers that were published in Spain under the general title 'Sesenta años después'.
23 Mainer edited the first volume of criticism of Sender published in Spain: *Ramón J. Sender. In memoriam, Antología crítica.* His comments are made in the preface to *Crónica del alba* (Barcelona, Ediciones Destino, 2001), p. 14 which provides the text for this MUP edition.
24 Respectively, Carmen Laforet who told Sender that she was going to give the book to her (then) adolescent children; see Carmen Laforet/Ramón J. Sender, *Puedo contar contigo. Correspondencia* (Barcelona, Ediciones Destino, 2001), p. 35; Frances Hall writing in the preface to *Crónica del alba* (New York, F. S. Crofts & Co., 1946); María de las Nieves Alonso ' Infancia y aprendizaje en *Crónica del alba', Índice cultural español 13* (1985), pp. 43–59; Margaret Jones 'Saints, heroes and poets: social and archetypal considerations in *Crónica del alba'*, in José-Carlos Mainer (ed.), *Ramón J. Sender. In memoriam, Antología crítica*, pp. 363–73, and Eduardo Godoy Gallardo, *La infancia en la narrativa español de posguerra* (Madrid, Playor,1980), pp. 27–55.

child's adventure story and a particularly charming and brilliant one too. Sender has an extraordinary ability to delight and amuse his readers with his evocations of the freshness and mischief of the mind of a child, poised between childhood and early adolescence.[25] Through a series of adventures, the misunderstood and unfairly-treated hero, Pepe, triumphs and asserts himself in a variety of ways, somehow always managing to salvage a sense of his own worth. Any number of the numerous episodes could be cited by way of example: the eclipse, the 'naval' battle and the incident with the air rifle. In all of these the major obstacle to Pepe's self-realisation and fulfilment is his authoritarian father; his major ally and support, his girl friend, Valentina. But good luck and a vigorous imagination help him, and time and again he emerges triumphant.

It was these elements that appealed to the eleven-year-old boy to whom I loaned an English translation.[26] He enjoyed it very much as an adventure story though he did not have much time for the love component. His reaction would undoubtedly have been very much the same had he read Mark Twain's sunny account of childhood *The Adventures of Tom Sawyer* (1876). Indeed the number of coincidences between the books – age of the boy, comic mischief, rebellion, running away from home, trial scene in which the child is key witness, exploration of underground passages/cave, love interest, night spent lost with girl friend, concern with glory modelled on mythical heroes – raise the possibility that Sender might have been inspired by Mark Twain, an author whom he admired and about whom he wrote a number of articles after he had left Spain. Certainly the same fulfilled-fantasy and adventure elements point to *Crónica*'s generic characteristics.

But the mood of the Spanish novel is darker. And whereas in both *Crónica* and *Tom Sawyer* the gap between the child's understanding and an adult's is comically clear – the concepts misunderstood are different: Tom has difficulties with pirates' orgies, Pepe is confused by words such as '*dominaciones*' which he takes to be armies rather than choirs of angels, and by '*holocausto*' which for him is a quaint quasi-religious ceremony

---

25 There is a profound irony in that such a man should have come to be accused by his own children, and others, of being insensitive to their needs and virtually abandoning them once he had reached America. See the accounts of Sender's son, Ramón Sender Barayón, *A Death in Zamora*, and Alcalá Zamora, *Testigo* ..., pp. 213–14.

26 See my 'La autobiografía desde el exilio: Algunas observaciones sobre la primera parte de *Crónica del alba* de Ramón Sender', in José Domingo Dueñas Lorente (ed.), *Sender y su tiempo. Crónica de un siglo*, pp. 39–54.

that could be practised by a ten-year-old with his girl friend using a dead pigeon. In the more sombre atmosphere of *Crónica* the potential for death and serious injury is uncomfortably evident. While Pepe's disregard for danger (and his fortuitous avoidance of it) may make us smile, it also shows the fragility of his world. Furthermore, the insistent mention of death, heroism, sacrifice and martyrdom makes the bubble of illusion very evident. The adult world and reality are not far away, and although fantasy and imagination are large parts of the boy's world and he dreams, hand in hand with Valentina, of escaping from his present problems by the death of his father or by entering imaginary landscapes, seen in the material of a table cloth or in the sunset skies (pp. 111–12 and pp. 120–1) reality and that adult world do not disappear. Significantly the novel ends with the rather sad, perhaps even embittered, comment by the adult narrator on his younger self who has just convinced himself he is fully on top of such concepts as sacrifice, holocausts and death: 'Pero era mentira. No comprendía nada.' (p. 176)

... told by an adult

The disturbing presence of adult reality is even more evident if the reader gives attention to the introduction to *Crónica*, where we at first meet the older Pepe, a much more disturbing (adult) narrator than *Tom Sawyer* offers. (The readings of some critics give the impression that they must have skipped this part of the book or glossed over what is to be found there.)[27] The serious issues the ten-year-old Pepe plays with or misunderstands – heroism, death and sacrifice – had been real parts of the life of his thirty-five-year-old older self who tells the tale; and there is a particular poignancy in the juxtaposition. The contrast between how the boy and his adult counterpart view the world could hardly be greater – triumph as opposed to defeat, hope as opposed to disillusion, ignorance as opposed to experience, etc. For the older self writes from a very particular situation, as a detained refugee from the Civil War, and one whom we see die more or less as a passive suicide immediately before we begin to read the account of his childhood. This cannot fail to colour our reading of the story, and even light-hearted and comic episodes take on complex meanings.[28] In

---

27 See Josefa Rivas, *El escritor y su senda* (México, Mexicanos Unidos,1967), who mentions the preface but hardly appears to register its seriousness.
28 For a particularly well-known parallel in Spanish literature, see *Lazarillo de Tormes*. Once we learn at the end of that novel what an unprincipled toady Lazarillo will become, our attitude to his childhood adventures becomes much less sympathetic.

particular, Pepe's hugely important notions of heroism – which here fuel his sense of self-worth and signify glory and public acclaim – are seriously challenged as they will be time and again throughout the *Crónica del alba* series. In the end heroism will be linked to sacrifice and signify the diminution rather than the elevation of the self, which is how the ten-year-old Pepe sees it at the time.

who is a character of fiction too ...

The preface informs us that Pepe Garcés's account of his childhood was written down in the last months of his life, in note books that were supplied by an unnamed companion in the detention camp. The specification of the Argelés detention camp,[29] one of many in southern France that housed Spanish refugees at the end of the Civil War, the precise date of Pepe's death – 18 November 1939 – and the plausibility of Pepe's written request, discovered posthumously, that a copy of his note book be forwarded to his still-living childhood sweetheart Valentina whose whereabouts can be found through an intermediary living at a precise address in Zaragoza, all clearly contribute to an impression of verisimilitude. In other words the reader is led to believe that the notebook is an authentic historical document describing the lives of real people, and that it has been supplied by a real person who knew Pepe Garcés.

But is Pepe a historical figure? Is he not rather a character of fiction?[30] Moreover, is it appropriate or justified to see the unnamed collector of Pepe's manuscripts as a real person, perhaps even Sender himself?[31] In fact, there is no evidence that Sender was ever in the detention camp of Argelés, let alone Pepe Garcés: by late March 1939 when the manuscript collector was meant to be encouraging Pepe to write and providing him with pen

---

In *Crónica* we know what will become of Pepe at the start.

29 In French, Argelès-sur-Mer.

30 There is an important imaginative dimension to even the most historically based of Sender's works – e.g. *Imán, Las criaturas saturnianas, Carolus rex, Bizancio* – see Francisco Carrasquer, *'Imán' y la novela histórica de Sender* (London, Tamesis Books, 1970).

31 Marshall Schneider, 'Problematising the autobiographical act: observations on the frame in Ramón J. Sender's *Crónica del alba'*, *Romanic Review*, 84, 2 (March 1993), 195–208, takes this position. I incline to the view that Sender is not consistent: in the first novels matters are open; by the last, the named character Sender has become an object of scorn for Pepe, and therefore not someone with whom he could have had the relaxed and trustful relationship described in the preface to the first novel.

and paper to do so, Sender had already left Europe bound for New York.[32] Sender is clearly employing the well-known literary device of seeking to give an impression of historical authenticity by blurring the distinction between history/fact and fiction.[33]

... but bears an uncanny resemblance to the author

While the creation of an adult writer as the source of Pepe's story might have begun to make the reader wonder about its relation to the author, no indications about this were given in early editions of the book. Certainly Sender and Pepe Garcés were not identified one with another even in the early edition prefaced by Sender's second wife, Florence Hall.[34] It is only more recent readers who have been advised that the work is *autobiographical*, and that Pepe Garcés bears Sender's second Christian name and surname. Sender himself went on to contribute to this interpretation by insisting on the historical basis in his own life of many of the incidents in Pepe Garcés' childhood and by pointing out that at home as a boy he was always known as Pepe.[35]

My own view, as I have explained at length elsewhere,[36] is that *Crónica* is quite as much a work of the imagination as one of autobiography, and anyone using the novel, or the *Crónica del alba* series, as a basis for facts of Sender's life, as if it were a *memoir*, is likely to get into serious difficulties. The death of the narrator before the start of the narration seriously challenges any simple notion of autobiography. In any case, there is a fundamental difference between the facts of history or lived experience and their imaginative presentation in works of fiction whether they are

32 See Vived, *Biografía*, p. 399.
33 Camilo José Cela plays with this idea in *La familia de Pascual Duarte* by using the device of a discovered manuscript, and in reference to *La colmena* by claiming that he was not able to answer questions on unclarified details in the (fictional) life of Martín Marco, the main character of the novel, since he was neither a close acquaintance nor a relative. For his reply see, J. M. Martínez Cachero (ed.), in *Novela española actual*, vv.aa. (Madrid, Fundación Juan March, 1977), p. 266.
34 New York, 1946.
35 Rivas, *El escritor,* p. 64. Much has been written on the relationship between history and fiction particularly in respect of autobiography. Readers wishing to explore these topics beyond the analysis and arguments that follow may care to consult Philippe Lejeune, *Le pacte autobiographique* (Paris, Editions de Seuil, 1975); James Olney, *Metaphors of the Self. The Meaning of Autobiography* (Princeton, NJ, Princeton University Press, 1972) and Jerome H. Buckley, *The Turning Key. Autobiography and the Subjective Impulse since 1800* (London, Harvard University Press, 1984).
36 Trippett, 'La autobiografía desde el exilio', p. 40.

described as autobiographical or not. To fail to understand this distinction, an occasional temptation for all readers, is to fail to understand important aspects of the creative process.[37] And creative writers themselves, when they are not seeking to muddy the waters for humorous or artistic purposes, will sometimes come to the readers' aid. Thus a former British Poet Laureate, Andrew Motion, in a BBC Radio 4 programme, *Front Row*,[38] explained that readers should in no way be surprised that the account of the tragic accident suffered by his mother given in his new memoir, *In the Blood* (London, 2006), differs completely from versions of the same incident in his poems. Memory and experience are 'triggers for the imagination' and the important thing is 'the reality that the poem creates'. José Luis Castillo-Puche makes exactly the same point in respect of the death of his mother and its presentation in his autobiographical sequence of novels *Trilogía de la liberación*:

> Se ha dicho ... que la *Trilogía de la liberación* es totalmente autobiográfica. Realmente, estas tres obras están hechas de mis vivencias y experiencias, pero no de mi biografía, que son cosas distintas. En mis novelas están mis vivencias, hasta puede decirse que está lo vivido por mí, pero no mi biografía, que siempre parece alterada en la obra de arte. Otra cosa sería una historia, no una novela. Un ejemplo clarísimo está en la muerte de mi madre, uno de los episodios más elogiados de *Conocerás el poso de la nada*, y sin embargo totalmente inventado, ya que mi madre falleció en circunstancias muy distintas y ni siquiera estuve a su lado cuando murió.[39]

Further to that, there are frequent disputes about the facts in *historical* accounts. Shortly after the publication of Andrew Motion's memoir, mentioned above, a school contemporary of his, Tom Fort, challenged the condemnatory account that the memoir gave of their preparatory school. Fort and his brothers had very positive recollections,[40] and he speculated that Motion's character and behaviour moulded his experiences of the school and his perceptions of it.[41]

---

37 The critic Ángel Alcalá suggests that in the last novels of *Crónica del alba*, 'la historia que se narra ... ha sido totalmente *falseada* por el autor', my emphasis, *Testigo* ... p. 77, as though there were some obligation on Sender to be literally faithful to objective facts.
38 The programme was broadcast on 17 October 2006.
39 See the preface to Martin Farrell, *The Search for the Religious Ideal in Selected Works of José Luis Castillo-Puche* (Lewiston, Queenston, Lampeter, Edwin Mellen, 2000), xiii.
40 Tom Fort, 'That's quite enough poetic licence, Mr. Motion', *Observer*, 24 December 2006, p. 21.
41 The writings and clinical practice of the distinguished psychotherapist Dorothy

Having noted that creative writers are certainly not *obliged* to follow the facts of lived experience in what they write, it is interesting to note when they do and potentially illuminating to reflect on how and why they depart from known facts in the course of writing. We may hope for insights into the creative process and the author's possible intentions as the raw material is worked and elaborated for artistic purposes. *Crónica* has a lot to offer in this regard. At the same time it is also important to note that if the reader is left with an abiding impression of a strong link between *Crónica* and Sender, it should be taken seriously, as an aspect of the configuration of the book itself or part of the intention of the writer, whether conscious or unconscious.

... not least as a writer

The preface to *Crónica* tells us more about the adult narrator than just his parlous situation; we are also told that he was a *writer* writing 'como una defensa y una fuga'. Sender's provision of this information encourages us to peel back a layer of the narrative so to speak, and direct our attention onto the writing process itself. We start to focus as much on the *how* and the *why* as on the *what*. What motivation may have been in play? Could it not be that psychological need in the adult narrator informed the process of the elaboration of the story?[42] Could the childhood happiness and triumphs that Pepe describes have been an illusion? Perhaps he wanted to protect himself from the harshness of the detention camp and find a mental escape from it. If such were the case, might that not explain the relative triumphalism of parts of the narrative: a world of the imagination where – for the most part – desires are realised? The world of childhood, particularly as presented here, is a long way from adult realities and even when occasionally a harsher reality intrudes and the triumphalism is challenged,[43] the challenge is temporary, and wishful thinking or the world of the imagination again provides an escape.

Rowe are based on the view that all our contacts with external reality are perceptions and interpretations which are unique to each of us, and different from everyone else's: see *Guide to Life* (London, HarperCollins, 1996).

42 As in Ian McEwan's *Atonement* (London, Vintage Books, 2002), where the fictional narrator explicitly sets aside the demands of truth and opts to give the main characters in her 'autobiography' a happy outcome to their difficulties in response to her own needs and the situation.

43 Pepe's sense of his own limitations is evident in the fury with which he attacks the mattresses with a knife, his expressed desire for his father to die and the frustration of his attempts to run away with Valentina after exploring the underground passage.

The elaboration of a mythical past, and nostalgia for one, are well-recognised human processes in individuals and groups. It may be part of a search for emotional validation and identity. In individuals a common psychological reaction to trauma is an inclination to re-root themselves in childhood. So it makes absolute sense that Pepe's tale should be about his life as a child, and that the consoling world that, as an adult, he creates should be about his own life rather than someone else's. Sender's inclusion of a writer's perspective on Pepe's adventures configures the book in a special way, and adds depth to it.

Ramón Sender too was a defeated Republican writing about his childhood. Of course whereas Pepe Garcés will die in 1939 after completing his memoirs in the detention camp of Argelés, Sender will long survive him, writing his memoirs from exile in 1942.

In the portrayal of the older Pepe, Sender was clearly drawing on his own experience as *writer* as well as adult combatant and refugee. To some extent it could be said that Sender is writing about himself insofar as he is reflecting on the creative process and the psychology of a writer in his position. He is saying: these are the circumstances and this is the process whereby someone such as I might write. In age and immediate experience, Sender is evidently much closer to Pepe Garcés the writer than to the book's ostensible hero, a ten-year-old boy.

... in exile (if not in Argelés)

When exile brought to an end Sender's active public life, writing and the world of the imagination became more important, and he became increasingly interested in the creative process and the subconscious mechanisms underlying it.[44] Moreover, during the period when he wrote and published *Crónica*, there were immediate practical reasons for his making writing a primary focus. It was his published work, and the UK and USA royalties from it, that provided Sender with the wherewithal to live, particularly when he failed to gain support to set up a publishing house there.[45] There were immediate political reasons too. By 1939 Sender's strong initial sympathies for Soviet communism, clearly evident at the time of his visit to Moscow in 1933, had passed through disenchantment to total opposition, and this severely limited his contacts within the exiled community in Mexico among whom communists were dominant. But Sender's concerns went beyond that: with greater or less justification, he feared he might be

44 See Trippett, 'La autobiografía desde el exilio', p. 43.
45 See Vived, *Biografía*, pp. 410–11.

15

the target of communist agents.[46] He had good reason, like Pepe Garcés, to want to escape from his present by devoting himself to writing in a major way, and already by 1939, presumably the beginning of the period of gestation of *Crónica*, it was affording him great satisfaction.[47]

But there were even more profound aspects of his situation and experiences that must have impinged on Sender's concern to write at this time. It is certain that the stress levels of the defeated Republicans of the Spanish Civil War, whether they stayed in Spain or succeeded in fleeing, were very high.[48] Many individuals had to cope with huge problems that would have tested the strongest. For Sender the end of the Civil War signified the death of his wife, his brother and two brothers-in-law (all shot by the Nationalists), the immediate destruction of his political cause and his attempts to promote social justice, his separation from his children, and the loss or death of so many friends and relatives. Furthermore, once in exile (in Mexico), in addition to the practical difficulties of where and how to live, he had to contend with the loss of almost everything that had sustained him personally and professionally, including his reading public.[49]

Many years afterwards when he was comfortably established in the USA,[50] and receiving wide public recognition both there and in Spain, he continued to speak of the pain of exile, agreeing with the Greeks that a sentence of exile was worse than a sentence of death.[51]

... but why does he write

In my study of the second phase of Sender's life and work, I identify two central preoccupations – the nature of reality and how one should adjust

46 It should be remembered that Trotsky, whom Sender interviewed at this time, was murdered in Mexico by a Spanish communist in 1940.

47 'Por primera vez en mi vida no hago sino escribir. En este país ... escribir tiene la delicia de un juego infantil.' Quoted by Vived, *Biografía*, p. 407.

48 Thomas H. Holmes and Richard H. Rahe 'Social adjustment rating scale', *Journal of Psychosomatic Research*, 11, pp. 213–18 (Oxford, 1967).

49 The literary critic Rafael Conte advises caution in generalising about exile, noting that while the experience may have been similar for many Spanish writers their responses to it were essentially individual; see *Narraciones de la España desterrada* (Barcelona, EDHASA, 1970), pp. 13–14. Making a different but related point Francisco Ayala goes so far as to describe the notion of 'la literatura del exilio' as a myth, *Confrontaciones* (Barcelona, Editorial Seix Barral, 1972), pp. 74–5.

50 He married Frances Hall on 22 August 1943, and in 1946 became a naturalized American citizen.

51 In Peñuelas, p. 274.

to it.[52] I argue that after the Civil War Sender saw survival in the world as problematic both philosophically and psychologically. As one of the main characters in his novel *Las criaturas saturnianas*, puts it:

> ... el problema de cada cual desde que nace es el de la adaptación a la realidad por sus propios medios (hechos, imágenes, sueños). Tarea ardua de veras.[53]

Developing this idea, Sender saw writing as a weapon in the artist's armoury to help him/her adjust to reality:

> Todo auténtico artista lo que hace a lo largo de su vida es tratar de compensar su esquizofrenia, por decirlo en términos de la sicopatología. Estamos todos empeñados en la lucha con la realidad. Todos ... La mayor parte de los hombres se adaptan o no se adaptan, van tirando, que es lo que quieren, tienen su cheque, a fin de mes, viven, y a otra cosa. Pero el artista quiere resolver esa imposibilidad de estar de acuerdo con lo real, con todo lo que representa *lo otro*, lo que no es él. Por eso, para decir de alguien que está loco, la sicología clásica dice que está 'alienado', es decir, que no ha podido reintegrarse, que se ha perdido en lo otro. El artista resuelve esa contradicción entre sí mismo y todo lo que no es él – lo otro – escribiendo su obra ... Si Gogol no hubiera escrito *Las almas muertas* habría sido un loco agresivo, probablemente.[54]

What is interesting here is that Sender's comments are also applicable to his fictional counterpart in *Crónica*: it is writing that sustains Pepe Garcés – psychologically if not physically – in the prison camp.

... about childhood?

In Pepe Garcés's case it is writing about childhood that is particularly effective in helping him adjust to the horrendous conditions in Argelés and the spiritual dislocation of defeat. And I would suggest that the psychology of the fictive narrator provides a clue as to why the prolific Sender so suddenly and dramatically began writing about childhood at this time, for the *Crónica del alba* series is his most ambitious post-Civil War work.[55]

52 See Anthony Trippett, *Adjusting to Reality: Philosophical and Psychological Ideas in the Post-Civil War Novels of Ramón J. Sender* (London, Tamesis Books, 1986), pp. 174–7.
53 Barcelona, Destino, 1968, p. 313.
54 In Peñuelas, pp. 270–1.
55 In a letter to Joaquín Maurín dated 16 March 1966, Sender writes, 'Esa obra en tres volúmenes copiosos [*Crónica del alba*] será mi "obra maestra" si ha de haber alguna de las mías que merezcan esa clasificación', in Francisco Caudet (ed.), *Correspondencia – Ramón J. Sender/ Joaquín Maurín (1952–73)* (Madrid, Ediciones de la Torre, 1995), p. 600.

Like Pepe Garcés perhaps, Sender might have been able to say:

> Estoy escribiendo todo eso. Eso me distrae, pero además me ayuda a mantenerme en mi substancia. (p. 54)

And there are quite specific psychological reasons why this may have been the case.

Research into the accounts of ten psychologists and psychoanalysts, forced to flee from Chile, Argentina and Uruguay following military conflict and persecution in the 1970s and 1980s, points to a possible link between the specific trauma of exile and the theme of childhood among exiled writers:

> Exile is perhaps the human experience in adulthood that most closely recapitulates the infant's experience of attachment, separation and loss ... In adults, separation of any kind, but especially caused by exile, may remobilise experiences with attachment and loss from early life, along with the unconscious meanings ascribed to these aspects of interpersonal connection.[56]

It would appear that Sender may have been stimulated to write *Crónica* and evoke his own childhood by the challenges of what he had experienced and the loss he was feeling in exile.[57] The weight of his Civil War experiences undoubtedly underlies the author's general observation, quoted earlier, that living itself is problematic and adjustment to reality difficult. He must have felt that particularly keenly around the time that *Crónica* was published in 1942.

Beyond autobiography: artistic elaboration in Crónica

As I argue elsewhere,[58] Sender's tendency to shape his life experiences and other material for artistic purposes was so strong that at times we do not know whether a given anecdote – be it written or spoken – corresponded to something that had happened to him or, when it had, how much artistic elaboration it had received. I also argue that I am not sure that the novelist himself was altogether certain. This may usefully be borne in mind, when one looks at the presentation of facts in *Crónica*, for there is undoubtedly a factual basis to much of the novel.[59]

56 Nancy Caro Hollander, 'Exile: paradoxes of loss and creativity', in U. McCluskey and C. Hooper (eds), *Psychodynamic Perspectives on Abuse (The Cost of Fear)* (London and Philadelphia, Jessica Kingsley Publishers, 2000), p. 84.
57 I explore this topic in 'La psicología profunda del exilio', in Aznar (ed.), *Escritores, editoriales y revistas*, pp. 849–54.
58 See Trippett, *De tal palo, tal astilla*, pp. 746–8.
59 Below and in footnotes to the text of this edition of *Crónica* I explain the details of

Pepe Garcés and his family, Valentina and her family, the priest don Joaquín, la tía Ignacia all correspond to real people who lived in the Aragonese village of Tauste in the early years of the twentieth century. The young Sender did attend a boarding school in Reus after taking exams in Zaragoza and following preparatory studies for his *bachillerato* under the guidance of don Joaquín. And he may well have seen the partial solar eclipse of April 1912 before leaving Tauste. It is also possible that he may have witnessed the rivalry between the boys from his village and those from the village on the other side of the river when he was earlier living in Alcolea de Cinca. Sender certainly claimed to bear the mark of the pellet wound he had inflicted upon his thumb in childhood. So much is indisputable.[60] But equally indisputable and much more interesting are the details of Sender's elaboration of raw historical material.

The need for clarity in the story line presumably underlies the minor modifications that Sender made to some of the facts. The two real villages relevant to the story are telescoped into one; the four students tutored by don Joaquín become one, Pepe; the two Zaragoza exam visits become one. But even such minor modifications shape our reading. Pepe becomes the unquestioned centre of attention, and Valentina and his father are involved in everything important that happens to him. In fact, Sender had not known Valentina until 1911 when the family moved from Alcolea to Tauste, so the *batalla naval* and Pepe's concomitant important display of heroism both on the day and in the subsequent public enquiry predated their relationship – if indeed they occurred at all. While their artistic significance in respect of the elaboration of Pepe's character and his triumph over his father is very evident, I have not seen any corroborating evidence.

Other artistic interventions shape the reader's impressions and develop the major themes of the novel too. The shrine of Sancho Abarca (see Plate 1) in whose holiday cottages just outside Tauste the Sender family may well have stayed, becomes the castle of Sancho *Garcés* Abarca complete with underground passages and a medieval manuscript with a message for Pepe. I have detailed elsewhere the reasons for dismissing the authenticity of the manuscript,[61] and having visited the site I can state categorically that there is no evidence of an underground passage. But in the novel Pepe's centrality, not least by virtue of the family-name connection, and

the correspondences.

60 Rivas, *El escritor*, p. 63.

61 Trippett, *La autobiografía desde el exilio*, pp. 50–1.

the importance of the heroic values he espouses are confirmed. Moreover, this particular example of poetic licence allows Sender to present Pepe's exciting and highly significant adventures in the underground passage. These not only give the book the taste of a child's adventure story but also – when considered along with his hallucinatory vision – evoke something of a shamanic initiation ceremony or the rite of passage of a young man or hero. In such ceremonies, which often take place in underground passages or caves, the initiates are expected to emerge transformed after horrifying experiences of death and rebirth.[62] Of course, the child Pepe was to remain fundamentally unchanged by the experience, a point made clear in the last lines of the novel, as we have already indicated.

Sender's artistry is also evident in the humour that so enriches *Crónica*. I am particularly thinking of the whispered reading of *Voces de Dios al alma enamorada* which involves Pepe adopting the role of God, and Valentina that of *el alma enamorada*. The roles do a lot for Pepe's ego, and neither he nor Valentina are fazed by references to the young girl's *carne pervertida*. Similarly Pepe's declared aspiration to be a *bastardo* and the consternation that he thereby causes are gems prepared by an adult writer for an adult reader rather than the raw material of biography.

Towards an interpretation

Reflections on the artistic elaboration evident in *Crónica* confirm our reading of it as substantially a work of the imagination in which the main character is pitted against the world whose hostile aspect is represented by his father and whose favourable side by Valentina. Speaking of the whole series not long after he had completed it, Sender suggested that the theme was quite simple:

> Yo creo que consigo dejar claramente planteado el problema de la integra-ción del hombre en la realidad, que no es sólo un problema de la conciencia moral o intelectual, sino de la sensibilidad. [63]

The broadness of Sender's statement supports our earlier argument that – for the purposes of interpretation – we need to look behind the immedi-ate situation of the young Pepe and see how the first novel like the rest of the series tackles major, adult issues. In this sense a distinction is to be drawn between the ostensible subject of the novel, Pepe's childhood, and

62 See Karen Armstrong, *A Short History of Myth* (Edinburgh, New York, Melbourne, Canongate, 2005), pp. 34–7, and Margaret Jones, 'Santos, heroes y poetas', pp. 363–75.
63 In Peñuelas, p. 151.

the issues it raises. Even without Hollander's revealing comment on the exile experience of the Latin American psychologists, it may be assumed that in the period of gestation of *Crónica* Sender was grieving for his country, his wife, his family and his idealism. In other words, the concerns of Pepe Garcés as both boy and man, the loss of childhood innocence and his separation from his childhood sweetheart can be seen as the vehicles through which Sender expressed his adult pain. It was to be almost fifteen years after the death of his wife Amparo before his relationship to her could become the material for his fiction explicitly.[64]

As in *El lugar del hombre*, published three years before,[65] in *Crónica* Sender explores his immediate pain obliquely. Inverting the celebrated metaphor of the narrator of L. P. Hartley's *The Go-Between*, for whom '[t]he past is a foreign country, they do things differently there',[66] Sender expressed his estrangement from Spain and separation from all he valued by invoking the past, his childhood.

In reconstructing and reconfiguring his childhood using a combination of memory and imagination, Sender could explore his feelings of bereavement. The objects of fantasy and memory are always simultaneously within reach and inaccessible: the mind thus engaged is constantly moving across the no-man's-land between attachment and separation, restored safety and loss. Memories would transport him back to Spain, but only for a moment. The pleasure would always be ephemeral, the joys always marred, in exactly the same way that Pepe's childhood triumphs are qualified and challenged by our knowledge of their insubstantiality and ephemerality. As readers we know from the outset that his happy moments will end in death and disillusion, and that pain and suffering stalk his innocent and often joyful grapplings with concepts such as sacrifice and heroism, and that his largely unproblematic encounters with guns, warring factions and battles are to be followed by the real experience of war. In this way perhaps Sender presents the way his *sensibilidad* tried to effect its *integración en la realidad*. And of course he did it through writing. It is in this sense that *Crónica* is autobiographical in that it both

64 In *Los cinco libros de Ariadna*. See also Trippett 'De tal palo, tal astilla', pp. 742–5. In contrast, by 1939 Max Aub had already written *Campo cerrado*, the first part of his monumental *Laberinto mágico*, a novelistic account of the Civil War and its aftermath.
65 México, Quetzal, 1939 – it was later called *El lugar de un hombre*. That book explores the relationship between an individual and the community in which he has lived, and what happens when he leaves ... and then much later returns.
66 Harmondsworth, Penguin, 1961, p. 7.

shows and tells us, through the case of Pepe Garcés the writer, how Sender coped in his particular situation of exile following defeat in the Civil War. As he said to Peñuelas: 'Estamos empeñados todos en la lucha con la realidad ... El artista resuelve [la] contradicción entre sí mismo y todo lo que no es él – lo otro – escribiendo su obra.'[67]

In his presentation of Pepe Garcés the writer, Sender reveals a lot about himself. He makes clear the subjective dimension of artistic creation: the psychological need that can underlie composition. For Pepe Garcés, writing about his childhood served as 'una defensa y una fuga' from the horrors of the detention camp and his immediate experience. There was a certain tendency towards idealisation or escapist nostalgia in that but, looking within himself, Sender recognised where he had been tempted to go but had not gone, and in a remarkable piece of self-revelation, shows this to his readers.[68] It may be fairly observed that *Crónica* offers what amounts to a self-reflective critique of the tendency of exiles to indulge in escapism and to substitute hope and fantasy for realities and knowledge.[69]

The main characters

Pepe Garcés

One of the consequences of the simplicity of the theme of the novel, see p. 20, is that Pepe Garcés emerges as a symbol rather than a rounded character. He is par excellence the rebel who fights to gain a place for himself in a hostile world. That role is confirmed in the later volumes, as I indicate on pp. 41–5.

The announcement of the death of the older Pepe Garcés in Argelés at the very start of *Crónica* establishes a degree of distance and difference between Sender and his creation, and further to that Vived's *Biografía* makes clear that as a boy Sender had few of the moments of happiness and triumph that so characterise the first novel of the series. His mother was understandably much occupied with the ten surviving children of the

67 In Peñuelas, pp. 269–70.
68 See Trippett, *Adjusting to Reality*, pp. 69–70.
69 The literary works of exiles abound in reflections on the Civil War, its aftermath and the psychology of its participants. In Max Aub's short story, *El remate* (from the collection *Historias de mala muerte*, México, Mortiz, 1965) an exile observes: 'Hemos sido cortos de seso ... creímos que faltando nosotros el país se quedaría dormido, inmóvil como la Bella Durmiente, esperándonos, como si fuésemos el Príncipe imprescindible para echar a andar de nuevo ...', p. 9. Another, by Francisco Ayala, 'El regreso', from *Los usurpadores/La cabeza del cordero* (Madrid, Espasa-Calpe, 1978) brilliantly explores the embedded illusions about Spain and the past entertained by exiles.

nineteen to whom she gave birth. (Sender was the third.) Furthermore his father regularly administered horrendous beatings of an intensity which, in Sender's view, would have led to him facing criminal charges had they been living in the USA in more recent times.[70] Clearly Sender idealised his childhood in some ways in *Crónica* and this process parallels the idealisation, for reasons of psychological need, carried out by Pepe Garcés in the detention camp.

Neither as boy nor as man does Pepe fully effect his 'integración en la realidad': at the end of *Crónica* 'no comprendía nada' and in 1939 in the detention camp he is overcome by disillusion and despair. In contrast, perhaps by writing it out, Sender seems to have come to some sort of accommodation with reality.[71]

Don José, Pepe's father

The grounds for seeing don José as more a symbol than a rounded character are even stronger than in the case of Pepe. He is what Pepe, the rebel, rebels against and the principal obstacle to the boy's self-realisation and happiness. It is he who beats him; it is because of him that Pepe runs away from home; and he is the one who sends the boy away to boarding school, thereby separating him from his beloved Valentina. Pepe wishes his father were dead.

Don José represents the principle of authority and comes across as an unenlightened authoritarian insensitive to his son's qualities. He has apparently convinced himself that Pepe's occasional failure to apply himself to his studies will have dreadful consequences and to avoid that he must beat him. Furthermore, he appears as dim and hypocritical, a man who never reads the books or newspapers he has in his possession.

While a negative portrayal of his father might be expected from a rebellious child, speaking as a child, the negativity is reinforced by the adult narrator on the few occasions that he does comment, and in fact in later volumes (see below at pp. 44–5) he goes on to suggest that the relationship was even worse than he had described earlier.

Mosén Joaquín

Mosén Joaquín is in some ways a foil for Don José. He represents an enlightened principle of authority. The fact that it is he who instigates the first punishments carried out by Pepe's father pales into insignificance

---

70 *Libro armilar de poesía y memorias bisiestas* (México, Aguilar, 1974), p. 396.
71 See note 74 and p. 44 for comments on the differences between Sender and Pepe Garcés in the later novels.

in the light of his clear ability, apparent subsequently, to understand and engage with the boy, something of which Don José is incapable. Like the *hermano lego* in the next novel he gently nudges Pepe into an awareness of the importance of external reality including the opinions of others,[72] and also of the darker reality underlying some of the concepts and words (for example *holocausto*) that the boy values highly.[73] Whereas Don José belittles the boy's learning and knowledge, mosén Joaquín encourages and supports him with the result that it is he to whom Pepe turns with his questions and in whom he confides. When he learns of the priest's death many years later it affects him very deeply and is one of the things that drives him as a very troubled adolescent to attempt suicide.[74]

It would seem to be the case that the closeness of the two in the novel was a clear departure from how things were in real life since, as has been mentioned, the author as a boy was only one of four pupils. Similarly the priest's role as sensitive guide to Pepe's awareness of the world probably owes a lot to artistic elaboration. Nevertheless the historical don Joaquín was certainly chaplain to Las Clarisas (the Poor Clares) in Tauste when the young Sender moved there in 1911 and was to live there for a number of years after the boy left for boarding school; interestingly too both he and his fictional counterpart had a notable limp, a detail of no evident significance as far as the fiction is concerned.[75]

Valentina

Valentina represents almost everything that Pepe wants, and his happiness and triumphs are inconceivable without her.

She is a counterbalance to his father. Whenever things go wrong (e.g. his father's scolding) it is of Valentina of whom he thinks or to whom he turns, to the extent that on one occasion he leaves his own home for hers.

72 See p. 90.
73 Sender had a complex relationship with religion and the Church. He was contemptuous of the Church as an institution – explicitly so later in *Crónica del alba* and evidently too in *Réquiem por un campesino español*. However, occasionally he depicted individual priests with warmth and sympathy particularly when they found themselves victims. As for theology, he contested the historical reality of Jesus Christ but was deeply fascinated and admiring of some of the myths and idealism that could arise from religious beliefs. See *Ensayos sobre el infringimiento cristiano* (México, Editores Mexicanos Unidos, 1967.)
74 In *El mancebo y los héroes*, see p. 42. The fictional Pepe was about 15, though in the corresponding historical year – 1918 – Sender was 17: see my *Adjusting to Reality*, p. 94, note 30.
75 Jesús Vived Mairal, 'El auténtico mosén Joaquín de "Crónica del alba"', *Heraldo de Aragón*, 12 August 1990, 44.

He constructs fantasy worlds in which his father is dead and he can live an idyllic life with her alone. His running away with her towards the end of the novel, at the conclusion of the underground passage episode, seems to be an attempted realisation of such a fantasy. Valentina is a principal focus of Pepe's activities and adventures, providing an alternative (imagined and preferred) reality in association with which he constructs his values. He sees himself as 'Señor del amor, del saber y de las dominaciones' through her, and similarly his aspiration to be identified with heroism and the ideals described in the Latin manuscript are focused on her.

The sense of Valentina embodying what Pepe wants is stronger than the sense of her existing as a separate entity. She believes in him implicitly, and for her Pepe can do no wrong – be it in his challenges to her cousin or father, his interpretations of a religious meditation or his talk of the language of giants. If don José seems bent on constantly diminishing Pepe and his sense of himself in a challenging world, through Valentina he regains his self-belief. And for those reasons the pain of separation from her is so great. *Crónica* speaks of the bitter tears he shed when she was no longer in his village, and the separation from her underlies the remaining eight novels of the series.

Valentina's presence is pivotal to Pepe's happiness and adjustment to reality. In her presence he can be at one with the world. Separation represents alienation, unhappiness and a sense of being incomplete. However, the underlying facts in terms of Sender's own life point to a very limited acquaintance with Valentina Ventura. Jesús Vived, the principal authority on the details of Sender's life, in private conversation, expressed doubt as to whether Sender ever met her or had contact with her after he left Tauste at the age of 11. Similarly friends of Valentina's do not recall her ever having mentioned Sender. Nevertheless, in letters to Josefa Rivas in the early 1960s, Sender maintained that they had always been in love and thought about each other even though their paths in life had not crossed again.[76]

76 See Rivas, *El escritor*, p. 62. The subjective character of Sender's perception of the relationship is apparent in light of the fact that at the time of the cited correspondence Valentina had already been dead for two years and Sender was not to learn of her death for another five. The point is reinforced by letters that Sender wrote to Rodolfo Araus, Valentina's son, quoted by Vived in *Biografía*, p. 43, in which the novelist invokes the figure of Dante's Beatrice when talking about his feelings for Valentina. Dante described Beatrice as 'la gloriosa donna della mia mente', and is reputed to have met her only twice, the first time when she was eight and he was nine. Valentina was eight when Sender first knew her; he was ten.

Of all the fictional, added elements in *Crónica* Valentina appears to have been the most significant. Through her, and Pepe's relationship with her, Sender could explore the themes of attachment and loss as crucial parts of the character Pepe's experience. As widower, defeated Republican and exile Sender could re-enact and explore his own loss by creating and showing the destruction of a childhood idyll. Clearly this inner world of the imagination was as important and real to Sender in the post-Civil War period of his life as the objective facts of lived reality, and he used his inner world as a kind of self-administered therapy.

Conclusion

A lot underlies the story of this 10-year-old's struggle to assert himself and adjust to a hostile world dominated by his father. Fantasy is a major component of his child's mind, but imagination and wishful thinking configure the adult narrator's account too and that is how he makes his adjustment. Further to that, the adult narrator's mental processes parallel those of the author, Sender himself, who also through writing makes his adjustment. While there is a specificity and particular intensity about Sender's situation of loss as defeated Republican and exile in the immediate aftermath of the Spanish Civil War, the existential problems inherent in that situation are far from specific. Fellow exile, Roberto Ruiz, has suggested that the experience of exile had been a bridge connecting exiled writers with the mentality of the twentieth century, that of 'la enajenación y ... el extrañamiento',[77] and Sender's description of the theme of the novel – 'la integración del hombre en la realidad' – is even broader, as we have seen.

Sender and his contemporaries

A strong indication of the significance of the Civil War in terms of Sender's life may be gathered from a footnote, signed R. S., commenting on the meeting between Pepe Garcés and 'Ramón Sender' which occurs in *La orilla donde los locos sonríen*, a later novel in the *Crónica del alba* series:

> Yo también tenía la impresión de haber dejado en Argelès (*sic*) una parte substancial de mi vida. O tal vez en España. En todo caso, la guerra destruye al débil y fortaliza al fuerte. No es que yo fuera más fuerte que Pepe Garcés,

---

77 Roberto Ruiz, 'Testimonio del exilio', in Manuel Aznar (ed.), *El exilio literario español de 1939*, pp. 671–2.

pero él estaba enfermo. Uno de los dos (pienso ahora) debía morir y murió él. Con él quedó una gran parte del lastre dificultoso, que me habría embarazado en mis movimientos por la vida.[78]

He is saying that, in a sense, part of him died in 1939. This 'death' would seem to be linked to a significant change in Sender's writing which Patricia McDermott highlights in the introduction to her edition to *Réquiem*, and I explore in *Adjusting to Reality*.[79] As far as *Crónica* is concerned, my contention has been that Sender brilliantly and skilfully portrays the trauma of the Civil War, including exile, through the depiction of a largely imaginary childhood. But to what extent can one generalise from Sender's case when considering his contemporaries?

Eduardo Godoy argues that up to two generations of Spanish writers were deeply affected by the Civil War and, concentrating on six authors who give particular attention to the development of children, cites dozens of names in support of his case.[80] While some might question some aspects of Godoy's claims, the linkage between war and consideration of children appears to have a general justification. Psychoanalyst Adam Phillips makes the observation that there was a new focus on childhood among analysts, such as Anna Freud, Melanie Klein, John Bowlby and Donald Winnicot, following the Second World War, and concludes that there could be a causal link:

> [W]arfare is about separation, vulnerability and aggression ... It was as though this post-war generation of psychoanalysts believed that it was no longer sexual relations between adults that was the key to a useful understanding of modern human nature but child rearing.[81]

Let us look at one or two Spanish cases.

Arturo Barea, who was close to Sender in age (39 as opposed to 35 at the start of the Civil War), completed the autobiographical trilogy for which he is famous, *La forja de un rebelde* in 1944, in the closing years

---

78 Destino edition, Vol. 2, p. 433.
79 See too Luis A. Esteve Juárez, 'El destino de Pepe Garcés en la *Crónica* de 1942', in Dueñas Lorente (ed.), *Sender y su tiempo*, p. 241: ' ...el desenlace del conflicto trajo consigo no solo el hundimiento de todo un proyecto político y social, sino que también comportó en este caso una terrible quiebra individual, que le conducirá a la búsqueda de una reacomodación personal, de su lugar en el mundo.'
80 See Godoy, *La infancia*. Of course Sender had important contemporaries, such as Max Aub and Francisco Ayala, who wrote extensively about the Civil War but do not give prominence to the portrayal of children.
81 Adam Phillips and Barbara Taylor, *On Kindness* (London, Hamish Hamilton, 2009), pp. 80–1.

of the Second World War.[82] By then he was in exile. The overall impression the work gives is of Barea writing to explore what had made him what he was, a rebel and a socialist, and finally brought him from Spain to the UK as a refugee in 1939: the original title was *Las raíces*. The first volume, which was favourably reviewed by George Orwell, came out in 1941 one year before *Crónica* and like that work covers childhood. It describes the desperately poor conditions in which Barea and his siblings had grown up in Madrid, supported by their mother, a washerwoman. Later volumes covered his military service in Spanish Morocco during the disastrous colonial Rif War and his working in the Foreign Ministry in Madrid during the Civil War. The self-exploration of the work as a whole appears to have been carried out with conscious deliberation and thoroughness. Rather than being a product of the imagination, *La forja de un rebelde* has the character of memoirs and is a social and historical document of considerable general interest. At the same time one has the impression that in explaining the most defining experiences of his life to himself, Barea sought to promote the Republican cause to an English-speaking public deeply engaged in a more general war against fascism;[83] which is why it first came out in English.

The creative imagination is much more evident in the work of Miguel Delibes, who stayed in Spain after the war. He was sixteen in 1936 and served as a volunteer in the Nationalist navy. Coming from a very comfortable Catholic background, he was much attached to rural values in Old Castile, including what were to become green issues. He was a natural conservative: family and the preservation of traditional values were constant concerns of his, and for a time he occupied the same post his father had. As a child he spent a lot of time in his grandparents' village and he himself had seven children. Much of his early fiction centres on children and the evocation is very specific:

> La infancia ... es la edad que verdaderamente merece la pena de ser vivida y en la recreación de esa edad – muy frecuente en mi obra – encuentro una posibilidad de reincorporación a un estado espiritual que ya perdí, donde el desengaño, la mezquindad y la muerte no tienen sitio.[84]

82 It was published in English translation as *The Forging of a Rebel* (London, Faber & Faber, 1941–44) before its publication in Spanish (Buenos Aires, 1951).
83 Nothing in the presentation of the first edition of *Crónica* indicates that Sender had any such intentions.
84 In Francisco Olmos García, 'La novela y los novelistas españoles de hoy', *Cuadernos Americanos*, 4, 1963, pp. 230–1.

These sentiments are implicit in his most famous early novel, *El camino* (1950) which in a mood of qualified nostalgia laments what may be lost through growing up, the pursuit of education and the abandonment of rural life.[85]

Perhaps the key to Delibes's unhappiness with adult life lies in a profound sense of guilt in respect of the Civil War which was still with him as late as 1971:

> ... en nuestro drama civil no hay un español mayor de cincuenta años que ... esté libre de culpa.[86]

Godoy certainly argues for that link, and it is tempting to see common elements in the escapist childhood idylls created by Delibes and Sender in the post-Civil War years and to speculate that similar complexes of feeling may have been associated with their composition.

The case of the novelist Juan Goytisolo is different again. Very much younger than either of the figures considered so far, as a child he did indeed personally experience horrors during the conflict: his mother was killed in a Nationalist air-raid on Republican-held Barcelona in 1938 when he was only seven; his father was imprisoned by the Federación Anarquista Ibérica (FAI) and he himself spent part of the war as a refugee in a children's colony. Those facts and what he himself has said on the subject incline me to the view that he suffered a degree of trauma during the war and that writing itself was, at least temporarily, a way of his coming to terms with his trauma, as I have suggested was the case with Sender. Here are his words:

> Beaucoup de jeunes romanciers d'aujourd'hui n'étaient que d'enfants pendant la Guerre Civile. Avec leurs yeux ils virent impassibles des choses atroces. Ils les oublièrent. Mais au cours de leur croissance un moment arriva où ils s'en souvinrent. Et le souvenir s'en précisait à mesure que leurs os se faisaient plus durs et leur sang plus riche. Alors, non pour oublier ces choses – c'eût été impossible – mais pour s'en délivrer, ils se mirent à écrire des romans.[87]

85 The novel was edited for Manchester University Press by Jeremy Squires in 2010.
86 César Alonso de los Ríos, *Conversaciones con Miguel Delibes* (Madrid, EMESA, 1971).
87 In a private letter to the North American Hispanist John B. Rust in 1954, reproduced by José María Castellet, 'La joven novela española', *Sur*, 284, September/October 1963, p. 52. Increasingly finding Spain repressive and stifling, Goytisolo first visited Paris in 1953 and permanently settled there from 1956. English translation: 'Many of today's young novelists were just children during the Civil War. Impassively, they personally witnessed dreadful things. They forgot them. But as they grew they recalled them. And the memories became more defined as their

Further to that, to my mind, the extraordinary intensity of Goytisolo's depiction of the moral and psychological degradation of young lives in his early fiction,[88] where cruelty, abuse and destructive illusion abound, is also indicative too of underlying psychological disturbance to say the least. Having said that, clearly the 'trauma argument' does not explain everything: it is undoubtedly the case that the detailed critique that, for example, Goytisolo makes in *Fiestas* of the Catholic Church, and the forces that militate against the moral and psychological growth of children, owes a considerable amount to his direct experience of education by the Jesuits in the Francoist post-Civil War period.[89] Furthermore, the novelist's articulation in *Fiestas* of alternative, liberal pedagogic principles associated with the Second Republic must have been primarily the product of wide and (undoubtedly) clandestine reading in response to that experience.

The conclusion has to be that while Sender in writing *Crónica* shares certain features with contemporaries, or near contemporaries, in respect of the importance of the Civil War experience, exile and the theme of childhood as literary material, there are also significant differences. Comparisons can be illuminating, but generalisations must be ventured with caution because the character of the writing process is extraordinarily subjective and individual; furthermore, there can be such variety in the objective circumstances of the particular writer and his or her situation, age and experiences.

The history and geography of Aragón in *Crónica*

Just as, as I have demonstrated, readers seeking biographical information about Sender from the text of *Crónica* need some help, if not gentle dissuasion, if they are not to become very confused; so too those seeking to link

---

bones hardened and their blood grew richer. And so, they began to write novels, not to forget these things – it would have been impossible – but to free themselves of them.'

88 I am thinking of *Juegos de manos* (1954), *Duelo en el Paraíso* (1955) and particularly *Fiestas* (1958).

89 Barry Jordan argues persuasively in *Writing and Politics in Franco's Spain* (London and New York, Routledge, 1990) that political and social dissidence was often to be found among the children of supporters of the regime, and was a reaction to the repressive puritanism of their upbringing, or contradictions within Falangism and general disillusionment rather than to profound Civil War experiences. I am not persuaded that such arguments merit dismissing the significance of the presence of trauma in the case of Goytisolo.

the historical and geographical references in the novel to real events and places need guidance.

The geographical references can be dealt with relatively easily. The unnamed setting on which Sender based his novel is the small Aragonese town of Tauste, to which he has added some features of Alcolea de Cinca where he also spent his early life. However the famous Pyrenean rock formation, the 'salto de Roldán',[90] which Pepe says he can see from his bedroom window is some fifty miles away and not visible from Tauste. Sender further enhances what is evidently the deliberate vagueness of the setting by turning the sanctuary, to be found some fourteen kilometres north of Tauste, into an imposing castle of the kind with which the area is well endowed. Readers will not find a castle in that particular setting nor has there ever been one.

The historical references are a little more complicated. Sender not only changes Tauste's sanctuary and place of pilgrimage into a castle, he also changes its name: the santuario de Nuestra Señora de Sancho Abarca becomes the castle of Sancho *Garcés* Abarca. But he does not stop there: he subsequently uses that name while also speaking of the castle of Sancho Garcés (frequently) and of the castle of Sancho Abarca (on at least one occasion).[91] The references to Sancho Garcés are such that there can be little doubt that the person alluded to is the famous heroic Sancho III Garcés, king of Navarre (992–1035), known as *rex Hispaniarum* and el Mayor, whose reign was characterised by extraordinary territorial expansion. But this is not the same person as Sancho Garcés II Abarca who reigned 970–994 and was king of Pamplona. Was Sender thinking of him too?

Here, as in other areas, artistic need rather than objective rigour is the major driving force for Sender. He creates a castle, where there was a shrine (*santuario*), to help configure the heroic feelings and ideals of the young Pepe who is able to have adventures there, and also receive, through the found manuscript (another example of artistic licence), objective endorsement of his ideas, along with a challenge to them. Pepe's own place in this scenario of medieval heroism is further supported by the introduction of his own surname Garcés into the name of the 'castle' and his father's suggestion that this name linked them to the kings of Navarre. Beyond that Sender's use of the names Sancho Abarca, Sancho

90 See *Crónica*, note 23.

91 And not only in the novel: see Francisco Carrasquer, 'Cuestionario', *Alazet*, 3, 1991, p. 181 where Sender speaks of the 'castillo de Sancho Abarca'.

Garcés and Sancho Garcés Abarca is largely indiscriminate.[92] I suggest that he does seek to invoke Sancho Garcés el Mayor but the remaining confusion arises from the fact that he is bridging the gap between the real name of the shrine and that of the medieval king who would be most known to local people: historical precision is not intended nor should it be sought by the reader.

---

92 There is even one reference to the Virgen de Sancho Garcés, see *Crónica*, p. 161.

Bibliography

Works by Sender

Primeros escritos (1916–24), Jesús Vived Mairal (ed.) (1993), Huesca, Instituto de Estudios Altoaragoneses.

Imán (1930)

O.P. (Orden público) (1931)

Siete domingos rojos (1932)

Viaje a la aldea del crimen (1934)

Madrid/Moscú – Narraciones de viaje (1934)

Míster Witt en el Cantón (1936)

El lugar del hombre (1938); *El lugar de un hombre* (1958)

Contraataque (México, Quetzal, 1939)

Mexicayotl (1940)

Epitalamio del prieto Trinidad (1942)

Crónica del alba (1942) México, Nuevo Mundo; (1946), Intro. Frances Hall, New York, F.S. Crofts & Co., one novel; (1966), San Cugat del Vallés, Barcelona, Delos-Aymá, six novels; (2001), Intro. José-Carlos Mainer, Barcelona, Destino, nine novels.

Chronicle of Dawn (1945), transl. W. R. Trask, London, Jonathan Cape.

La esfera (1947)

El rey y la reina (1948)

El verdugo afable (1952)

Mosén Millán (1953); *Réquiem por un campesino español* (1960); *Réquiem ...*, (1991), ed. Patricia McDermott, Manchester and New York, Manchester University Press.

Hipogrifo violento (1954) – second novel in the *Crónica del alba* series.

Bizancio (1956)

La 'Quinta Julieta' (1957) – third novel in the *Crónica del alba* series.

Los cinco libros de Ariadna (1957), New York, Ibérica.

Novelas ejemplares de Cíbola (1961)

La luna de los perros (1962)

Carolus Rex (1963)
La aventura equinocial de Lope de Aguirre (1964)
Ensayos sobre el infringimiento cristiano (1967)
Las criaturas saturnianas (Barcelona, 1968)
Zu el ángel anfibio (1970)
Relatos fronterizos (1970)
Una virgen llama a tu puerta (1973)
Libro armilar de poesía y memorias bisiestas (1974), México, Aguilar.
El alarido de Yaurí (1977)
Adela y yo (1978)
La mirada inmóvil (1979)
Correspondencia – Ramón J. Sender/Joaquín Maurín (1952–73), (1995),
    ed. Francisco Caudet, Madrid, Ediciones de la Torre.
Puedo contar contigo – Correspondencia: Carmen Laforet/Ramón J.
    Sender (2001), Barcelona, Ediciones Destino.

Collections of criticism wholly or partially devoted to Sender

Ara Torralba and Gil Encabo (eds) (1997), *El lugar de Sender. Actas del 1
    Congreso sobre Ramón J. Sender*, Huesca, Instituto de Estudios Altoa-
    ragoneses.
Aznar, Manuel (ed.) (1998), *El exilio literario español de 1939. Actas del I
    Congreso Internacional*, Barcelona, GEXEL.
Aznar, Manuel (ed.) (2000), *Las literaturas del exilio republicano de 1939*,
    San Cugat del Vallès, GEXEL.
Aznar, Manuel (ed.) (2006), *Escritores, editoriales y revistas del exilio
    republicano de 1939*, Sevilla, GEXEL, Renacimiento.
Dueñas Lorente, José Domingo (ed.) (2001), *Sender y su tiempo. Crónica
    de un siglo. Actas del segundo congreso sobre Ramón J. Sender*, Huesca,
    Instituto de Estudios Altoaragoneses.
Mainer, José-Carlos (ed.) (1983), *Ramón J. Sender. In memoriam, Antolo-
    gía crítica*, Zaragoza, Diputación General de Aragón, Ayuntamiento
    de Zaragoza, Institución Fernando el Católico, CAZAR.

Works on Sender

Alcalá Zamora, Angel (2004), *Testigo, víctima, profeta: los trasmundos
    literarios de Ramón J. Sender*, Madrid, Editorial Pliegos.
Alonso, María de las Nieves (1985), 'Infancia y aprendizaje en *Crónica del*

alba', *Índice cultural español*, 13.

Carrasquer, Francisco (1970), *'Imán' y la novela histórica de Sender*, London, Tamesis Books.

Carrasquer, Francisco (1991), 'Cuestionario', *Alazet*, 3, 75–85.

Castellet, José María, (1963) 'La joven novela española', *Sur*, 284, September/October, 48–54.

Dueñas Lorente, José Domingo (1994), *Ramón J. Sender, Periodismo y compromiso (1924–39)*, Huesca-Zaragoza, Instituto de Estudios Altoaragoneses.

Esteve Juárez, Luis A. (1994), 'El destino de Pepe Garcés en la *Crónica* de 1942', in Dueñas Lorente (ed.), *Sender y su tiempo*, pp. 237–48.

García Arnal, Elvira (2010), *Guía de Lectura:* Crónica del alba *de Ramón J. Sender*, Huesca, Instituto de Estudios Altoaragoneses.

Espadas, Elizabeth (2002), *A lo largo de una escritura: Ramón J. Sender Guía bibliográfica*, Huesca, Instituto de Estudios Altoaragoneses.

Fidalgo, Pilar (1939), *A Young Mother in Franco's Prisons*, London, United Editorial Ltd.

Godoy Gallardo, Eduardo (1980), *La infancia en la narrativa española de posguerra*, Madrid, Playor.

King, Charles L. (1974), *Ramón J. Sender*, New York, Twayne.

Jones, Margaret (1983), 'Saints, heroes and poets: social and archetypal considerations in *Crónica del alba*', in José-Carlos Mainer (ed.), *Ramón J. Sender* In memoriam *Antología crítica*, pp. 363–73.

Longás Pola, Ana (2005), 'Un paseo por el Tauste novelado de Ramón J. Sender', *Boletín Especial*, 11–12, June, Tauste.

Lough, Francis (2001), *La revolución imposible: política y filosofía en las primeras novelas de Ramón J. Sender (1930–36)*, Huesca, Instituto de Estudios Altoaragoneses.

Olmos García, Francisco (1963), 'La novela y los novelistas españoles de hoy', *Cuadernos Americanos*, 4, 211–37.

Oteo Sans, Ramón (1991), *La recuperación autobiográfica de la infancia: Sender en Reus*, lecture delivered at the Centro Aragonés in Barcelona, 24 January 1991.

Peñuelas, Marcelino (ed.) (1970), *Conversaciones con Ramón Sender*, Madrid, EMESA.

Rivas, Josefa (1967), *El escritor y su senda*, México, Mexicanos Unidos.

Ruiz, Roberto (1998), 'Testimonio del exilio', in Manuel Aznar (ed.), *El exilio literario español de 1939:* Actas del primer congreso internacional. Vol. ii, Barcelona, GEXEL.

Schneider, Marshall J. (1993), 'Problematising the autobiographical act: observations on the frame in Ramón J. Sender's *Crónica del alba*', *Romanic Review*, 84, 2 (March), 195–208.

Sender Barayón, Ramón (1989), *A Death in Zamora*, Albuquerque, University of New Mexico Press.

Trippett, Anthony (1986), *Adjusting to Reality: Philosophical and Psychological Ideas in the Post-Civil War Novels of Ramón J. Sender*, London, Tamesis Books.

Trippett, Anthony (1997), 'De tal palo, tal astilla', in Ara Torralba and Gil Encabo (eds), *El lugar de Sender. Actas del primer congreso sobre Ramón J. Sender*, Huesca, Instituto de Estudios Altoaragoneses, pp. 737–48.

Trippett, Anthony (2001a), 'Preface' to *Sender 2001*, in Anthony Trippett (ed.), *Actas del Congreso centenario celebrado en Sheffield*, Bristol, H*i*PLAM.

Trippett, Anthony (2001b), 'La autobiografía desde el exilio: Algunas observaciones sobre la primera parte de *Crónica del alba* de Ramón Sender', in José Domingo Dueñas Lorente (ed.), *Sender y su tiempo. Crónica de un siglo. Actas del segundo congreso sobre Ramón J. Sender*, Huesca, Instituto de Estudios Altoaragoneses, pp. 39–54.

Trippett, Anthony (2006), 'La psicología profunda del exilio', in Manuel Aznar (ed.), *Escritores, editoriales y revistas del exilio republicano de 1939*, Sevilla, GEXEL, Editorial Renacimiento, pp. 849–54.

Vived Mairal, Jesús (1990), 'El auténtico mosén Joaquín de "Crónica del alba"', *Heraldo de Aragón*, 12 August, 44.

Vived Mairal, Jesús (2002), *Ramón J. Sender Biografía*, Madrid, Páginas de Espuma.

Yndurain, Francisco (1983), 'Sender y su obra: una lectura', in José-Carlos Mainer (ed.), *Ramón J. Sender In memoriam Antología crítica*, Zaragoza, Diputación General de Aragón, Ayuntamiento de Zaragoza, Institución Fernando el Católico, CAZAR, pp. 73–86.

Other works

Armstrong, Karen (2005), *A Short History of Myth*, Edinburgh, New York, Melbourne, Canongate.

Aub, Max (1965), 'El remate', in *Historias de mala muerte*, México, Mortiz.

Alonso de los Ríos, César (1971), *Conversaciones con Miguel Delibes*, Madrid, EMESA.

Ayala, Francisco (1972), *Confrontaciones*, Barcelona, Editorial Seix Barral.

Ayala, Francisco (1978), 'El regreso', *La cabeza del cordero*, Madrid, Espasa Calpe.

Boxall, P. (ed.) (2006), adaptación española, J. C. Mainer, *1001 libros que hay que leer antes de morir*, México D. F., Grijalbo.

Buckley, Jerome H. (1984), *The Turning Key. Autobiography and the Subjective Impulse since 1800*, London, Harvard University Press.

Conte, Rafael (1970), *Narraciones de la España desterrada*, Barcelona, EDHASA.

Farrell, Martin (2000), *The Search for the Religious Ideal in Selected Works of José Luis Castillo-Puche*, Lewiston, Queenston, Lampeter, Edwin Mellen.

Fort, Tom (2006), 'That's quite enough poetic licence, Mr. Motion', *Observer*, 24 December, p. 21.

Graham, Helen (2005), *The Spanish Civil War: A Very Short Introduction* (Oxford, Oxford University Press.

Hartley, L. P. (1961), *The Go-between*, Harmondsworth, Penguin.

Hollander, Nancy Caro (2000), 'Exile: paradoxes of loss and creativity', in U. McCluskey and C. Hooper (eds), *Psychodynamic Perspectives on Abuse (The Cost of Fear)*, London and Philadelphia, Jessica Kingsley Publishers.

Holmes, Thomas H. and Richard H. Rahe (1967), 'Social adjustment rating scale', *Journal of Psychosomatic Research*, 11, Oxford.

Jordan, Barry (1990), *Writing and Politics in Franco's Spain* (London and New York, Routledge.

Lejeune, Philippe (1975), *Le Pacte autobiographique*, Paris, Editions du Seuil.

Martínez Cachero, J. M. (ed.) (1977), *Novela española actual*, vv.aa., Madrid, Fundación Juan March.

McEwan, Ian (2002), *Atonement*, London, Vintage Books.

Motion, Andrew (2006), *In the Blood*, London, Faber & Faber.

Olney, James (1972), *Metaphors of the Self: The Meaning of Autobiography*, Princeton, NJ, Princeton University Press.

Phillips, Adam and Barbara Taylor (2009), *On Kindness*, London, Hamish Hamilton.

Preston, Paul (2006), *The Spanish Civil War: Reaction, Revolution and Revenge*, London, HarperCollins.

Preston, Paul (2011), *El holocausto español: odio y exterminio en la Guerra Civil y después*, Madrid, Debate.

Rowe, Dorothy (1996), *Guide to Life*, London, HarperCollins.

Tremlett, Giles (2006), *Ghosts of Spain*, London, Faber & Faber.

Filmography

Valentina (primera parte de *Crónica del alba*). Director: Antonio José Betancor (Producción: Ofelia Films, S. A., Carlos Escobedo, 1982).
1919 (segunda parte de *Crónica del alba*). Director: Antonio José Betancor (Producción: Ofelia Films, S. A., Carlos Escobedo, 1983).

Radio programmes

Radio Interview with Andrew Motion in *Front Row* – BBC Radio 4, 17 October 2006.
'France's forgotten Concentration Camps', BBC Radio 4, 4 May 2009, http://www.bbc.co.uk/iplayer/episode/b00k3x23/Frances_Forgotten_Concentration_Camps/

The editions of the novel *Crónica del alba*

The first edition dates from 1942. Sender's revision came out in 1946. He had reduced the original text by some 7 per cent, in many respects improving it: cutting nothing substantial, tightening the dialogues, removing arguably superfluous phrases along with elements of fantasy, and reducing the length and number of the poems. He had also made a couple of changes in the pre-memoirs introduction reflecting the fact that by 1946 Republican exiles had abandoned hope of the Allies intervening in Spain after the defeat of the Axis powers and the end of the Second World War.[1] Overall, Sender had used the well-honed editing skills he acquired in his years as a journalist and of which he spoke with pride to Peñuelas.[2] Further to that, as Francisco Yndurain notes perceptively,[3] Sender had removed the comments made by the adult narrator and by doing so had privileged the viewpoint of the young Pepe, with the overall effect of making the poignancy of the contrast between the situations of boy and man less explicit.

Thereafter Sender seems scarcely to have retouched the novel,[4] even though over the years he produced sequels turning it into a series of nine.[5] The only significant change after 1946 was the addition of a couple of passages describing Pepe's grandfather who lived close to the boy's native village; these prepare the reader for the exploration of their relationship in the fifth novel, *La onza de oro*.

1 See Esteve Juárez in Dueñas Lorente (ed.), *Sender y su tiempo*, pp. 245–6.
2 '¿Tú sabes lo que es estar … seis u ocho años no sólo escribiendo, cada día, sino corrigiendo materiales que te enviaban a la mesa; que tú debías limpiar de redundancias y repeticiones y dejarlos reducidos a la pura esencia informativa?' *Conversaciones*, p. 105.
3 See 'Sender y su obra: una lectura', in Mainer (ed.), pp. 81–5.
4 See his 'Advertencia previa' to *Crónica del alba* (New York, Las Americas, 1963).
5 For details of the editions see Espadas *A lo largo de una escritura*. Sender's behaviour in respect of the revision of *Crónica del alba* contrasts with how he approached a number of his other novels, particularly the early ones: some were removed by him from the canon of his work only to be later rewritten and given different titles and others were combined with fresh material in new configurations.

This MUP edition follows the handsome, widely available Destino edition of 2001, prefaced by Mainer, which Sender is said to have revised. I correct some thirty misprints.

The remaining novels of the series *Crónica del alba*

Hipogrifo violento[1]

Sent away by his father to a boarding school in Reus, Pepe bitterly misses his family and above all Valentina. However, his belief in himself and his inner world is boosted by being given the lead role of Segismundo in a school production of Calderón's *La vida es sueño*, a play that he interprets as giving unqualified endorsement to the possibility of realising dreams and to the actions of a heroic rebel, like himself, who triumphs over his father. His wildness is gently checked by a lay brother, *el hermano lego*, who seeks to guide him into an awareness of the objective world and the value of all human life – Pepe had expressed the hope that the school, a religious foundation, would be sacked by protesting workers.

La Quinta Julieta[2]

It is the world itself that checks Pepe's hopes and beliefs in *La Quinta Julieta*. Joining his family in the regional capital, Zaragoza, he had imagined that the beautiful gardens of the park of that city could be the real setting for the ideal love he felt for Valentina. But the gardens had been the scene of a crime and there was bitter conflict among the gardeners who worked there. More personally, he had strong, new, sexual feelings that seemed to sully his notions of ideal love; and the real world began erecting social barriers between him and Valentina's family, threatening the future of his relationship with her.

---

1 First published in México in 1954. This account of Pepe's time in the boarding school is a modified and developed version of what first appeared as episodes in the life of Ramiro Vallemediano in *El verdugo afable*, published two years before (1952) in Santiago de Chile. In subsequent Spanish and English versions of that novel there is no mention of the boarding school. See Trippett, *Adjusting to reality*, pp. 22–3.
2 First published in México in 1960.

El mancebo y los héroes[3]

The social barriers seemed virtually insurmountable when his family moved on to Caspe and he stayed in Zaragoza to work as a chemist's assistant, *mancebo de botica*. Ashamed of his job, as well as abandoned as he saw it by his family, he sought emotional support in solidarity with his fellow workers with whom he shared an unsophisticated anti-clericalism. He made the acquaintance of a revolutionary, Ángel Checa, and was drawn towards an imperfectly understood anarchism. Revolution would put an end to all kinds of injustice, eliminate the barriers between him and Valentina and provide opportunities for the displays of heroism of the kind he felt himself capable. In the event, a tragically unsuccessful piece of direct action by *los héroes*, Checa and his followers, led to many imprisonments and a number of deaths – including Checa's. Reality had again taught Pepe a very hard lesson. In desperate straits he sought the comfort of his home village. But there was no Valentina there, and don Joaquín and a number of family pets had died. He trudged out into the snow with thoughts of catching pneumonia and dying.

La onza de oro

In fact Pepe went to his grandfather's village. But this was not to afford him comfort either. It was not the rural idyll he had remembered from early childhood and quite at odds with his cherished values. There were unsolved murders and examples of jealousy and madness linked to Pepe's own family. And in the midst of it all was *el viejo Luna*, Pepe's beloved grandfather, who gave little thought to high ideals and spent his time calculating on the best ways to serve the family's interests. It all suggested a sordid and imperfect world. There was no place for him and Valentina there.

Los niveles del existir

In any case was he worthy of her? In Alcañiz the setting of the next novel where Pepe was again working as a *mancebo de botica* away from his family, a sexual relationship with Isabel, a young girl whom he met in a cinema, provided a major challenge. He wanted to keep faith with Valentina and remain true to the heroic ideals of his youth, but he was very drawn to his

3 This and the next two novels were first published in New York in 1963.

sexual partner and found it difficult to dismiss her down-to-earth scepti-
cism about heroism and ideal love. Desperately, he sought to renew his
relationship with Valentina, but his *bachillerato* certificate did not impress
her family who began to actively oppose his suit. Nothing was going right
for him. An unsuccessful suicide attempt left him in the lowest of spirits.
Even the attractive prospect of work as an anarchist courier was problematic: it would undermine the interests of his employers, don Bruno and
don Alberto, who had shown him kindness. Reality was proving complex
and intractable.

Los términos del presagio[4]

To make matters worse Isabel became pregnant and Pepe had to help her
procure an abortion. The early pages of *Los términos* are a kind of coda to
the previous notebook. Thereafter the nature of the narrative begins to
change, see below, in tune with the character of Pepe himself. There is a
sense that he was now a formed person and would not develop thereafter.
He began to see life as a kind of prison from which he could not escape:
his focus thereafter was *desvivirse* – to live off the past rather than in the
present or for the future. Valentina became finally confirmed as a subjective creation rather than someone with whom he could live or expect to
associate in the real world. In fact he had made a kind of adjustment to
the world outside him, and now lived in it in a disengaged way. The pace
of the narrative suddenly accelerates: many years would pass, he would go
to university in Madrid, do his military service in Morocco; and national
events of great moment, like the coming of the Republic, would occur,
but nothing would really impinge on him. His political involvement with
anarchism, his relationships with numerous women and a period in gaol
did not affect him deeply. The sense of him being in a subjective world
of his own is further conveyed by his account of the character of most of
the people in whom he was interested: their lives were like variations of
his own, something not without menace. Pepe's principal moral concerns
and limited engagement with the external world were centred on *Occisa1
1*, a deadly gun he had invented which allowed the operator to kill without
being detected. The money and influence it could have given him would
have allowed him to win Valentina; not that he could ever have allowed

4 This and the two following novels were first published in Barcelona 1965–66; see
note 2, p. 1.

himself to do so. The gun, like the presaged war itself, forced people such as Pepe who lived in a world of their own to take full cognisance of what was happening outside them and how to face it.

La orilla donde los locos sonríen

In the immediate pre-Civil War period all were engaged in a search for physical, psychological and moral orientation. At every level there was danger, confusion and uncertainty, and these are conveyed in the style and character of *La orilla* ... which are significantly different from those of the earlier novels. As Sender has indicated they reflect the times described.[5] Events and descriptions take on a symbolic character: thus shortly after the start of the war, at a crossroads, Pepe finds himself face to face with ... Ramón Sender. The two men find a lot in common but part on very bad terms having laid bare what will always separate them – their attitudes to love and the *vacío absoluto*. In a footnote *R.S.* advises the reader that a substantial part of himself died, in the Argelés detention camp, with Pepe Garcés. In a complementary, intercalated aside, Pepe, as narrator, notes that Sender reportedly succeeded in escaping from the same camp by tricking the French authorities into buying false gold bars. Later, under protective *cobertizos*, in the company of Nationalist supporters, Pepe starts to get some sort of understanding of the political situation; he starts to identify the uncoordinated and failing attempts of radical, left-wing groups to transform and modernise Spain. In the novel these appear as *La Cosa*, a kind of grotesque Frankenstein's monster.

La vida comienza ahora

Moral and psychological challenges confront Pepe: in swift succession he finds himself engaged in two trials in which he seeks to thwart attempts made by hastily convened military courts to carry out summary justice against political opponents. One of the trials is in the Nationalist zone, one in the Republican zone. On the second occasion his involvement is significantly affected by the fact that in manner, politics and official position the man Pepe is helping closely resembles his own father. This pushes Pepe towards a reconsideration of that desperately cruel figure, and their relationship, and more horrific details of Pepe's childhood emerge,

5 In Peñuelas *Conversaciones*, p. 153 and pp. 160–1.

confirming earlier indications that the presentation of don José in the first notebook was idealised.[6] The overall tone, nevertheless, is one of reconciliation – a tone that is further expressed in the final scenes of the book that take place in a kind of peaceful no-man's-land between the battle lines of the Republicans and the Nationalists. It emerges that the continued existence of that oasis of peace was dependent on a baby's nappy hung out to dry by its mother. Both sides had interpreted it as a white flag: *la vida comienza ahora* ...

6 See the first pages of *La orilla*.

Plate 1

The Santuario de Sancho Abarca, fourteen kilometres from Tauste, which in the story becomes the Castillo de Sancho Garcés Abarca complete with an underground passage. The film version of the novel uses a real castle as the setting.

Plate 2 The grave of Valentina Ventura and family, in the cemetery of the town of Borja.

Plate 3
The potential site of the 'batalla naval' between Pepe and friends in Alcolea de Cinca and the boys from Albalate on the other side of the river.

Crónica del alba

Ramón J. Sender

A los nómadas, antes de rasgar vuestras sábanas de lino y comerse vuestras terneras crudas en la plaza, les gusta recoger sus recuerdos para ponerlos a salvo de las represalias.[1]

Aunque no lo parezca, *Crónica del alba* está escrita en el campo de concentración de Argelés.[2] Su autor era un oficial español del Estado Mayor del 42 Cuerpo del Ejército. Necesito yo haberlo visto para aceptar que un estilo tan sereno y frío, tan «objetivo», fuese posible en aquellas duras condiciones. El verdadero autor, José Garcés, era muy amigo mío. Yo conozco también a Valentina V. y a don Arturo y a toda la familia de Pepe y conocí a algunos otros tipos como don Joaquín A., fallecido ya. Las figuras episódicas y una parte de la atmósfera de la narración me son desconocidas. Pepe Garcés entró con los restos del ejército republicano en Francia. De su situación regular de hombre de treinta y cinco años, sano, inteligente y honesto a la manera española, es decir haciendo de la dignidad una especie de religión, se vio convertido en un refugiado sospechoso a quien los negros senegaleses de Pétain trataban a culatazos. Como otros muchos, fue empujado de esa manera al rincón estepario de una tierra abierta a los mares de febrero. Lo encerraron en un inmenso recinto alambrado. Allí nos encontramos. Había dado las pocas cosas que llevaba —una manta, un vaso de latón y un cortaplumas— a los primeros que se lo pidieron. Jamás acudió a donde repartían comida y por lo tanto sólo comía cuando alguien le ofrecía algo. Entre el cielo y la tierra conservaba únicamente un libro. No era un tratado de historia, ni una novela, ni un libro religioso. Era un manual técnico de fortificaciones. Mientras la región central — Madrid y Valencia— resistió, es decir durante las cuatro primeras semanas

---

1 A corrosive irony characterises this epigraph. Pepe was hardly a man of violence nor yet a voluntary nomad in the detention camp. Perhaps the implication is that Republican combatants such as he were unrecognised as well as betrayed by the world, as he states in the preface.

2 Argelés was one of a number of internment camps, some pre-existing, others set up purposefully to hold the hundreds of thousands of Spanish refugees who fled across the French border in the closing months of the Civil War. Many were in the area of the southern French *département* of Pyrénées-Orientales but others were to be found throughout France. Conditions particularly at the outset were very poor – malaria and dysentery were rife and suicides frequent. Options open to the inmates were few: most resisted pressure to return to Spain; some escaped (like Rubén Ruiz Ibarruri, son of La Pasionaria); while others were helped to leave thanks to offices of sympathetic foreign governments; the poet Pablo Neruda, while the Chilean Consul for immigration in Paris in 1939, was a major figure engaged in organising the transport of Spanish internees to Chile. Attempts have been recently made to draw attention to the existence of the camps which were widely ignored or unknown in France. (See 'France's forgotten Concentration Camps', BBC Radio 4, 4 May 2009.)

de nuestra vida en el campo de concentración, siguió leyendo el libro, haciendo croquis, completando sus conocimientos. «Ah —solía decir—, en el centro resisten y a nosotros nos llevarán allí cualquier día.»

Había hecho un agujero en el suelo, como una mediana sepultura, cerca del mío y allí estaba día y noche con su libro. Aquel refugio era suficiente para preservarnos del viento, pero no de la lluvia. Y debiamos dormir allí. Por la noche, la tierra mojada se helaba.

No salía Pepe Garcés sino para acercarse a la entrada del campo donde solían depositar a los que morían (treinta o cuarenta cada día). Después volvía taciturno. «Debemos cuidar nuestra salud en lo posible —decía— porque vamos a ser necesarios todavía.»

El día que supimos que Madrid y Valencia habían capitulado, se fue al mar y arrojó el libro al agua. Volvió a su agujero y trató de dormir. Yo le cedí como otras veces mi manta. Cuando despertó parecía otro. No era fácil creer que se pudiera tener un aspecto más lamentable, pero Pepe Garcés se había derrumbado. El fluido que sostenía sus nervios se fue con el libro de fortificaciones y con la esperanza de volver a la lucha. Era un hombre muerto.

No se interesaba por lo que sucedía a su alrededor. Cuando sabía que alguien había salido del campo y le preguntaban a él si le gustaría salir, se encogía de hombros:

—¿Para qué?

Un día comenzó a hablarme de cosas lejanas. La aldea, su familia, Valentina. Me hablaba sobre todo de una vieja campesina que vivió en su casa hasta que murió la madre. La llamaban la «tía Ignacia». La preocupación de Pepe en aquellos días era si la tía Ignacia habría muerto o no antes de comenzar la guerra. La idea de que un ser tan puro y simple hubiera conocido tantas miserias lo sacaba de quicio. «Tú no sabes —me decía— la impresión que me hizo la última vez que la vi. Yo tenía 28 años, era un hombre formado y había ido a la aldea por asuntos de la hacienda. Hacía muchos años que no iba nadie de mi familia allí. Yo me hospedaba en casa de unos parientes y al enterarse la tía Ignacia vino a verme. Su marido había muerto hacía años y ella tenía una cara arrugadita como una nuez. Me abrazó y besó y después se sentó en una silla y estuvo mirándome. Me miraba y lloraba y no decía nada. Así durante dos horas. Cuando yo me fui la dejé llorando todavía cosa las manos cruzadas sobre la cintura.» Mi amigo repetía: «¡Oh, si hubiera muerto antes de la guerra, se habría muerto sin conocer tanto odio!». Mi amigo la había visto el año 30. Estaba tan viejecita que quizá no resistió seis años más.

La manía de hablar de aquellos tiempos y aquellas gentes era una defensa y una fuga. Yo también hablaba. Me dejaba influir por las palabras de Pepe sin abandonarme. Estaba con la idea fija en salir del campo. Cuando quería unir la suerte de mi amigo a la mía en mis proyectos de liberación me miraba extrañado y repetía:

—¿Salir de aquí? ¿Para qué?

Y se iba a la entrada del campo a ver los muertos del día.

«Ésos —me dijo una vez—, ésos se van por la única puerta digna de nosotros.»

Yo no solía discutirle sus palabras. Me había propuesto ahorrar energías en todos los sentidos desde que entré en el campo. Energías físicas, morales, intelectuales. Mi amigo hacía todo lo contrario. Iba y venía, se exaltaba hablando de cualquier cosa y aunque comenzaba a toser y tenía fiebre por las tardes, seguía no comiendo sino una pequeña parte de lo que yo le daba. Lo demás, lo repartía. Solía decir desolado, mirando alrededor: «¡Oh, qué caras de hambre!». Pero él no veía la suya.

Logré salir del campo e hice gestiones para sacarle, pero tropecé siempre con su negativa. Iba a verle y le llevaba víveres y tabaco que él entregaba inmediatamente a unos campesinos de su provincia, reservándose únicamente un paquete de cigarrillos. La segunda vez que fui lo encontré en tal forma que me extrañaba que se sostuviera en pie.

—No lo creas —contestó a mis alarmas—, estoy mejor que nunca. Con tu manta he hecho una choza y estoy a cubierto de la lluvia y del viento.

Me pidió papel de escribir, cuadernos y lápices. Y después, también, cabos de vela. Yo le llevé además una linterna eléctrica y comprimidos de calcio. El tiempo que estábamos juntos se lo pasaba hablándome de su madre, de la tía Ignacia y de Valentina, que había sido su primer y grande amor. Yo le escuchaba y me interesaba tanto como él. Cuando le hablaba de la posibilidad de salir me atropellaba con nuevos recuerdos de su infancia, de su primera juventud. Yo pensé en los procedimientos más absurdos, incluso en que lo declararan loco, para hacerlo salir de algún modo y una vez fuera encargarme de él y hacer que lo cuidaran; pero no había tal locura, era el hombre más razonable del mundo, aunque hablaba siempre encendido de una especie de entusiasmo idílico.

Cuando todo estaba dispuesto para sacarlo de allí, me dijo:

—Es inútil. No quiero arrastrar la vida por ahí. Si salgo ¿sabes lo que seré? En el mejor caso, un héroe engañado. Nos ha engañado todo el mundo. Y es que la generación que tiene ahora el poder en todas partes es una generación podrida, de embusteros. Pocos de nosotros van a vivir hasta que la generación siguiente, la nuestra, tome la dirección de las cosas. Pero aunque viviéramos no es seguro que la generación que sube no esté contaminada. Parece que para llegar a ese plano del poder hay que perderlo antes todo.

Bajando la voz, como si me hiciera una gran confidencia añadió:

—No tienen fe en nada. Y de ahí nace el ser embusteros. ¿Qué va a decir el hombre sin fe? ¿Tú sabes lo que dicen en nuestra tierra cuando descalifican a un hombre? No dicen «es un ladrón» ni «un criminal» aunque lo sea. Eso no tiene tanta importancia. Lo grave es si dicen: «es un sinsubstancia» o bien «un desubstanciado». En el hombre, la substancia es la fe. Ésa es toda la cuestión.

—Sal tú de ahí y habrá por el mundo, al menos, un hombre de fe.

—¿Para qué? El aire que respire, el suelo que pise, todo será prestado. Y vivir pidiendo prestado a la gente sin fe, no me convence. No, no. Nuestra guerra era a vida o muerte. El vencido debe pagar. Y tú —añadía—, que eres como yo, no te hagas ilusiones.

—¿Yo?

—Sí. Viene un gran cataclismo. También tú pagarás. Todos los países entrarán en una guerra que se inició entre nosotros. Nuestros mismos problemas se repetirán exactamente en una escala mundial. Y de esa tensión saldrá otra vez la fe de los hombres, y en el peligro, los mejores se reintegrarán en su propia substancia perdida. Pero, mientras vuelven a arreglarse las cosas, en ese cataclismo seréis arrastrados vosotros. Los embusteros, irritados y miedosos, os atacarán y os destruirán porque sois ahora los más débiles entre los hombres de fe.

Era difícil la discusión porque sus argumentos eran mucho más fuertes que los míos. Y estos argumentos, yo los sentía dentro de mí cada vez que pensaba en su obstinación. Así pues, desvié las cosas y me puse a hablarle de nuestra infancia. Se entregó en seguida a los recuerdos. Era como si en lugar de seguir viviendo hacia adelante, se pusiera a retroceder. Cada hallazgo de personas, hechos o cosas conocidas le llenaba de gozo. Y me hizo otra revelación:

—Estoy escribiendo todo eso. Eso me distrae —añadió—, pero además … además me ayuda a mantenerme en mi substancia.

Lo había dicho con un humor noble bajo sus barbas de vagabundo. Le ofrecí nuevos cuadernos y lápices. Mi amigo estaba sorprendido de su propia memoria. «No me acuerdo de nombres, fechas ni acontecimientos —me dijo— de los dos años anteriores a la guerra, pero mi infancia y mi época de estudiante las recuerdo muy bien, y cuando escribo sobre aquellos tiempos van viniéndome los nombres, las luces, hasta los poemas de mi infancia.»

—¡No!

Sacó del bolsillo hojas sueltas, escritas. «Éste es el primero que dediqué a Valentina, éste es aquel romancillo de amor en la edad del pavo, melancolía agraz que quiere ser madura. Y este otro es un soneto a ella. Lo hice ayer. Y este otro, a los pastores de mi tierra. También lo hice ayer.» Yo le pedí que me los prestara hasta la próxima visita. La canción tenía gracia. Nos traía el sol de la infancia y me hacía reír con una alegría inefable. Comenzaba así:

En el jardín de mi padre
ha nacido un arbolito
no se lo digas a nadie
porque será tuyo y mío.

Y después de unas estrofas líricas adaptadas a una canción campesina terminaba así:

Agüil, agüil
que viene el notario
con el candil.[3]

A mí me producía, quizá, tanta emoción como a él. Leyéndolo se encendía en el aire la canción. Acordarse de todo aquello en medio de tanta miseria era una dulce broma de Dios. Me había dado también un romancillo. Ese romancillo amoroso responde al período ya adolescente con la impaciencia sexual y la melancolía. No pensaba publicarlo, pero aquí está:

Romance a Valentina, estando cada cual interno en su colegio

Amiga del velar dulce,
amiga dulce del sueño,
en la paz de la ventana
se agita un lienzo labriego,
viene de los lueñes pastos
un pastoril clamoreo,
tras de los rebaños queda
una neblina de incienso
y en el cristal de la tarde

3 *agüil* – a made-up child's word, like 'tararán,' to rhyme with *candil*. Possibly this is a nursery rhyme used by children to frighten each other since the setting is darkness and the remote and prestigious figure of the 'notario' was associated with the registering of deaths.

sueña la vega del Vero.[4]
Ven junto del solanar
y allí los dos templaremos[5]
las horas en buen romance
con el diapasón del viento
que este viento de Sobrarbe
te encenderá los cabellos,
cantará su antigua gesta
con la rima de mis besos
y después, si a mano viene
antes que salga el lucero,
te hará más blanca y a mí
me apagará el pensamiento.

Aunque hay cierta fragancia de la tierra, la tristeza parece afectada. Pero
en los sonetos siguientes hay talento poético, un talento que no llegó a
cultivar nunca «profesionalmente», podríamos decir, si la poesía llega a
ser alguna vez profesión. Pero estas cualidades en él eran pequeñas frivoli-
dades al lado de su temple prodigioso.

Soneto a los pastores de Sancho Garcés[6]
Pastores de los montes que dejaban
sus cabañas al cuido de mastines,
en abarcas marchando a los confines
de Ribagorza, su oración cantaban.

Bajo el auspicio de los muertos reyes
a la sombra del roble se acogían,
los cayados en cetros florecían
y de los gozos iban a las leyes.

Rodaba la tormenta por los montes
con el granizo de los horizontes
a los dos lados de Guatizalema,
el rayo sobre el árbol descendía
en cruz de oro y el nuevo rey decía:
arrodillaos, que ése es nuestro emblema.

4 This and the following poems have a number of references to places near to where
  Sender was born or brought up: the river Vero is one of the tributaries of the river
  Cinca which runs through the village of Alcolea de Cinca; Sobrarbe is a municipal-
  ity in the mountains to the north of Huesca; Ribagorza is a district to the north east
  of Huesca; Guatizalema is a river flowing north–south into a tributary of the Cinca.
5 *templar las horas* – intone/sing our (private) prayers – some of the poems in Sender's
  volume of poetry *Las imágenes migratorias* are entitled 'horas'.
6 The first of many references to Sancho III Garcés (992–1035), king of Navarre and
  known as *rex Hispaniarum* and el Mayor. See Introduction, p. 31–2 and n. 31 below.

No me extrañó que en aquellos lugares pudiera hacer versos tan serenos después de haberlo visto despertar bajo la escarcha del amanecer, inquieto por la idea de que la tía Ignacia hubiera conocido los horrores de la guerra. Todo aquello mantenía su vida mucho mejor que mis tabletas de calcio. ¡Ay, pero no había de mantenerla sino mientras le fue necesaria para agotar sus recuerdos sobre el papel!

Soneto a Valentina

La tarde en el jardín de mis hermanas
que un boreal aliento enardecía,
de mármol rota Diana[7] y cetrería
desnuda en una intimidad de ranas.
Pentecostés[8] del aire en las campanas
el gallo azul rascándose la cresta,
flor y frutos en la olvidada cesta
y un temblor en tus dos manos tempranas.

Tú no eras tú sino tu conjetura
alzada apenas sobre la cintura
en tu trenza dos hojas de beleño.
Yo me apoyaba en tu rodilla rubia
—no me mires ya más, que así es el sueño—
y cerrabas tus párpados de lluvia.

Mi amigo siguió escribiendo sus recuerdos e intercalando poemas que no conocí y que, por ser escritos a veces fuera de los cuadernos, se han perdido. Después de leer este soneto le hice una pregunta estúpida:

—¿Rodilla rubia?

—Sí.

—¿Valentina?

—Oh, ella era muy morenita, pero su rodilla, sus brazos, su cuello bajo la cadenita de oro de la primera comunión eran rubios.

Mi amigo murió en el campo de concentración de Argelés el día 18 de noviembre de 1939 a los 36 años de edad. Cuando terminó de escribir sus recuerdos —lo que a él le parecía más interesante en aquella «media jornada» de sus 35 años—, no hubo comprimidos de calcio que lo sostuvieran. Murió bajo un cielo lluvioso. En las barbas de los veteranos de la guerra había gotas temblando. Quizá de la lluvia.

Me entregaron todos sus escritos. En el primer cuaderno había esta

---

7 Diana – Roman goddess of the hunt and Nature.
8 *Pentecostés* – Whitsun, Whitsuntide; Christian festival celebrating the descent of the Holy Ghost on the disciples; Jewish Pentecost.

nota: «Si aprovechas algo y publicas la narración primera, haz lo que puedas para que llegue un ejemplar a Valentina V. Sé que vive y puedes saber su dirección por medio de la familia de R. M. que reside en Coso Bajo, 72, Zaragoza».[9]

Éstos son los tres primeros cuadernos. Los doy tal como estaban, sin separarlos siquiera en capítulos y les pongo el título que me parece más apropiado después de haberle oído hablar de la «media jornada» de su vida.

---

9 Coso Bajo, 72, Zaragoza – a real address though no building is currently to be found at that number. In the film version of the novel, *Valentina*, the director Antonio José Betancor adds an extra scene and has the manuscript collector take Pepe's note-books to Valentina after the war. As I explain in the introduction Valentina died many years before Sender finished writing the series and probably never knew that he had written about her.

Por primera vez en mi vida, los hombres me limitan el espacio. No pueden mis pies ir a donde irían, ni mis manos hacer lo que querrían. Sin embargo, hay una manera de salir de todo esto. Pero no basta con soñar. Hay que escribir. Si escribo mis recuerdos, tengo la impresión de que pongo algo material y mecánico en el recuerdo y en el sueño. Voy a comenzar con la época de mi infancia en la que mis recuerdos aparecen articulados. Seguiré hasta contarlo todo, hasta hoy mismo.

Al cumplir diez años creí haber entrado en la época de las responsabilidades. Me alejé un poco de las peleas callejeras, de las luchas de grupos. Yo tenía el mío en la aldea. Ocho o diez chicos que combatían a mis órdenes. El grupo contrario más encarnizado lo mandaba el Colaso y su más terrible afiliado era Carrasco, que vivía en la casa al lado de la mía. Hacía, sin embargo, tres meses que yo no veía a ninguno de los dos. Este cambio obedecía a mi iniciación en la vida de estudiante y a que mi familia me dificultaba cada día más mi «vida privada». Había que estudiar y ya no se trataba de la escuela primaria sino de graves profesores que vivían en la capital y a quienes habría que presentarse para que establecieran mi capacidad en materias tan arduas como la geometría, la historia y el latín.

Para estudiar tenía que recluirme en casa, y este cambio de vida hizo que los detalles de la vida familiar tomaran poco a poco relieve. Mi cuarto estaba en lo más alto de la casa y al lado había dos enormes graneros por los que se podía pasar al tejado del segundo piso. Las puertas de esos graneros estaban cerradas con llave para que los niños no entráramos, pero yo entraba y salía fácilmente volviendo a dejarlas cerradas. Maniobraba en las viejas cerraduras, de manera que aún hoy mismo me sorprende.

Para preparar mis lecciones de geometría solía despertar al amanecer, salir a los graneros y por ellos al tejado. El lugar no era muy a propósito para estudiar y me obligaba a ejercitar el riesgo porque las tejas estaban cubiertas de escarcha y en un plano muy inclinado. La primera vez resbalaron mis botas, caí y fui bajando. Me hubiera matado en las losas de un patio interior de no interponerse una chimenea que estaba frente a la ventana. Desde entonces aprendí a deslizarme sentado sobre dos retejeras hasta la chimenea. Una vez allí, me instalaba confortablemente al sol y abría los libros. Iba leyendo mis lecciones pero estaba atento a los gatos y a los pájaros. Los gatos me fueron conociendo y acabamos siendo grandes amigos. Los pájaros, en cambio, no se familiarizaban, por lo menos, en aquella época.

Conocía naturalmente a los gatos de casa y los distinguía muy bien de los vecinos. Había uno de color rojizo a quien nadie quería en la familia. Era víctima de un lugar común que en su caso me parecía completamente injusto. Cuando alguien tenía algo malo que decir de un hombre o una mujer de pelo rojizo, guiñaba el ojo y recordaba: «ni perro ni gato de aquel color». La inquina de mi familia contra aquel animal procedía de ese prejuicio y el pobre lo sufría estoicamente. Dándose cuenta de que yo era el único que lo quería, me rodeaba de atenciones. Solía esperarme en el lugar donde el tejado, uniéndose con otro, caía sobre la vertiente contraria. A los gatos les gustan los lugares altos. Al oír maniobrar en la ventana venía pisando suavemente las tejas por los lugares donde no había escarcha. Yo resbalaba como un muñeco mecánico hasta tropezar con la chimenea y el gato se acercaba, ponía sus patas húmedas en mis libros abiertos señalando una declinación latina, un triángulo y pasando y volviendo a pasar para frotar su lomo contra mi barbilla y su rabo contra mi nariz. Quedaban otros gatos por las inmediaciones mirando al mío con admiración y yo vigilaba sus movimientos. Los llamaba cariñosamente, les mostraba la mano cerrada como si fuera a darles algo y cuando me convencía de que no serían mis amigos sacaba del bolsillo mi tirador de goma y les lanzaba pequeñas granizadas de metralla a veces muy certeras. Entonces se iban, pero sin ninguna alarma.

Desde aquel lugar yo veía la torre del monasterio de Santa Clara, que se alzaba ancha, cuadrada y llena de arabescos mudéjares por encima de las casas intermedias. Entre esa torre y mi atalaya había muchos tejados rojizos, negros, verdosos entre los cuales, a veces, se alzaban las columnitas de un solanar con ropa tendida. Y todos los días, invariablemente, a poco de jugar con el gato se oía el cimbal de la torre que volteaba con una especie de alarma atiplada. «Las monjas salen de sus celdas y van a la capilla» —me decía yo—. Y aquello era como una advertencia porque el capellán del convento era mi profesor. Se llamaba don Joaquín A. y tenía sus habitaciones al pie mismo de aquella torre.[10] Era un hombre de cincuenta años y de aspecto rudo y melancólico. Mi padre decía que por el accidente que tuvo —se había roto una pierna y cojeaba bastante— había tenido que renunciar a sus ambiciones y recluirse en aquel puesto secundario. Su casa tenía varias habitaciones con puertas de cristales, abiertas sobre una terraza cuajada materialmente de flores. La terraza asomaba, por un

10 Don Joaquín Aguilar (1867–1918) was chaplain and confessor for the monastery of Franciscan Clarisas nuns in Tauste from 1904 until his death. He was the tutor of Sender and three other students. See Jesús Vived Mairal, 'El auténtico mosén Joaquín de "Crónica del alba"', *Heraldo de Aragón*, 12 August 1990, p. 44.

balconcito, a la plazuela de Santa Clara, y una larga balaustrada ocupaba el costado del atrio del convento. Pavimento, paredes, columnas del portal, escalinata de entrada, todo era de ladrillo que con los años había tomado un color polvoriento. Algunas yerbitas verdeaban en las junturas. En el atrio había una campanita que rompía a gritar en cuanto alguien abría la puerta. El convento era de clausura, lo que quiere decir que las monjas no salían nunca y tampoco en sus recintos entraba nadie y mucho menos seres de sexo opuesto. Durante la mañana, que era cuando yo iba, solía estar todo aquello lleno de sol. En la tarde, y sobre todo al oscurecer, no hubiera yo dudado de que había fantasmas. El capellán, con su aire tosco y melancólico, debía entenderse con ellos.

Para ir al convento yo no tenía que salir verdaderamente a la calle. Por lo menos por la puerta principal. Bajaba al patio interior por la escalera descubierta de las cocinas, desde el patio iba a unas caballerizas, siempre vacías (una delicia para nuestros juegos), después a un corral lleno de gansos y gallinas con los tejadillos poblados de palomas y, desde allí, a un callejón pavimentado con anchas losas desiguales que iba a dar precisamente a la plaza de Santa Clara. Por un lado ese callejón —el callejón de las Monjas— estaba flanqueado de casitas muy pequeñas, apiñadas a la buena de Dios, con balconcitos de madera carcomida. En una de esas casitas vivía una mujer que se llamaba (como la plaza y el convento) Clara. Era hermana del obispo —mi padre decía que era «prima» para aminorar la ofensa de aquel parentesco—, tenía sus cuarenta y ocho años y recibía de su hermano una pensión mensual que le pagaba mi madre. Toda la familia del obispo dedicó los mejores esfuerzos de su vida a convencer a Clara de que debía entrar en el convento, pero ella se reía de todos y repetía con mucha picardía: «Sí, monja, monja. De las de dos en celda». Se gastaba su pensión en trapos. Sobre todo ropa interior, y estaba siempre con una flor en el pelo. Cuando salía era para comprarse dulces en la confitería y vino en la taberna. Sus ropas exteriores eran muy feas, casi harapientas, y si alguna vecina le decía algo se alzaba la falda y le mostraba sus enaguas almidonadas y llenas de encajes, con orgullo. Cuando venía a casa a cobrar su pensión no pasaba de la puerta, pero los niños acudíamos a mirarla.

Todos los días, al pasar yo ante su casa, si era invierno, rezongaba ella desde el balcón:

—Pobrecito, con las piernas moradas de frío. Con lo que me roban a mí ya podrían hacerle pantalones largos.

A veces, en la primavera se le exacerbaba su inquina contra el obispo: «Monja, monja —solía decir—, algún día atraparé a mi hermano donde cantan las perdices». Aquella amenaza contra el obispo me sugería a mí una escena divertida: el pobre obispo, un viejecito, a quien todo el mundo veneraba («un santo», decía mi padre), a golpes con su hermana en un cruce de caminos.

Estaba yo bastante adelantado en latín. Así como aquél era mi primer año en geometría, era el tercero de latín, porque mi padre tenía la manía culta de que si no sabía latín, no sabría bien nunca castellano. La diferencia consistía en que ahora estudiaba el latín para aprobar, es decir, que ahora iba en serio. El profesor era terriblemente intransigente, porque quería que «cuando fuera a examinarme supiera más latín que el profesor». Se refería al profesor civil del Instituto. Creía que sólo los curas podían saberlo verdaderamente.

Aquel día estudiábamos la Epístola 114 de Séneca, y yo estuve muy torpe. Mosén Joaquín conservaba cierto mal humor cuando pasamos a la geometría. Y allí fue Troya. Como tantas otras veces los gatos tenían la culpa. Sobre el texto abierto se veían aún las huellas húmedas de sus manitas delanteras, como dibujos de trébol.

Al final de la clase, mosén Joaquín me dijo: «Si a fin de curso sufres un fracaso, tu padre debe saber que eres tú y no yo el responsable». Cerró los ojos como para una gran determinación y balbuceó: «lo siento». Puso en el pequeño cuadernito de tapas de hule un signo cabalístico. Yo tenía que dejar el cuadernito abierto cada día sobre la mesa en el lugar de mi padre a la hora de comer. Y si habitualmente conocía el significado de las iniciales que el profesor ponía, aquel día no comprendí nada. Había un extraño garabato y un número 20. Muy intrigado llegué a casa. Era ya mediodía, pero no estaba mi padre. Mis hermanos, casi todos menores que yo, correteaban por los pasillos. En la cocina se afanaban las niñeras, las nodrizas, la famosa tía Ignacia que no era tía, pero habiendo visto nacer a mi madre, era tan importante como ella misma. En el comedor, que daba a un ancho patio interior, la mesa se ofrecía deslumbrante de blancura y cristales. Tenía el comedor maderas claras labradas alrededor de una amplia chimenea donde ardían los leños. Correspondía la chimenea justamente al lugar donde se sentaba mi padre y frente a ella se abría un balcón que dejaba ver las galerías de enfrente llenas de sol. Al lado del plato de mi padre se alzaba un sifón envuelto en malla metálica con un dispositivo para producir, con una cápsula de plomo llena de gas carbónico, la soda con la que mezclaba el vino. Aquella cápsula pasaría a ser mía, una vez usada.

Mis hermanos iban llegando. Los pequeños probaban a ponerse ellos solos la servilleta de cintas, para lo cual se la ponían a la espalda, ataban las cintas debajo de la barba y después, ya anudadas, les iban dando vuelta. La tía Ignacia comía con las sirvientas en la cocina y nos asomábamos porque aquel día usaba un enorme cucharón advirtiendo para hacernos reír: «y yo, como tengo una boquita como un ángel, con una cucharita de café». Las sirvientas habían comido ya, pero la tía Ignacia solía comer al mismo tiempo que nosotros o después. Su marido no venía a casa casi nunca. Un día que la tía Ignacia discutía con la hornera, llegaron a indignarse tanto que la hornera (que le tenía envidia) le dijo que tenía «cara de carnaval» y la tía Ignacia replicó: «tendré cara de carnaval, pero me casé con el hombre más guapo del pueblo». Desde entonces, el marido de la tía Ignacia me parecía como un ser mítico. «El hombre más guapo del pueblo.» Nunca había oído yo hablar de «hombres guapos». Mi hermana mayor, que tenía tres años más que yo, me confirmó que lo era verdaderamente.

La extraña contraseña de mi cuaderno fue fatal ... Sucedió lo que hasta entonces no había podido suceder. El profesor me condenaba a veinte palos. Mi padre, al ver el cuaderno, dispuso que yo no comiera en la mesa con los demás y que subiera a mi cuarto a esperarle. Movía la cabeza con aire desolado. Tenía una gran energía en las cejas, en el ángulo de su nariz y en el duro bigote recortado. «Tú vas a ser nuestra vergüenza y vilipendio. Pero no lo serás —añadió—, no lo serás, porque yo soy tu padre y no voy a tolerarlo.» Yo estaba de pie a su lado, inmóvil. Algunas de mis pequeñas hermanas, sobre todo Maruja que tenía motivos de resentimiento conmigo, me medían con su mirada de una superioridad indecente. «Ah, ya te atraparé —me decía yo, humillado—, ya te atraparé, harpía.» Mi padre vacilaba entre poner la cápsula en el sifón y continuar con su reprimenda. «¿Ese ejemplo das a tus hermanos? ¿Esa confianza das a tu padre?» ¿Qué ejemplo podía yo dar a Maruja? Una buena tunda le daría. Mi madre intervenía, piadosa, diciéndome que me marchara a mi cuarto, pero mi padre no había terminado. «¿No se te cae la cara de vergüenza? Pero, no. No tienes vergüenza. Míralo, con qué indiferencia escucha. Eres cínico. Estúpido y cínico. Y cada día lo serás más. Pero yo —y levantó la mano amenazador—, yo sabré evitarlo. Si no lo evito, Dios me pedirá cuentas a mí, y no estoy dispuesto a decirle que fuiste más fuerte y que no pude contigo. Y sabré evitarlo como sea, a cualquier precio.» La reprimenda era más dramática que nunca. Yo había decidido no escucharle, pero no me atrevía a marcharme mientras no me lo ordenara. Pensaba en cosas indiferentes. A través de la idea, por ejemplo, de mis trampas de pájaros puestas en el corral, penetraba la voz de mi padre, grave y tozuda: «La miseria de la familia, la vergüenza de todos, una plaza de aprendiz de zapatero si no aprueba en el Instituto». En lugar de cosas indiferentes pensé en otras apasionantes. En Valentina. Yo estaba enamorado de Valentina, la hija menor del notario. Aquella imagen era impenetrable para las palabras de mi padre. Valentina tenía grandes ojos que no le cabían en la cara y sus dos trenzas cortas se levantaban sobre la cabeza, y en el lugar donde se unían, su madre le ponía un pequeño ramillete de flores de trapo, pequeñas, amarillas, verdes, rojas. Y cuando yo le hablaba, ella se ponía sobre un pie y sobre el otro, y a veces se rascaba con el zapato en la otra pierna aunque no tuviera necesidad. Allí se estrellaba verdaderamente mi padre. Su voz sonaba falsa y cuanto más grave quería ser, era más artificial y sin sentido.

Como siempre que mi padre me reñía, el gato pelirrojo no tardó en llegar y saltarme al hombro. Mi padre gritaba y el gato ronroneaba pasando de un hombro al otro por el pecho o por la espalda, frotándose contra mi barba y mi occipucio. Maruja seguía haciendo alardes de comer bien para adular a mi padre. Concha ocultaba detrás de su servilleta de persona mayor una risa amistosa provocada por el gato.

Mi madre se levantó, vino a mi lado y me tomó del brazo. Aquello quería decir que la ira de mi padre alcanzaba el clímax. Me llevó fuera y fue subiendo conmigo a mi cuarto. Iba haciéndome recriminaciones pero con acento grave. «Tu padre no está bien de salud, no hay que darle disgustos.» Yo, terriblemente ofendido por obligarme a salir de la mesa y humillado por la amenaza de los veinte palos, pensaba: «Mejor. ¿Su salud no es buena? Mejor. Si se muere, mejor. Ojalá se muera y todos seamos pobres y yo tenga que proteger a mi madre. Ya verán entonces quién soy yo».

Pero como le contestara a mi madre con frases despreocupadas ella se alarmó:

—Hijo mío —me dijo tomándome completamente en serio—, por ahora tu papel en la vida es obedecer.

—¿Obedecer?

—Oh, sí. Has nacido y como has nacido y estás en la vida, no hay más remedio que obedecer.

—Ah, pues si lo sé, no nazco.

Yo estaba con la idea fija de los veinte palos. Mi padre quiso liquidar aquella cuenta antes de empezar a comer y dejaba oír sus pasos por la escalera. Antes de que entrara, mi madre me besó y se fue. Los oí discutir en voz baja en el pasillo. Aquel beso de mi madre me produjo estímulos heroicos. Cerraría la puerta por dentro o me marcharía al tejado adonde mi padre no podía salir a buscarme o quizá me defendería con mi escopeta de aire comprimido. Pero mi padre ya estaba en el cuarto y llevaba en la mano una fusta. Me acogí otra vez al recuerdo de Valentina, pero si ese recuerdo era más fuerte que cualquier ofensa no tenía verdadera eficacia contra los dolores físicos. La idea de ser castigado en mi carne desnuda, con los pantalones bajos, era tan vergonzosa que el recuerdo de Valentina no hacía sino aumentar la humillación. Mi padre comenzó a golpearme con cierta fuerza. Yo aguanté sin pestañear.

—¿Tienes algo que decir? —me preguntó al final.

—Pues si eran veinte palos y no me has dado más que dieciocho.

Mi padre dio un portazo y se fue. Murmuraba entre dientes: «Serás un golfo, pero yo te enderezaré». Cuando me quedé solo sentí unos deseos enormes de ser un golfo. Serlo verdaderamente y justificar todo aquello de modo que mi padre fuera desgraciado por mi culpa y mi madre llorara por los rincones. Esas ideas se esfumaron poco después, cuando oí que se iban todos de paseo y aparecieron mi madre y la tía Ignacia, ésta con una bandeja de comida a la que mi madre había añadido como postre, además de la manzana, unos dulces que las monjas de Santa Clara le enviaban a veces. Mi madre me miraba disimuladamente con una curiosidad inquieta. La tía Ignacia bromeaba:

—Aquí le traemos al reo la última voluntad.

Y me contaba un cuento. Los cuentos de la tía Ignacia eran siempre de un humor muy raro que no solía coincidir con la situación. Pero al final, alguien decía una frase muy expresiva que ella repetía imitando los gestos y el acento de tal modo que no había más remedio que reír. Ahora, la alusión a mi situación de reo le sugería un cuento de ahorcados. Mi madre no la oía y yo no oía a mi madre, que suspiraba. Toda mi atención era para la tía Ignacia. «Y entonces le pusieron el corbatín y lo amarraron al poste. Y el condenado advirtió al verdugo: "Rediós, no apriete usted tanto, que me va ahogar".»

Aquel «rediós» que estaba prohibido en casa, pero que a la tía Ignacia se le toleraba, me hizo soltar la risa. Era como una venganza. La tía Ignacia, desde el fondo de su simplicidad se daba cuenta. Pero la historia no había terminado. El verdugo contestaba al reo: «De eso se trata, señor».

Yo devoraba mi comida. Pero el pobre reo que no podía concebir que lo quisieran matar me daba una pena tremenda. Mi madre me veía comer y suspiraba. Yo le pregunté si podría salir a jugar y ella me dijo que más valía que me quedara en casa y que podría jugar si venían amigos.

—Lo que quiere éste —dijo tía Ignacia— es una cosa que yo me sé.

—¿Qué? —preguntaba yo.

—Es un secreto.

—¿Cómo?

La tía Ignacia ponía una cara de payaso de circo para repetir alzando los hombros y dejando caer las manos sobre sus rodillas.

—Es un secreto ... es un secretote.

Yo reía otra vez ... Mi madre se marchó, sonriendo también. En cuanto se fue, la tía Ignacia me limpió los labios y me dijo:

—Va a venir Valentina.[11]

Luego me llamó sinvergüenza y me contó otro cuento, también de ahorcados.[12] Cada cuento de la tía Ignacia tenía su título y éste se llamaba: «La justicia de Almudébar o que lo pague el que no lo deba». Se trataba de un sastre a quien iban a ahorcar en la plaza de Almudébar por haber hecho una muerte. Cuando estaba ya en el patíbulo le preguntaron si tenía algo que decir y el reo se dirigió al público: «Yo, salvo mi crimen, he sido siempre un buen vecino y amigo de todos y además soy el único sastre del pueblo. Cuando yo no esté, ¿quién va a haceros los trajes tan bien como yo? En cambio, tenéis dos herreros y con uno basta para las necesidades del pueblo». Y la gente empezó a decir que tenía razón y atraparon a uno de los herreros que estaba en la plaza y soltaron al sastre y ahorcaron al herrero.

Yo tampoco podía reírme al final porque me daba pena el herrero. La tía Ignacia terminó:

—Tienes que ser más persona decente, porque si no ...

—Si no, ¿qué?

La tía Ignacia, con un aire muy serio, añadió amenazadora:

11 Sender knew Valentina Ventura in the village of Tauste where he lived 1911–13. She was a daughter of local notary don Arturo Ventura. She is buried in the family tomb in the cemetery in nearby Borja with her mother, doña Julia and her sister, Pilar; see Jesús Vived Mairal, *Biografía*, pp. 41–3. The horizontal gravestone has weathered badly but Valentina's full name, Ventura Penalva, and date of death, 13 April 1959, can be deciphered, see Plate 2. Vived gives 18 February 1903 as her date of birth. On that basis her age at death was 56 not 54.

12 La tía Ignacia tells two execution stories. The first victim may or may not have been hanged, a frequent meaning of 'ahorcado', but the second was executed by the traditional Spanish method of the garrotte, whereby an iron collar was used to strangle or break the neck of the condemned person. While la tía Ignacia's stories are funny and brilliantly devised to raise Pepe's spirits, the reality of Spain's barbaric practice was quite different. The last use of the garrotte in Spain took place in 1974 when, to international condemnation, the Franco regime executed the young Catalan anarchist Salvador Puig Antich.

—Habrá bandeo.[13]

Recordaba la humillación de los palos, aquellos golpes que establecían entre mi padre y yo una relación de reo y verdugo. Y me escocía la piel en el lugar castigado. La tía Ignacia recogió el servicio de comer y se fue. Iba a venir Valentina.

El ropero estaba abierto y dentro colgaban mis ropas. Estaba mi traje de panilla verde, que parecía terciopelo. Era mi traje preferido. Una chaqueta «cazadora» con cuatro bolsillos y cinturón, me llegaba casi a las rodillas dejando ver apenas dos dedos del pantalón. En la sombra parecía negra y asomaba entre las cortas solapas una cadenita de plata que correspondía al reloj. Aunque no me pusiera el traje iba todas las noches a darle cuerda al reloj y a mirar la hora. Descolgué la chaqueta y la puse sobre la cama. El reloj era muy plano y los números de la esfera eran amarillos. Mi hermana mayor dijo que eran de ámbar. La marca la formaban tres iniciales, M. Z. A. (Madrid, Zaragoza, Alicante), y alguien me había convencido de que el horario de los trenes se guiaba por mi reloj. Me gustaba mucho aquel traje, pero tenía una apariencia de fiesta y no había más remedio, si me lo ponía, que frotarse las rodillas con agua y jabón, y a veces con un cepillo de hierbas y quizá con piedra pómez. Hice mi aseo lo mejor que pude, me puse calcetines blancos y zapatos de charol, me peiné, poniendo jabón en gran cantidad para aplastar las greñas, consulté la hora y fui bajando.

Ya dije antes que Valentina era morena. Su padre, el notario, se llamaba don Arturo V. Era amigo de mi padre y tenía otra hija dos años mayor que Valentina que se llamaba Pilar, rubia, con una belleza como suele ser la belleza estándar americana. Los cabellos amarillo claro, la piel blanca y una cierta pasividad en la expresión me la hacían profundamente antipática. Valentina tenía ojos rasgados, la boquita saliente y el óvalo perfecto con un color de piel aceitunado claro. Las dos eran bonitas, cada una en su estilo, pero yo que adoraba a Valentina tenía que odiar naturalmente a Pilar. Las dos tocaban el piano y solían, en los días de gala, ejecutar a cuatro manos lindas sonatas. Don Arturo era moreno y muy gordo.

Yo quería a Valentina, pero hasta aquella tarde no se lo dije. Afortunadamente, cuando llegó no habían vuelto aún del paseo mis hermanos. Me alegraba yo especialmente de que no estuviera Maruja porque temía que me pusiera en ridículo diciendo que había sido apaleado. Yo estaba

13 'All hell will break loose.' The reference is to a country dance involving men dancing to a full moon under the instructions of a 'devil'. It takes place on 18–19 May, the festival of San Juan Lorenzo. 'Bandeo' is not recognised by the Real Academia Española de la Lengua (RAE).

atento a los rumores de la escalera. Sabía que Valentina no entraría si no bajaba alguien a recibirla, porque teníamos un mastín feroz atado con una cadena en el patio. Nunca había dado el perro muestras de enemistad con Valentina, pero ella estaba en su derecho teniéndole miedo. Yo bajé dos veces en falso. La primera encontré, sentado en la calle, junto al portal, a un mendigo de aire satisfecho, con mejillas sonrosadas y barbas y cejas hirsutas y blanquecinas. Sacaba de debajo de su capisayo latas de conservas vacías en las cuales metía cuidadosamente restos de comida. Reconocí en una de las latas algo que yo había dejado en el plato, y sentí una impresión de angustia ligada a un sentimiento de seguridad. Pero aquel mendigo, que no estudiaba latín ni geometría y cuyo padre había muerto ya hacía años, debía de ser feliz.

Valentina apareció por fin corriendo calle abajo, y al ver que yo estaba en la puerta se detuvo. Siguió andando con una lejana sonrisa, pero de pronto, cambió de parecer y echó a correr de nuevo. Cuando llegó comenzó a hablarme mal de su hermana Pilar. Me dijo que había querido llegar más pronto pero que la obligaron a estudiar el piano. Yo me creí en el caso de mirar el reloj y decirle a Valentina que los números de la esfera eran de ámbar. Aunque ella estaba enterada se creyó también obligada a preguntarme si me lo habían regalado el día de mi primera comunión. Yo le dije que sí y que la cadena era también de plata. Después, entramos corriendo. Valentina, cada dos pasos avanzaba otros dos sobre un solo pie, con lo cual las florecitas de trapo que llevaba en la cabeza bailaban alegremente. Al llegar junto al perro, yo le advertía que no debía tener miedo. Me acerqué al animal que estaba tumbado, me senté en sus costillas, le abrí la boca, metí dentro el puño cerrado y dije:

—Estos perros son muy mansos.

Ella me miraba las rodillas y yo pensaba que había hecho muy bien en lavarlas. Valentina, escaleras arriba, con la respiración alterada por la impaciencia y la fatiga, me contaba que en la sonata de Bertini, su hermana Pilar tocaba demasiado de prisa para que no pudiera seguirla ella y ponerla en evidencia. Yo le pregunté si quería que matara a su hermana, pero Valentina me dijo con mucha gravedad:

—No, déjala; más vale que viva y que todos vean lo tonta que es.

Valentina llevaba las dos orejitas descubiertas delante de las trenzas que se doblaban hacia arriba. Su cabello negro se partía en la nuca, exactamente encima del broche de una cadenita de oro de la que colgaba una medalla pequeña como una moneda de céntimo, con la imagen de la Virgen de Sancho Garcés Abarca. Detrás de la medalla estaban grabadas sus iniciales y la fecha del día de la primera comunión. Yo iba a preguntarle si se la habían regalado, pero eran preguntas que nos hacíamos demasiado a menudo y me abstuve. Una de las cosas que molestaban a Valentina era que sus padres llamaran a la hermana con una contracción cariñosa: Pili. En cambio, a ella la llamaban Valentina. Yo dije que aquel mismo día pondría el nombre de Pili a una gata vieja y que toda la familia la llamaría así y cuando aquel nombre se hubiera generalizado, invitaríamos a Pilar a merendar y yo llamaría a la gata para que todos se dieran cuenta. Valentina se reía.

Entrábamos ya por las habitaciones bajas y yo llamaba a Pili a voces. No se sabe por qué razón la gata acudió, lo que colmó nuestra felicidad. Con todo esto nos fuimos a la galería. Por el camino puse mi mano abierta en su oreja y la recorrí como si la dibujara con mi palma. Apretaba y aflojaba al mismo tiempo.

—Eso hace como las caracolas —le dije.

Añadí que las orejas de Pilar crecerían cada día tanto como en los elefantes. Valentina recordó que su madre había dicho un día que tenía las orejas muy bonitas, y luego se creyó obligada a explicarme cómo las lavaba, y de qué modo para secarlas había que usar una toalla siempre ligera porque con las de felpa no se puede.

—¿A quién quieren más, a Pilar o a ti?

Valentina decía que a ella no la quería nadie en su casa. Con aire superior le pregunté si su padre la había azotado alguna vez. Me dijo que no, pero que su madre le había dado buenos cachetes. No me parecía su madre un enemigo digno de mí y me limité a torcer la cabeza y a chascar la lengua. Pero Valentina añadía que no le había hecho daño nunca y que a veces tenía ella misma la culpa porque le gustaba hacerla rabiar. Se vio que estuvo a punto de hacerme a mí la misma pregunta, pero se contuvo porque sin duda le pareció innecesario. Luego soltó a reír. Se burlaba de sí misma:

—¡Qué tonta!

—¿Por qué?

—Iba a preguntarte si te habían azotado a ti.

—¡A mí! ¿Quién iba a golpearme? ¿Por qué? —En aquel momento yo me sentaba con dificultad en el suelo. Dije de pronto a Valentina con demasiado interés:

—Cuando venga Maruja no le hables.

—Ella viene siempre —dijo Valentina— y me levanta el vestido a ver qué llevo por debajo y después me dice lo que a ella le van a poner el domingo.

Yo palidecía de rabia. Levantarle el vestido no se podía hacer o podía hacerse solamente con un riesgo definitivo: ir al infierno por ejemplo. A veces, jugando con Valentina yo veía una parte de sus muslos, pero sabía muy bien que a una niña no se le levanta la falda. En los muslos de Valentina que yo había visto siempre sin querer tropezaba mi mirada con una prenda íntima blanca que tenía pequeñitos encajes y recibía la impresión de que las partes de su cuerpo que no se veían no eran de carne sino de una materia preciosa e inanimada. Desde que tenía el reloj me gustaba pensar que eran de ámbar. Tampoco pude nunca imaginar (ni siquiera había pensado en eso) que Valentina tuviera necesidades físicas como los demás. Bien sabía que a veces se perdía en el cuarto de baño con alguna de mis hermanas, pero el cuarto de baño es para los niños el lugar de las confidencias porque es el único sitio donde se les permite que se cierren por dentro.

Odiaba yo a Maruja pero no había conseguido transmitirle mis odios a Valentina. Al principio aquello me irritaba. Pronto comprendí que Valentina era tan buena que sería incapaz de odiar a nadie nunca. Viendo las cosas despacio ni siquiera odiaba a su hermana Pilar. Iba y venía con sus rositas en la cabeza, sonreía si yo la miraba, se lavaba las orejas cada mañana con un sistema personal. Pero yo la veía hoy de una manera diferente. Me coaccionaba la idea de que me hubieran apaleado. Me humillaba de tal forma ante mí mismo que Valentina crecía, crecía. Y además era seguro que Maruja se lo diría en cuanto llegara. Maruja tenía el don de la perfidia con sus ocho años escasos. Yo había llegado a temer su quisquillosa debilidad.

Pero me habían apaleado. La tarde avanzaba y mis hermanos iban a venir. Lo primero que harían sería preguntarme: «¿Has comido?». Aquello no podría menos de extrañar a Valentina. Después, quizá: «¿No te dejan salir a jugar?». Esto era menos revelador, pero Maruja aprovecharía cualquier oportunidad para ponerme en evidencia. A pesar de mi traje romántico yo me sentía flojo y débil. Para aquellos azotes nadie podía tener sino una compasión fea, animal. Claro es que un padre puede pegar a un hijo, pero yo era una entidad libre en la vida y ningún padre en el mundo podría justificar ponerme la mano encima. Acercándome a Valentina le dije:

—Dicen que soy tu novio.

—¿Tú quieres serlo? —preguntó ella.

—Yo sí. ¿Y tú?

—Yo, no importa. Si tú quieres, ya está. ¿Qué hay que hacer?

—No hablar con mis hermanas. Márchate ahora a tu casa.

—Vendrá a buscarme la doncella a las seis —decía ella sin comprender.

—Yo te acompaño. No quiero que estés con mis hermanas, que no dicen más que tonterías. Yo te acompaño.

Me levantaba y la tomaba de la mano. «Si soy tu novia —dijo ella muy seria— tengo que hacer todo lo que tú mandas. Si dices que venga, vengo. Si dices que te bese, te beso.»

—No, eso no —dije yo poniéndome terriblemente colorado, pero, dándome cuenta de que aquello había sido estúpido, la besé en la mejilla. Después la tomé de la mano y marchamos hacia la calle.

—Ahora vámonos a tu casa.

Era mi novia y tenía que obedecer pero quería decirme algo y no lo dijo. Le gustaba estar en mi casa conmigo y el hecho de que yo la devolviera a la suya donde dominaba Pilar no se lo explicaba. Cuando estuvimos en la calle, ella a mi lado, yo al de ella, cogidos de la mano, volvimos a sentirnos contentos. No nos habíamos alejado mucho cuando encontramos a Enriqueta, la hija del alcalde. Tenía doce años y yo la odiaba desde el año anterior. Me hice el distraído, pero ella nos miró con un desprecio irónico.

—Si vuelves a ver a Enriqueta —dije a Valentina— no la mires.

—¿Cómo voy a hacerlo? Si la veo, es que la he mirado.

Pero ella misma me daba la solución: «La veo desde lejos y ya sé que es ella. Y cuando pase cerca, vuelvo la cara así, despacio contra la pared». Lo hacía tan bien que tropezó y casi se cayó. Con el tropezón se le fueron de lado las florecitas del pelo. Yo se las quise arreglar, ella decía que si tuviera un espejo, sería mejor, y resignados a que las llevara mal, seguimos andando. Venía en dirección contraria una mujer blanca y redonda, casi sin cejas y con los ojos saltones. Se detuvo, arregló las flores del pelo a Valentina, la llamó «amor mío». Yo la contemplaba no muy satisfecho. Las manos de aquella mujer parecían de caramelo.

—¿Qué me miras, celoso? —me dijo sonriendo.

Seguimos andando y yo oí que ella se detenía detrás a mirarnos y murmuraba ternuras.

Constantemente yo volvía los ojos hacia Valentina que acusaba mi felicidad mirándome también como el que vuelve de un sueño y sonriendo. La cadenita de oro sobre el cuello moreno parecía que iba a dar calor si la tocaba.

—¿Te gusta Enriqueta? —me preguntó.

—No.

—Pues ya es linda, ya. Ya quisiera yo ser como ella.

Yo le rodeé la cintura con mi brazo y sentí un hombro contra mi pecho.

Ella se volvía para mirarme con sonrisas rápidas. Hubiéramos querido evaporarnos en aquella luz que era de ámbar como los números de mi reloj y sus muslos. Valentina hablaba de sí misma. Quería decir lo que le gustaba comer y añadía que cuando estaba acostada iba su madre a ponerle bien la ropa y ella se hacía la dormida para que la besara y su madre la besaba. Yo, oyendo aquello, no pude menos de besarla en el pelo. Y Valentina seguía hablando. Lo que más le gustaba, cuando volvía a casa después de estar toda la tarde corriendo, saltando, sudando, era quitarse los zapatos y poner el pie desnudo en unas zapatillas viejas que tenía. Recordando aquel placer, Valentina cerraba los ojos. «Tengo que probarlo yo», me dije.

Pero el cielo nos enviaba una catástrofe. En una revuelta de la calle aparecía nuestro coche, un armatoste de tiempos de la abuela, lleno de críos. Mi padre en el pescante. Yo quise desviarme con Valentina, pero no había ninguna bocacalle a mano. Además, mi madre me había visto. Y al parar el coche frente a nosotros, Maruja sacó el bracito y señalándome con el dedo, gritó:

—¡Se ha puesto el traje nuevo y el reloj!

Mi padre me preguntó:

—¿Adónde vas?

—A acompañar a Valentina.

Después de un silencio lleno de amenazas, mi padre ordenó:

—Vuelve a casa. Y cuando sepas las lecciones de mañana, si quieres salir, me pides permiso a mí.

Estaba yo tan humillado que no sabía qué contestar. Mi padre decía a Valentina:

—Sube, hija mía.

Maruja demostraba con su impaciencia y sus palabras entrecortadas que tenía muchas cosas que contarle a Valentina.

—Voy a casa —dijo ella, recordando sus deberes de novia.

Pero las cosas debían suceder de la peor manera.

—Sube. Te llevaremos a casa.

Y no hubo más remedio. Subió. Yo vi el coche dar la vuelta. Esperé en vano que se rompiera un eje, que el caballo (muy viejo también) se muriera de repente. Pero el coche se perdió otra vez en la vuelta de la calle y yo volví a casa envuelto en sudor frío. Subí la escalera como un fantasma y me encerré en mi cuarto. Me quité la «cazadora» con una sensación de fracaso. Y me arrojé al lecho. No lloraba, pero mordía la cubierta de la cama hasta desgarrarla. Mi propia respiración daba contra la ropa del lecho y volvía sobre mi cara, abrasándome. Miré arriba. Había un cuadro muy antiguo del Niño Jesús, que se parecía a Maruja. Yo sabía que detrás de aquel cuadro había una especie de nicho con viejos papeles, inscripciones en pergamino, una cartera de piel sin curtir, dos pistoletes antiguos y un puñal que había sido, sin duda, construido con una lima, porque conservaba entre los dos filos las estrías del acero. El día que descubrí aquello fue una fecha inolvidable. Conservaba el secreto y aunque no estaba seguro de poderlas usar, el hecho de tener aquellas armas me daba una gran fuerza. Saqué el puñal y lo guardé en el cinto. Luego descendí de la cama. No sabía qué hacer ni adónde ir. Imaginaba a Valentina oyendo las confidencias de Maruja. «Maruja le dirá que me han azotado, y ella me imaginará desnudo, recibiendo los golpes y llorando innoblemente.»

Pasé a los graneros. En un rincón había ocho o diez colchones doblados y puestos contra el muro. Yo, que acariciaba en mi cintura el mango del puñal, me lancé sobre los colchones y comencé a apuñalarlos con rabia. Sentir penetrar la hoja del puñal, empujarla más adentro todavía, repetir el golpe, me daba una fresca sensación de justicia. Y así estuve varios minutos. La lana rebosaba por las heridas y algunos vellones salían enganchados en los gavilanes del puñal. Tenía los dientes apretados. Los dedos me hacían daño de tanto oprimir las cachas del arma. No pensaba en nadie.

No quedó un solo colchón sin seis o siete heridas graves. Volví a guardar el puñal en el cinto y miré, sofocado, alrededor. En un rincón estaba la tía Ignacia con una bolsa de alcanfor junto a un montón de mantas. Me miraba sin pestañear.

—Dios mío —dijo—. Sale a su bisabuelo materno, que se jugó la mujer a las cartas.

Me asomé a la ventana del tejado y salí a cuatro manos hasta ir a instalarme al lado de la chimenea. Había un cielo tierno, con nubecillas rosa rizadas. Volví a entrar y me fui a mi cuarto. Al pasar por el desván vi a la tía Ignacia revisando los destrozos en los colchones y yo le dije:

—Ojo con acusar a nadie, ¿eh?

—Ah, Santa Virgen, enseñarme a mí el cuchillo. A mí que le he cambiado mil veces los pañales.

No le enseñé cuchillo ninguno, pero ella debió ver el puñal en mi cinto y lo relacionó con mi voz amenazadora. Todo aquello me pareció muy extraño. Me metí en mi cuarto. Pasé revista a mi arsenal. La escopeta de aire comprimido, la linterna eléctrica de bolsillo, dos trompos, una caja de lápices de colores. Bah, de todo aquello sólo me interesaba la escopeta y la linterna. Y pensaba en Valentina y en Maruja. Quizá la tonta de Maruja que nunca escuchaba lo que le decían y que a veces, cuando la otra hablaba demasiado, comenzaba a gimotear y decía: «cállate, que ahora voy a hablar yo», quizás esa tonta hablaba más que nunca, porque Valentina no era demasiado habladora, por deferencia con las cuñadas. Imaginaba una venganza adecuada, pero todas tenían un reverso halagüeño para ella. Si la mataba, le harían un entierro como otro que vi una vez. Caja blanca llena de cristalitos, con ocho grandes cintas colgando. Señores vestidos de negro y saludando por turno. Y todas las campanas del pueblo tocando. No. Era demasiado. Además, quizá fuera al cielo. Después de grandes dudas decidí encerrarla con una oca en la cochera. Una oca feroz que era lo que más temía en el mundo. Ella chillaría como una grulla. Encontré en mi arsenal, también, cuatro pequeños petardos que metí en mi bolsillo. Y bajé al corral. Antes pasé junto a mi cuarto cerrado con llave, al que mi padre llamaba pomposamente biblioteca y donde había montones de revistas, de periódicos sin abrir (con la faja puesta) y colecciones de El *Museo de las Familias*, encuadernado por años. Este *Museo de las Familias* era una revista de gran formato, de mediados del siglo XIX, llena de grabados. También había algunas docenas de libros. No nos dejaban entrar allí, pero yo tenía mi llave falsa escondida en el nicho, detrás del cuadro.

En el corral, la oca feroz vino hacia mí con la cabeza baja y las alas entreabiertas. Lo hacía con todo el que veía, pero cuando estaba cerca, según de quien se tratara, cambiaba de parecer y se retiraba vergonzosamente o atacaba. Al reconocerme a mí, alzó de nuevo el cuello, plegó sus alas y se fue, disimuladamente. Vi que estaba en forma y me fui hacia el palomar. Las palomas armaban en la mañana, al amanecer, un rumor de huracán con sus arrullos. Yo tomé maíz de un saco que había en la cochera y en cuanto me vieron se posaron en mis hombros, en mi cabeza, en mis manos, y al acabarse el maíz e ir a buscar más, me seguían en bandadas. Allí me estuve toda la tarde, hasta que regresó el coche. Entonces volví otra vez a mi cuarto, pero al asomarse al comedor vi que Maruja estaba frente a la chimenea calentándose las piernas. «Es inútil —me dije—, si le pregunto, no me contestará y si la amenazo, llamará a gritos a mi madre.» Con la angustia de no poder averiguar nada por el momento me fui al tejado y arrojé uno por uno mis petardos a la chimenea. Pero me equivoqué y los arrojé por la cocina. Me di cuenta al oír abajo las explosiones y el escándalo de las sirvientas. Todavía no han podido comprender a estas fechas qué fue aquello, aunque la tía Ignacia, cuando la cocinera hablaba del diablo, sacudía la cabeza y decía: «Sí, sí. Un diablo que ha salido al bisabuelo materno».

Padre iba y venía con el periódico plegado y fajado en la mano, lamentándose: «en esta casa nadie lee nunca». Pero acababa por subir a la biblioteca, dejar el periódico en un montón con otros muchos y revisar en una caja de cinc si el tabaco de pipa, que solía mezclar con ron o coñac, estaba ya seco. Yo había pasado por aquel lugar antes que él y me había llevado a mi cuarto un tomo de versos de Bécquer. Leí al azar y no conseguía hallar ninguno a propósito para Valentina. Además no tenía sosiego para nada. ¿Qué había dicho Maruja a Valentina? Dejé el libro y aprovechando que mi padre seguía en la biblioteca, me fui al encuentro de mi hermana. Cuando me vio se puso a gritar:

—Mamá.

—Calla, que no te hago nada. ¿Qué has hablado con Valentina?

Yo sabía que las otras hermanas no le habrían dicho nada. Maruja alzó la cabeza:

—La verdad, le he dicho que eres un presumido.

Yo avanzaba con las de Caín.

—¿Y qué más?

—¡Mamá!

Llegaba mi madre y yo me fui otra vez a mi cuarto y volví a hojear el libro de Bécquer. «Volverán las oscuras golondrinas / de mi balcón los nidos a colgar.» O aquel otro: «Por un beso yo no sé / qué daría por un beso». Y pensaba: «Mi novia me quiere más que a Bécquer la suya, porque Valentina me deja que la bese y hasta me ha dicho que me besaría ella si yo se lo mandaba». Me puse a copiar un poema corto que hablaba de «rumor de besos y batir de alas» y cuyo último verso decía: «Es el amor que pasa». Y después otro que terminaba también así: «Hoy la he visto, la he visto y me ha mirado / hoy creo en Dios». Pero cuando los hube copiado todos los dejé en mi mesita de trabajo, abrí el cajón, saqué un cuaderno de declinaciones latinas y escribí arriba con grandes caracteres: «La Universiada».[14]

Me puse a pasear con objeto de ir hallando versos para *La Universiada*. De pronto se abrió la puerta y entró mi padre:

—¿Es así como estudias?

Se fue a mis libros. Lo primero que vio fue el cuaderno de *La Universiada*. Luego los versos de Bécquer.[15] Como el libro lo había escondido

---

14 A word of Pepe's creation suggesting a poem about the universe.

15 Gustavo Adolfo Bécquer (1836–70) is the most well-known and popular of Spanish lyrical poets. A large part of the poetry component of his *Rimas y leyendas* focuses on themes of love.

creyó quizá que aquellos poemas eran míos y me miró como si yo llevara un cuerno en la frente.

—Oh —dijo—, sólo esto nos faltaba.

Se marchó con los versos y el cuaderno, suspirando, sin golpear ya la puerta. Poco después vino a hurtadillas mi hermana mayor y yo le pregunté afanosamente lo sucedido con Valentina. Mi hermana me admiraba mucho porque viviendo en el último piso no tenía miedo. Me imaginaba allí estudiando de noche y no comprendía mi valor. Ella estudiaba también historia y solía hacerlo en el comedor, pero así y todo, si no había otras personas en la habitación y de pronto en el texto se hablaba de la muerte de un rey, cerraba el libro de golpe y salía corriendo hasta encontrar a alguien.

—¿Qué pasa? —le preguntaba.

—Nada —decía avergonzada—. Es que ha muerto Carlos V.[16]

Aunque iba siendo mayor, esos miedos no los perdía. Ahora estaba delante de mí y yo la acuciaba con mis preguntas. Le extrañaba mi ansiedad y me aseguró que Maruja no había hablado dos palabras con ella porque se dedicó a acaparar a mi padre y a demostrarle a ella, por todos los medios, que aquel señor que llevaba el carricoche y que le hablaba con mimo, era el padre suyo y no el de Valentina. Para remate de pleito, mi padre le había acariciado la mejilla a Valentina, lo que determinó que Maruja no le dirigiera ya a ella la palabra en todo el camino.

Yo agradecí aquello de tal forma que decidí inmediatamente estudiar. Mi padre se había ido, con los versos, en la más grande desesperación: «Oh —suspiraba—, ¡un poeta!». Cuando se convenció por mi madre de que eran copias se mostró más tranquilo y volvió a subir a mi cuarto. Era ya de noche. Salí al tejado con mi linterna eléctrica encendida. Me senté contra la chimenea, abrí un pequeño libro de geografía astronómica y comencé a leer y a mirar el cielo: «Las tres Marías, la Osa Mayor, las Cabrillas, la Osa Menor. La estrella polar.[17] Y algunos de los planetas solares. Todos, no. Los que faltaban debían estar en el lado de la tierra donde era de día». Esa parte de la Geografía era de estudio no obligatorio,

16 One of the most powerful and well-known of Spanish monarchs who reigned from 1516 to 1556. As well as King of a united Spain he was also Holy Roman Emperor. His reign was characterised by wars against France and the Turks, and attempts to halt the advance of Protestantism. Concha's reading must relate to the last two years of his life that he spent in a monastery after giving up the throne.

17 Names and perceptions of the constellations are sometimes different from country to country and some have changed over time. These correspond in English to: Orion's Belt, Ursa Major, the Pleiades, Ursa Minor and the Polar Star.

era voluntaria. Al saberlo yo le tomé una gran afición. Era lo único del curso que me interesaba.

Mi padre no me encontró en mi cuarto. Me buscó en vano por toda la casa. Por fin, me descubrieron en el tejado. «Para la astronomía es bueno poder consultar el cielo», decía yo. «Pero ese texto no es obligatorio, según dice el profesor.» Yo no podía decirle que por eso mismo me interesaba tanto. Mi padre se marchó y le oí decir:

—Hay que tomar una determinación.

Al día siguiente supe bien mis lecciones. En vista de eso, el profesor me llevó al cuarto de al lado y me enseñó unos pedruscos con espinas de peces grabadas.

—Éstos son fósiles —me dijo.

Aquello revelaba que la tarde anterior había hecho una excursión. Estuvo explicándome, pero se dio cuenta de que eran para mí curiosidades prematuras y lo dejó, diciendo: «Tengo ganas de que estudiemos historia natural». Mientras hablaba me miraba de reojo tratando de averiguar si había hecho mucha mella el castigo del día anterior. Mosén Joaquín era amigo mío y me trataba de igual a igual. Cuando averigüé, por indicios, que ponía una especie de orgullo personal en el hecho de que yo obtuviera buenas calificaciones, me di cuenta de que él necesitaba de mí y tomé una actitud casi protectora. Éste fue el secreto de que desde entonces supiera más o menos mis lecciones y no fuera a clase sin haberlas leído por lo menos.

Cuando las relaciones con mi padre mejoraban, toda la familia parecía sentir un gran alivio. Mi madre, mis hermanos, la tía Ignacia. Mis hermanos charlaban por los codos en la mesa y si me ponía a hablar yo, se callaban. La única que parecía terriblemente ofendida con mi nueva situación era Maruja, que no podía tolerar que mi padre se dirigiera a mí sonriendo.

Valentina venía a menudo. Yo no podía ir a su casa con la misma frecuencia porque si su madre me quería, su padre, en cambio, me tenía una gran antipatía. Sabía que yo había dicho algo contra él en mi casa y que todos habían reído. Yo no podía perdonarle a don Arturo que fuera el padre de Valentina. Lo zahería terriblemente. Había publicado un libro titulado: *El amor. Ensayo para un análisis psicológico*. Era su tesis de doctorado y había enviado a mi padre dos ejemplares, uno dedicado: «A don J. G. este libro de rancias ideas, con un abrazo del Autor». Mi padre decía que era un libro muy bueno, pero cuando mi madre le preguntaba si lo había leído contestaba con vaguedades e insistía en que el libro era muy bueno. Yo estaba un día en el segundo corral, donde la tía Ignacia se entretenía a veces con los conejos y las cabras (teníamos tres de raza murciana), y trataba en vano de penetrar algunos conceptos de don Arturo abriendo las páginas aquí y allá. En un descuido, las cabras lo despedazaron y se lo comieron. Afortunadamente no era un ejemplar dedicado. Días después, cuando mi padre dijo en la mesa que era un libro francamente bueno yo afirmé y mi madre me miró extrañada. Ya se alegraba Maruja del aire de reprimenda que iba tomando el asunto cuando yo dije muy serio: «Por lo menos para las cabras». Conté lo sucedido y mi padre dudaba entre la risa y la indignación. Yo se lo dije a Valentina, ella se lo contó a su madre y la noticia llegó a don Arturo. Trataron de tomarlo a broma, pero don Arturo no estaba dispuesto a perdonarme.

Mis amores con Valentina seguían su curso. Yo le di uno por uno los poemas que volví a copiar de Bécquer. Ella no tenía poetas amorosos en su casa, pero al sacar las hojas de los calendarios, a veces, había detrás frases de hombres célebres. O pequeñitos poemas de autores a veces muy eróticos:

Entre tus brazos, dulces cadenas.
el amor canta su himno letal.

Siempre que Valentina encontraba la palabra «amor» copiaba cuidadosamente el poema y lo metía en el bolsillo de su vestido para dármelo. Otro día era de un poeta moderno que decía poco más o menos: «Cuando te conocí y te amé sentí una espina en el corazón. El dolor de esa espina no me dejaba vivir ni me acababa de matar. Un día arranqué la espina. Pero ahora —¡ay!— ya no siento el corazón. Ojalá pudiera sentirlo otra vez, aunque tuviera la espina clavada». Y, como es natural, me emocionaba mucho y volvía al libro de Bécquer. Así transcurrían las semanas.

Mi padre, que me había prohibido salir al tejado, en vista de que no estudiaba si no era sentado contra la chimenea, decidió autorizarme, o por lo menos hacerse el desentendido. Y ahora salía con unos gemelos de campo que saqué de la biblioteca y con los cuales alcanzaba los tejados de la casa de Valentina. Cuando se lo dije decidió salir al tejado con los gemelos de su padre y acordé hacer un código de señales para hablar con ella en los días en que por alguna razón no podíamos estar juntos. Dibujé en una cartulina todas las figuras posibles con piernas y brazos hasta obtener el alfabeto. Además, había algunas actitudes que querían decir frases enteras. Los brazos en alto con las manos abiertas agitando los dedos quería decir: «He soñado contigo». Los brazos en cruz y las piernas abiertas era: «Pilar es imbécil». Yo sabía que esa actitud se iba a repetir mucho. Un brazo doblado con la mano en la cintura y el otro levantado sobre la cabeza era:

«Iré a tu casa». Hice una copia exacta para mí y añadí una actitud que ella no usaría y que quería decir: «Rediós». Eso me parecía indispensable en mi papel viril.

Nuestro primer diálogo determinó que yo llegase a clase con hora y media de retraso. El profesor me advirtió que aquello no podía repetirse. Al salir el sol el día siguiente, Valentina y yo estábamos sobre el tejado. Ella me dio una noticia sensacional. Había llegado su primo. Yo contesté con el gesto de «rediós» y me puse muy elocuente, mientras los gatos aguzaban sus orejas mirándome sin saber si debían huir y las palomas describían anchos círculos con el sol irisado en sus alas. Yo tenía que ver inmediatamente al primo de Valentina, saber cómo era y cuánto tiempo iba a estar. Tenía los mismos años que yo y vivía en un pueblo próximo.

Mis lecciones fueron una verdadera catástrofe y aunque menos que el día anterior, también llegué tarde. El calendario avanzaba y se aproximaba la primavera, y con ella, los exámenes. Mis danzas en el tejado habían sido, quizás, observadas por la tía Ignacia y aunque no me había dicho nada, yo veía el espanto reflejado en sus ojos y en la manera de tartamudear cuando le hablaba. El profesor se dio cuenta de que algo extraordinario me sucedía y me dijo que no quería mentir ni tampoco perjudicarme. Se abstuvo de anotar nada en el cuaderno. Yo lo dejé como siempre en la mesa y mi padre se confundió creyendo que mis calificaciones eran las que, benévolamente, me había puesto el día anterior. Agradecido a mosén Joaquín, estudié un poco y corrí después a encontrar al primo de Valentina. Con objeto de hacerle impresión, guardé en mi cinto uno de los pistoletes. Valentina me esperaba por los alrededores de su casa y llamó a su primo. Era un muchacho con pantalones de golf y un chaleco elástico. Llevaba unas gafas muy gruesas y era un poco más alto que yo. Su piel blanca parecía azul en la sombra. Finalmente estaba muy bien peinado. Nos quedamos los dos a distancia, sin decirnos nada. Valentina me decía señalándolo: «Éste es mi primo». Seguimos mirándonos en silencio y el primo balbuceó por fin, señalándome con el mentón:

—Éste quiere reñir.

Valentina le aseguró que no. El chico seguía mirándome escamado. Yo le pregunté cómo se llamaba.

—Julián Azcona.

—¿Pariente del diputado?

Valentina contestó por él diciendo que sí. Su padre era un diputado liberal de quien hablaba muy mal mi padre. Yo le dije con palabras oídas en mi casa:

—Eres el hijo de un político nefasto.

Repitió retrocediendo:

—Éste quiere reñir.

—Reconoce que eres el hijo de un político nefasto.

El chico dio otro paso atrás y afirmó. No sabía en realidad qué quería decir «nefasto». Valentina lo tranquilizó.

—Venía para que jugáramos los tres.

Por uno de los costados de la casa se alzaba una colina. Antes de ir hacia allí el primo dijo que iba a buscar su escopeta y volvió con una de salón que era el sueño dorado de mi infancia. Sin dejármela tocar, me dijo:

—Ésta es de pólvora y dispara verdaderas balas. Yo sé que la tuya es de aire comprimido. Me lo ha dicho Valentina.

Yo le dije que no era mía, sino de mis hermanos pequeños, y con una indolencia muy natural saqué el pistolete de la cintura. El primo disimuló su sorpresa.

—Si yo cargo esto con pólvora, mato a un caballo.

El primo consultaba a Valentina, que afirmaba muy segura:

—Y un elefante.

Yo, con la mirada puesta en su escopeta, añadí:

—Y hago retroceder a un ejército. O por lo menos —concedí— lo detengo hasta que lleguen refuerzos.

El primo movía la cabeza, chasqueando la lengua:

—No, eso no lo creo.

—¿Que no? Me pongo en un puente muy estrecho donde no pueden pasar más que de uno en uno. Y dime tú qué es lo que sucede.

El primo miraba a Valentina, que afirmaba muy seria con la cabeza.

—Y el puente, ¿dónde está? Porque no lo hay siempre, un puente.

Íbamos andando, pero nos detuvimos. Se adelantó el primo a hablar:

—Ésta —dijo con cierta satisfacción señalando a Valentina— es mi prima.

Pisando su última palabra contesté:

—Y mi novia. Más es una novia que una prima.

El primo la miró una vez más, y una vez más, ella dijo que sí.

Entonces sonrió beatíficamente el primo y dijo:

—¡Qué tontería!

Valentina me cogió la mano. Pero todavía el primo tenía una cierta prestancia con aquella escopeta.

—¿Qué carga lleva? —le pregunté.

—Cartuchos.

Yo solté a reír y añadí acercándome de tal modo a su cara que mi respiración le empañó las gafas:

—¡Quiero decir qué calibre!

El primo se puso colorado. «Ni siquiera sabe lo que es el calibre», le dije a Valentina. Seguíamos andando. El primo parecía tan confuso y tan incapaz de cualquier reacción como yo había creído.

Transcurrido un largo espacio volvió a hablar de su escopeta. Se le veía agarrarse a aquella arma como al último reducto de su dignidad.

—Aunque a ti no te guste, la verdad es que esta escopeta lleva pólvora y bala, y si se le tira a una persona, le entra en la carne y la mata.

Otra vez me reí y Valentina me secundó, aunque se veía que no comprendía la razón de mis risas.

—¿Está cargada? —le pregunté al primo.

—Sí.

—A ver la bala.

El primo sacó una del bolsillo y me la enseñó en la mano.

—Esto no es una bala. Esto se llama balín.

—Con esto mataron —argumentó el primo— a un perro que tenía sarna.

Eché mano a su escopeta, pero él la atenazó, dispuesto a resistir furiosamente.

—No llores —le dije—, que no te la voy a quitar. Sólo quiero que veas que me río de tu escopeta.

Con el pulgar de mi mano izquierda tapé el cañón.

—Anda, tira.

El primo, con los ojos redondos miraba a Valentina y a mí sin comprender.

—No tiro, porque si tirara te volaría el dedo.

Llevé tranquilamente mi mano derecha al disparador y apreté el gatillo. Sonó el disparo y yo sentí en la mano un fuerte empujón hacia arriba y la mostré abierta al primo. No había el menor signo de lesión. Valentina estaba con la mano cerrada en sus labios, tratando de morderse el dedo índice. Mi amigo miraba mi mano sin comprender. Pero inesperadamente, la piel del pulpejo del dedo pulgar se abrió en una especie de estrella y comenzó a sangrar. Eran gruesas gotas que resbalaban por un costado y caían una tras otra, a tierra.

Yo frotaba mi índice, con el pulgar, sonriendo.

—¿Ves? Una picadura de mosquito. ¿Me ha volado la mano, Valentina?

El dueño de la escopeta estaba asustado y quería volver a casa.

—Ya has visto tú que no he sido yo —dijo a Valentina.

El balín debió haberse alojado contra el hueso de la falange, porque no había orificio de salida. Comenzaba a sentir un dolor sordo que no estaba localizado en la herida, sino que abarcaba toda la mano. Pero la carita morena de Valentina, indecisa entre la risa y el llanto, me hacía olvidarlo todo.

Pensaba andando en dirección a la casa: «Ahora, después de lo sucedido, ya no me importaría que Valentina supiera lo de los azotes». Llevaba el dedo doblado hacia la palma de la mano y ésta cerrada para protegerlo. Sentía a veces correr entre los dedos la gota de sangre, que al enfriarse se hacía más perceptible. El primo no había vuelto a despegar los labios. Cuando llegamos frente a la casa dijo que tenía que hacer algo y se marchó, no sin que yo le advirtiera antes que si decía lo que había sucedido, le acusaría a él de haberme herido con su escopeta y le encerrarían en la cárcel. Juró guardar el secreto, y después de aceptar otra vez que era el hijo de un político nefasto, desapareció por la puerta de la cochera.

—A los primos, ¿se les besa? —pregunté yo.

—Sólo cuando vienen y cuando se marchan.

Me molestaba la idea de que aquel chico viviera dos días en su casa. Valentina me preguntó:

—¿Te duele la mano?

Yo la mostré, ensangrentada desde la muñeca hasta la punta de los dedos. Valentina se espantó, pero viéndome sonreír a mí, sonreía también.

Al llegar a mi casa fuimos al cuarto de baño. La tía Ignacia vigilaba que no hubiera nunca juntos en el baño un niño y una niña, pero esta vez no dijo nada. Valentina encontró algodón y comenzó a lavarme la mano. Yo dije que había un frasco de agua de colonia y que era mejor. Valentina no vaciló en aplicar un algodón a la herida y yo sentí, de pronto, que aquello me abrasaba. Me mordía el labio mientras mi frente se cubría de sudor y la punta de mi dedo pulgar ardía como una antorcha. Valentina acababa de lavarme la mano.

—¿Te duele mucho?

—Sí —dije apretando los dientes—, pero no importa, porque es por ti.

Valentina no comprendía, ni yo estaba seguro de comprender mejor, pero ella no dudada de que lo que yo decía fuera cierto.

—Ahora ya está.

Yo me levanté —me había sentado en el borde de la pila de baño— y advertí: «No lo digas a nadie». Valentina comprendía que los resultados de las travesuras, aunque fueran sangrientos, había que conservarlos en secreto para ahorrarse molestias. Ella no sabía qué hacer. Se ponía las manitas a la espalda, las cruzaba delante, se apoyaba en un pie y en otro sin dejar de mirarme a los ojos, como si quisiera decir muchas cosas y no supiera por dónde comenzar.

—¿Sufres por mí? —dijo al fin.

Y recordando una expresión religiosa le dije que el sufrimiento nos hacía dignos de alcanzar la gloria y otras muchas cosas. Valentina lo oía todo embelesada. Ni ella ni yo hablamos ya del primo. El dolor de mi herida —el balín lo notaba yo contra el hueso de mi falange a medida que se enfriaba— nos llevaba a otro plano. Yo saqué mi pañuelo del bolsillo, muy sucio y arrastrado. Ella buscó el suyo, que estaba más limpio. Y me lo puso arrollado al dedo. Yo mismo lo sostenía con la mano entreabierta. Ella me preguntaba si estaba mejor.

—Sí, mucho —dije yo gravemente, y añadí—: pero, además, me queda libre todavía la mano derecha, que es la importante.

La mostraba en el aire, ilesa. Tomaba con ella el pistolete y explicaba cómo si venía el enemigo por la derecha apuntaba así o de otra forma si llegaba por la izquierda, de modo que la herida de la otra mano no me invalidaba en absoluto. Luego salimos.

Nadie reparaba en mi mano, que yo mantenía en una actitud natural, oculto el dedo discretamente. Valentina no se separaba un momento de mí, con la idea de alcanzar las cosas que yo deseaba, de suplir con sus manitas la mía inservible. Maruja nos miraba muy extrañada, dándose cuenta de que algo nuevo había entre nosotros. Mi hermana mayor, Concha, venía como siempre, protectora:

—Papá está muy disgustado. Ha preguntado varias veces dónde estabas. Lo mejor sería que te fueras a estudiar.

—¿Disgustado? —y alzándome de hombros dije—: ¡Bah!

Mi hermana movió la cabeza con lástima y se fue. En otro desván del primer piso —mi casa estaba llena de desvanes— comenzaban a hacer teatro con los muñecos y el pequeño escenario de cartón. Fuimos allá, pero nosotros preferíamos otro teatro de donde éramos actores. Hacíamos obras improvisadas y aquel día el protagonista era un sillón, pero el sillón era yo. Me sentaba en un taburete con las piernas dobladas en ángulo recto, los brazos extendidos en el aire, encima me ponían una sábana con la que me cubrían por completo. Mi cabeza y mis hombros eran el respaldo del sillón, mis brazos extendidos en el aire eran los soportes laterales y mis muslos y rodillas, el asiento. Yo permanecía así, en silencio. Los otros perseguían por diversos delitos a un criminal. Cuando el criminal se consideraba más seguro, venía tranquilamente a sentarse en el sillón y yo iba cerrando los brazos lenta, pero implacablemente, hasta atenazarlo por la cintura. El criminal había caído en la trampa y en vano gritaba. Cuando se daba cuenta de que todo intento de fuga sería inútil, comenzaba el interrogatorio. La próxima iba a ser Valentina. Me gustaba que viniera Valentina a mis rodillas, y tenerla abrazada.

Tardaron mucho en encontrarla, porque tuvo la buena idea de esconderse bajo la sábana, a mi lado. Había venido solamente a preguntarme si sufría y a ver cómo estaba mi vendaje. Yo la retuve diciéndole que allí no la encontrarían, y ella se dobló sobre mis rodillas. Había que dar un pequeño chillido para orientar a sus perseguidores cada vez que éstos preguntaban dónde estaba. Por fin la atraparon y acordaron todos que en aquel lugar no podía esconderse nadie, porque entonces la víctima conocía ya el misterio del sillón, y si sabía lo que iba a suceder, no se sentaría.

Se discutía terriblemente. Pero la criada que solía venir a buscar a Valentina estaba en la puerta. Era una mujer grande y brutal, con vello en el labio superior y un aire reposado.

—No puedo aguardar, porque ya es tarde —dijo.

Y después añadió:

—Y mañana es domingo.

—¿Qué tiene que ver eso?

—Que tengo que madrugar para ir a ver a mi esposario.[18]

Todos los domingos iba a ver a su «esposario» —así llamaba a su novio, que estaba en otro pueblo, a veinte kilómetros del nuestro— y debía madrugar. Los sábados repetía aquello a todo el que quería escucharla.

—Joaquina —le preguntaba yo—, ¿cómo se llama tu esposario?

—Por mal nombre, «el Lagarto» —decía ella muy seria.

Acompañé a Valentina hasta la calle. El patio tenía encendida la linterna mural, que proyectaba dos grandes conos de sombra en la pared. El perro dormitaba al pie de la escalera. Levantó la cabeza con ruido de cadenas y comenzó a gruñir porque en la noche era mucho más feroz, pero al reconocerme se calló y movió la cola. Yo me acerqué:

—*León*, trae la pata.

No me la daba. Yo me sentaba en su costillar y *León* no me daba la pata, atento a oler algo nuevo en mi cuerpo. Probablemente la sangre de mi mano. Buscaba y buscaba cuidadoso y alerta, con una de las orejas a medio enderezar. Por fin encontró la mano y me lamió. Se daba cuenta de que yo iba herido.

18 A word not recognised by the RAE; Sender has created or reproduced a rustic form based on 'esposo' (husband) to signify boyfriend or fiancé.

Seguía lamiendo el dorso de mi mano con su grande lengua. Valentina llegó, aunque desde lejos, a tocarle la punta del rabo.

Al despedirnos, le dije a Valentina al oído que si comía nueve aceitunas antes de acostarse y bebía un vaso de agua, soñaría conmigo. Yo lo haría también para soñar con ella.

Aquella noche no hubo que estudiar, pero al día siguiente, habiendo soñado con Valentina (no recordaba el sueño, pero me había dejado un sabor de fiesta, como el del día del santo de mi padre) salí al tejado, con mi código de señales en una mano y los gemelos en la otra. Estuve danzando más de una hora y atendiendo a las danzas de Valentina. Tres veces se puso una mano en la cintura y alzó la otra en el aire. Iba a venir. Yo le dije que iríamos a misa al convento, y que si ella iba, estaríamos juntos. Sabíamos ya de memoria las figuras de nuestro código y las hacíamos de prisa, en una graciosa sucesión. Los gatos me miraban más espantados que nunca y ni siquiera el pelirrojo se atrevía a acercarse.

Mi mano seguía igual. Yo no pensaba en ella. La hemorragia había desaparecido y el dedo se me inflamaba de prisa. El pañolito de Valentina que antes me daba tres vueltas, ahora sólo me daba dos. Me dolía menos; pero si corría o hacía algún esfuerzo, sentía pulsaciones dolorosas. Sólo me preocupaba de él para ocultarlo.

Valentina y su madre vinieron a misa al convento y Pilar y su padre fueron más tarde a la parroquia. En la iglesia hablamos. Ella llevaba encima de sus florecitas verdes y blancas un pequeño velito negro, que se echó detrás de la oreja para oírme mejor —yo le hablaba en voz muy baja— y también quizá para mostrarme la oreja que estaba muy bien lavada siempre.

Pero —¡ay!— las cosas habían cambiado. Los padres de su primo iban a pasar el día en su casa para llevarse al muchacho al oscurecer, la criada no estaba para venir a buscarla a mi casa y su madre no la dejaría salir. Valentina, en cambio, me contaba el sueño que había tenido con las aceitunas y el vaso de agua. Mi mano estaba ya curada y yo iba a su casa y mataba a su primo, y el mismo padre del primo decía después: «Está bien muerto, porque era tan tonto como un pato». El primo tenía algo de pato y yo rompí a reír. En aquel momento mosén Joaquín (que era quien decía la misa) se volvía a decir *dominus vobiscum* y me miró con intención. La madre, que se inquietaba con nuestros cuchicheos, nos hizo callar. Al alzar la hostia las campanitas sonaban como cristal. Mosén Joaquín, grave y concentrado, alzaba la sagrada forma. Valentina ponía todo el aire contrito y devoto que su madre le había enseñado, pero me miraba a hurtadillas, y yo abría mi devocionario, buscando. No tardaba en

encontrar varios renglones donde se repetía la palabra mágica: «amor».
Y leía haciéndome oír de Valentina:

—El corazón rebosante de amor busca un camino seguro, y en vano
el amor le señala una ruta y otra ruta, y el corazón va ciego, ardiendo de
ilusión e impaciencia, hasta encontraros a Vos.

Valentina buscaba en su librito blanco, que tenía broches dorados, y
encontraba:

—Señor, Dios de los Ejércitos, vedme esclava a vuestros pies, hablando
con vuestra voz y esperando vuestra mirada.

Aquello sonaba muy bien. Valentina me daba con el codo y me explicaba satisfecha:

—Hay que leer aquí, en la letra bastardilla, donde dice: «Voces del alma
enamorada que busca a Dios».[19]

La madre volvía a sisear. Nosotros abríamos de nuevo los devocionarios
y Valentina identificaba el lugar deletreando el título «en bastardilla»:
Voces del alma enamorada que busca a Dios. Para ella era más fácil que para
mí, porque el alma es femenina y lo que decía venía a propósito. Yo decidí
cambiar el género de mis oraciones, pero al decirle una frase muy linda se
me atravesó una palabra inesperada: «holocausto».[20] Y no sabía qué hacer

19 There were many devotional, mystical dialogues of this kind at the beginning of
the twentieth century: some were original Spanish, some had been translated from
French. It is possible that Sender himself wrote the dialogue. Among the words Pepe
misunderstands is 'holocausto' see below, and 'dominaciones' which Pepe takes to be
something to do with power, whereas it denotes blessed spirits in a heavenly choir of
angels.

20 Sender skilfully and wittily portrays Pepe's confusion over this word. Shortly after
this scene, the boy wants to engage in the celebration of a bond between him and
Valentina and uses the term to denote the sacrificial offering that he makes to her
in response to a tribute that she makes to him. However, within biblical traditions
a holocaust should involve fire – an alternative translation is 'burnt offering' – and
concerns the relationship of the celebrant to God. As on other occasions, Pepe
ignores or omits what does not serve his purposes: he leaves out the fire and changes
the character of the bond/relationship. He is quite unaware of the more common,
figurative sense of the word – massive slaughter, total destruction; it is this sense
that mosén Joaquín latches on to, thereby making clear to the reader the huge gap
between the boy's innocence and awareness of the world and that of adults, including his older self. This is not a reference to what is usually known as 'the Holocaust',
the genocide of Jews and others during the Second World War. Sender wrote and
published the novel before any details came to light. However, for many such as
Sender and his fictional counterpart Pepe Garcés the Civil War was indeed a holocaust, and interestingly it is the word that Paul Preston uses in his latest book on
the Spanish Civil War: *El holocausto español: odio y exterminio en la Guerra Civil y
después* (Madrid, Debate, 2011).

con ella. Pronunciarla seguido y sin vacilar me fue imposible. Además no sabía lo que aquello quería decir, pero ya Valentina tomaba a su vez:

—Mi carne pervertida va hacia el mundo de engaños, de los placeres, pero mi alma te busca y te encuentra, ¡oh mi Señor!

—El efluvio —leía yo con dificultad— inconsu ... inconsútil de tu divino amor cura mis llagas.

Mi libro estaba lleno de raras palabras, pero buscando más encontré una parte de letra bastardilla también, que se titulaba: «Voces de Dios al alma enamorada». Se lo señalé a Valentina, muy contento, y le dije con inmodestia:

—Yo soy Dios, y tú el alma enamorada.

Ella se ponía a leer lo suyo y le daba una entonación solemne:

—Como las flores de los prados y la brisa del bosque, como el rumor del río y el aliento de la primavera, yo te siento a mi lado, ¡oh Señor!

—Huye del mundo y sus engaños, conserva tu pureza y elévate hasta mí.

—Como el sediento va a la fuente, como el triste va a la consolación, así voy yo a ti, ¡oh mi Amor!

—Ven y duerme en mi regazo.

Aquello me parecía muy oportuno, porque a Valentina le gustaba que la besaran dormida. Y ella leía entonces un párrafo largo:

—Todo mi ser tiembla ante tu grandeza, pero sabe que hay el camino del amor para llegar a ti, y a ti llego buscando paz, sosiego, amb... ambrosía, ¡oh Señor!, donde toda belleza se remansa para recibirme, ¡oh Señor del amor, del saber y de las dominaciones!

En lugar de leer yo, me incliné sobre Valentina:

—Lee eso otra vez.

Ella me obedecía dulcemente. Aquel final: «¡Oh, Señor del amor, del saber y de las dominaciones!» me dejaba confuso.

En aquel momento el órgano tocaba al otro lado de las altas celosías de la clausura.

—... del amor, del saber y de las dominaciones.

Yo había dejado caer mi libro (mi mano herida estaba torpe) y permitía, con una falta absoluta de galantería que Valentina me lo recogiera. Al dármelo yo le besé la mano a ella. Valentina cerraba el suyo, sonreía, se levantaba para el final de la misa. Yo también. Me dijo:

—Esa parte yo me la aprenderé de memoria para decírtela cuando esté sola en mi casa.

Yo seguía sintiendo una extraña grandeza, que con las voces del órgano se desleía en la media sombra del templo. Hubiera podido volar. Y derrotar ejércitos aunque no hubiera un puente estrecho. Sin saber lo que pensaba ni lo que sentía, contemplaba en la hornacina próxima del muro una imagen de san Sebastián casi desnudo y cubierto de saetas. Mosén Joaquín se volvía hacia nosotros haciendo crujir su alba almidonada: *Ite missa est.*[21] Valentina se santiguaba. Llevaba un rosario de menudas cuentas amarillas arrollado a su muñeca. Iba vestida de blanco y su cara morenita, color ladrillo, parecía luminosa. Y yo la miraba. Ella me decía que cuando se hubieran marchado su primo y sus tíos, a la tarde, yo podía subir al tejado y hablarle. Yo añadí: «Aunque sea muy tarde, tú no dejes de subir al tejado. Si es de noche, yo llevaré mi lámpara de bolsillo y la pondré en el suelo para que me puedas ver».

—Pero ¿de noche se puede mirar con los gemelos?

—Sí, igual que de día.

Ella sonreía todo el tiempo, pero yo estaba muy serio. «Señor del amor, del saber y de las dominaciones.» Hubiera abandonado todo, padres, hermanos, estudios, la seguridad de mi casa para andar por los caminos hasta el fin del mundo, o de mi vida, con Valentina al lado cogida de la mano, oyéndola decir aquello. Le devolví el pañuelito de mi dedo.

—Toma, ya no lo necesito, porque no me sale sangre.

Ella lo guardó, pero me dijo:

—¿Y quién te va a curar hoy?

Me advirtió que debía ponerme otro algodón con agua de colonia. Y ella quería estar a mi lado para soplarme la herida.

Salíamos. En el vestíbulo besé a Valentina dos veces en la mejilla. Su madre —a quien yo quería mucho— me besó a mí. Yo comprobé que mi hermana mayor tenía razón al acusar a doña Julia de ponerse demasiados polvos en la nariz, y cuando yo iba a salir acudió el sacristán y me dijo:

—Mosén Joaquín, que te llama a la sacristía.

Volví a entrar en el templo. En la sacristía, que era muy pequeña y estaba detrás del altar, había un torno incrustado en el muro. Giraba sobre su eje y por allí enviaban las monjas al capellán el vino para la celebración, las hostias de consagrar, los pequeñitos trapos almidonados para el cáliz. También a través de aquel torno se oía una voz gangosa que llamaba de vez en cuando:

—Ave María Purísima.

Mosén Joaquín se acercaba con su fuerte voz de campesino:

—¿Qué hay?

21 The concluding words of the Roman Catholic Mass.

La respuesta a aquella voz gangosa debía ser: «Sin pecado concebida», pero mosén Joaquín no parecía hacer una gran estima de las oficiosidades de las monjas. Ellas decían al otro lado algo con una voz lastimosa, como si se les acabara de morir alguien, y el cura contestaba un poco brutal. A mí aquello me divertía.

—Te llamaba —me dijo— para decirte que mañana no vamos a tener clase. Hay un eclipse y vamos a observarlo. ¿Tienes gafas ahumadas en tu casa?

—No.

—¿Y gemelos?

Le dije que sí y que los llevaría. Era un eclipse de sol.[22] Después mosén Joaquín se me quedó mirando otra vez, extrañado:

—¿Cuántos años tienes?

—Diez y medio.

Seguía mirándome. Yo le pregunté lo que quería decir «holocausto» y me lo explicó, sonriendo. Después me invitó a subir a su terraza y me dio fruta y dulces. Tenía siempre sobre la mesa un encendedor mecánico y un cenicero atestado de colillas. Ahora el cenicero estaba limpio.

—¿Qué quieres ser tú en la vida? —me preguntó de pronto.

—Nada —repetí—; lo que soy.

Mosén Joaquín abrió los ojos, sorprendido:

—¿Lo que eres?

—Sí.

Mosén Joaquín paseó con andar silencioso sobre la alfombra, acusando ligeramente su cojera.

—¿Y qué eres?

—¿Yo? —vacilaba.

—Sí; ¿qué eres?

Se daba cuenta de que mi respuesta iba a ser dificultosa:

—¿No quieres contestarme?

—Pues, yo soy quien soy.

—Bien; de acuerdo. Pero ¿en qué consiste ese «quien soy»?

En un arranque de despreocupada sinceridad le dije:

—Ya que usted insiste, se lo diré. Yo soy el Señor del amor, del saber y de las dominaciones.

---

22 There was a partial solar eclipse recorded in (nearby) Zaragoza at 10.32 on 17 April 1912. The film version of the novel turns this into full solar eclipse and has don José refuse to accept Pepe's announcement that an eclipse will take place.

Vi que quería reír y que se aguantó como si se diera cuenta de que iba a hacer algo muy impertinente. Para no reír tuvo que tomar una actitud casi severa:

—¿Y desde cuándo sabes tú que eres todo eso?

—Desde esta mañana.

Mosén Joaquín me dijo: «No dudo que lo eres, pero esas convicciones es muy difícil que las acepten los demás, y no deben salir de nosotros mismos, ¿eh?».

Yo no me resignaba.

—Hay alguien para quien soy todo eso, y me basta.

—¿Hay alguien? ¿Quién? ¿Una muchacha?

—Sí.

—¿Valentina, la niña del notario?

—Sí.

—No lo dudo, hijo mío. Pero cada hombre tiene que hacerse digno de lo que piensa sobre sí mismo. Quiero decir que tiene que trabajar, desarrollar las dotes que le ha dado Dios.

Yo estaba como borracho de mí mismo y eso era lo que el cura había visto en mí cuando entré en la sacristía.

Quedamos en que al día siguiente llevaría los gemelos y con la perspectiva de dos días sin estudiar marché a mi casa. Me fui por el callejón de las Monjas, pasé frente al balcón de la prima del obispo, que estaba, como siempre, con su flor en el pelo, y entré por la puerta trasera del corral.

Yo ocultaba mi mano herida. Nadie se había dado cuenta. Aquel secreto, que Valentina y yo compartíamos, me encantaba. Cerca del mediodía subí al tejado varias veces, pero ella no salía al suyo. Tuve que resignarme sentándome contra la chimenea, y busqué mi geografía astronómica para ver documentadamente en qué consistían aquellos eclipses. No pude enterarme bien. Sólo sabía que los había totales y parciales. Mosén Joaquín no me había dicho cómo sería el del día siguiente y volví a su casa para preguntárselo, porque quería deslumbrar a mi familia. Me dijo que era parcial y que no sería apenas visible, sino como una ligera disminución de la luz. Consistiría en que la luna pasaría frente al disco solar.

—Pero tú, que eres el señor del saber, ¿no lo sabes?

Oí reír al cura entre espantado y benévolo.

Durante la comida yo di aquella noticia en la mesa. Al principio no me oían. Mi madre me dijo:

—Pon la otra mano sobre la mesa.

Yo la puse, escondiendo el dedo, pero poco después, sin darme cuenta, volví a retirarla. Repetí lo del eclipse y mi padre puso atención de pronto:

—¿Cómo? ¿Un eclipse?

Yo explicaba. No sería total, se oscurecería ligeramente el sol y la luna pasaría por delante del disco solar. Mi hermana Maruja decía con la boca llena:

—Tonterías. De día no hay luna.

—Sí la hay, pero no la vemos —dijo Concha.

Mi padre apoyó aquella opinión. Mi madre volvió a decirme que comiera con las dos manos encima de la mesa y puse la izquierda al lado del plato, sin utilizarla porque no podía tomar con ella el tenedor. Cuando sirvieron carne, como yo no pude trincharla, dije que no tenía hambre. Mi madre insistía ferozmente y yo me veía perdido cuando mi padre intervino:

—No le obligues a comer si no quiere.

Como me hacía nuevas preguntas sobre el eclipse, exhibí todos mis conocimientos, hablando, de paso, de los planetas que estaban más cerca del sol que nosotros y de los que estaban más lejos. Cuando hablé del anillo de Saturno, Maruja dijo:

—Tonterías.

Mi padre pidió el periódico dispuesto, quizá, a leer lo del eclipse, y mi madre dijo que ella se acordaba de un eclipse total que hubo cuando tenía mi edad. Se hizo de noche al mediodía y las gallinas y las palomas se iban a acostar, y la cocinera era tan tonta como ellas, porque preguntaba si hacía la comida o la cena. Maruja soltaba la risa. Mi padre dejó al lado de la servilleta el periódico sin abrir. Allí volví a verlo a la noche, a la hora de cenar. Durante la cena yo hablé del eclipse otra vez:

—¿Y cómo sabes tú eso? —preguntó Concha.

—Yo lo sé todo.

—¿Cómo todo? —preguntó mi padre.

Yo estaba de mal humor porque no había podido comunicarme con Valentina desde el tejado en toda la tarde. Todavía confiaba en la noche y había preparado, arriba, sobre la cama, mis gemelos y la linterna de bolsillo. Nadie podía hacerme explicar concretamente a lo que me refería diciendo «todo».

—Me recuerdas a Escamilla —dijo mi padre—, el viejo cochero, que cuando vienen los oradores religiosos cada año, para Cuaresma, va a la iglesia y los escucha con la boca abierta, y al final se encoge de hombros y dice: «Bah, eso ya quería decirlo yo». Así lleva setenta años. También él lo sabe todo.

Yo estaba ofendido y no hablaba. Ocultaba mi mano, que me dolía de veras. Mi padre insistía:

—¿Cómo es que lo sabes todo?

Yo me levanté, dejando de un golpe la servilleta sobre la mesa y arrastrando la silla hacia atrás:

—Por nada.

Pasó una brisa helada sobre la mesa. Yo me marché despacio y desaparecí hacia mi cuarto. Mi padre murmuraba:

—Ésas no son maneras para su edad.

Pero yo tenía prisa por salir al tejado. Recogí mis instrumentos y salí a cuatro manos. En vano miraba con los gemelos. No veía nada. Desaparecían las perspectivas y la casa de Valentina se hundía en las sombras. Me confundí enfocando ventanas iluminadas donde se veían sombras dudosas. Oh, el cielo estaba despejado y no había luna. Quizá la hubiera más tarde. Pero Valentina no podría estar toda la noche allí. La obligarían a acostarse. Pensé que quizás ella me estaba observando y encendí la linterna. Producía una luz muy viva. La linterna era grande y aunque se llamaba «de bolsillo» no cabía en ninguno. Puesta entre dos tejas me iluminaba. Y seguro de que Valentina me veía con sus gemelos, estuve más de una hora abriendo los brazos, bajándolos, alzando una pierna, poniéndome en cuclillas y como todo lo hacía ya bastante de prisa, aquello era como una danza. Le repetía las «voces de Dios al alma enamorada».

Pero mi padre había subido a observarme. Vio todo aquello y se marchó sin decir nada.

Al día siguiente a primera hora subió a mi cuarto. Se veía que estaba preocupado. Suspiraba, me daba la razón en todo. Me decía «hijo mío» fácilmente. Luego supe que mi padre tenía la preocupación de un pariente que murió hacía tiempo en un manicomio y el temor de que alguno de los hijos pudiera «salir a él».

—Vístete de prisa —me dijo—, que vamos a salir.

Le obedecí, intrigado. Tenía yo la idea fija del eclipse, que era a las once. Mi padre no creía ya en eclipse alguno y lo consideraba una manía mía.

—¿Qué hacías anoche en el tejado? —me preguntó sin darle importancia—. ¿Era en relación con el eclipse?

Yo vi que me brindaba una buena explicación y le dije que sí. Mi padre suspiró, me acompañó al comedor donde tomé el desayuno y salimos a la calle.

Fuimos directamente a casa del médico, un viejo bondadoso y maniático.

Acababa de levantarse, tenía el periódico desplegado y decía alegremente:

—Hoy hay un eclipse, don José.

Mi padre pareció muy sorprendido. Hizo una seña a la esposa del médico, que me llevó a una habitación inmediata y se quedaron los dos hablando. Cuando mi padre, que se negaba a decirse a sí mismo palabras terribles como la «locura» o la «idiotez», hablaba de «graves trastornos», el médico se ponía impaciente y decía sin oírle: «Ahora vamos a verlo». Teniéndome a mí allí todo lo que mi padre pudiera sugerirle le tenía sin cuidado. Y el buen médico insistía:

—Un eclipse. Con cristales ahumados se verá.

Luego, señalando el periódico dijo que era curioso que los eclipses la «ciencia los anunciara con millones de años de anticipación» y que aquello le daba a él grandes esperanzas en el porvenir de la humanidad. Mi padre se obstinaba en llamarle la atención sobre «mi estado», pero él le interrumpía: «Ahora lo voy a ver». Odiaba los diagnósticos familiares. Se levantó y dijo a mi padre que era mejor que esperara allí, en la antesala.

Yo al ver venir el médico, pensé: «Mi padre se ha enterado de que tengo la mano herida y no ha querido hacerme reproches». Le agradecía aquella delicadeza. El médico entró diciendo a su mujer:

—Desnúdalo.

Ella era más joven que él y muy agradable. Me fue desnudando. A mí me avergonzaba un poco aquello y cada vez que iba a protestar, el médico decía inapelable: «Desnúdalo». Miró si estaba encendida la chimenea. Ya desnudo desde la cintura se acercó y comenzó a auscultarme. Iba haciendo gestos de extrañeza. Parecía decepcionado. Luego me dijo, casi irritado:

—¿Dónde te duele?

Yo le mostré la mano: «Aquí». Expliqué a medias lo sucedido y él se puso a gesticular y dar voces al saber que llevaba dentro un balín. Salió fuera y le dijo a mi padre:

—¿Cómo no lo ha traído antes, don José? Es un abandono inexplicable. Y ni siquiera tengo rayos X.

Mi padre dudaba, oyéndolo:

—¿Rayos X?

—Sí. El pueblo no da para tanto. Pero en todo caso hay que intervenir inmediatamente. Si viene un día más tarde hubiera habido que amputar.

Mi padre no comprendía una palabra.

—Permítame —le decía.

Pero el médico no le «permitía». Los familiares del enfermo le molestaban.

—El chico parece valiente, pero sin anestesia voy a hacerle daño. Si tuviera una ampolla de cocaína, con eso me bastaría.

Yo veía que todo se complicaba.

—¿Podré ir a ver el eclipse? —pregunté tímidamente.

El médico se dijo: «Éste es de los míos» y vacilando un poco, preguntó también.

—¿Eres valiente? —y sin esperar la respuesta añadió—: Vamos allá.

La mujer me hizo sentar en una silla y se puso detrás sujetándome la cabeza contra su pecho. El médico dijo:

—¿Llorarás mucho?

Yo le contesté con una sonrisa irónica que pareció complacerle. Fue todavía a otro armario y me dio un pañuelo grande de bolsillo.

—Si te duele, muerde aquí. No te importe romperlo.

Yo sentía el frío del acero dentro de mi dedo, donde el médico hendía y desgarraba. Gemía sordamente a veces, muy «en adulto». Llorar no se me ocurrió ni en broma. Supongo que mi padre oyéndome desde fuera no comprendía una palabra.

La operación terminó con la extracción del balín y el cosido del dedo. Me envolvieron la mano en gasas y algodones, la colgaron de mi cuello con un cabestrillo y el médico salió conmigo y con el balín en la punta de unas pinzas.

—Un héroe —iba diciendo—. Un verdadero héroe.

Mi padre, desconcertado, recibió en su mano el balín sin saber qué pensar y miraba mi brazo en cabestrillo. Exigió que le explicáramos, si era posible, lo que había sucedido. El médico se dirigió a mi padre:

—Muy fácil. Me ha traído al chico con un balazo y yo le he extraído el proyectil.

Mi padre me miraba con la boca abierta.

—Aquí estamos locos todos.

—Déjele en paz —le dijo el médico—. Déjele en paz por ahora y yo iré mañana a verlo.

—¿Puede venir a pie hasta casa? —preguntaba mi padre.

—Sí, pero antes le voy a dar un vasito de algo que tengo aquí dentro.

La mujer del médico, que me recordaba a la madre de Valentina, aunque no llevaba polvos en la nariz, salía con un vaso lleno de un líquido que agitaba con una varilla. El médico la rechazó.

—Nada de eso. A niños como tú no se les da agua de azahar sino un buen vaso de vino.

Dirigiéndose a mi padre añadió:

—Es el vino generoso con el que dice misa mosén Joaquín. Yo les envío a las monjas purgantes y ellas me mandan este vino.

Mi padre no sabía si reír con él, lamentarse conmigo o insultarnos a los dos. La señora del médico venía con el vaso. El vino tenía un color blanco sucio y olía deliciosamente.

Después salimos. Por el camino se veía a mi padre impaciente por saber cómo había sucedido aquello, pero contenía su curiosidad. Cuando llegamos, se metió en la biblioteca y me dijo a mí que me acostara un poco. «Después hablaremos.» Mi madre estaba al otro lado de la casa y no nos vio regresar. Iba yo pensando en Valentina y en salir al tejado, pero me encontré la ventana del desván cerrada y cruzada con dos travesaños de madera clavados de modo que no podía soñar siquiera en abrirla.

Bajé, rabiando, y me fui a casa de mi profesor con los gemelos en bandolera. Tuve que dar largas explicaciones sobre mi brazo. El eclipse no tuvo nada de espectacular. Mosén Joaquín había ahumado varios cristales, para mirar con ellos, pero, además, poniendo un poco de sombra de humo en las lentes de los gemelos, lo veíamos todo mucho más próximo y más claro. Mosén Joaquín me acercaba a los ojos un cristal, después otro, luego me decía que mirara con los gemelos. Y así se nos fue la mañana. La cosa fue aburrida.

Yo me fui a casa pensando en Valentina. Entré por el callejón de las Monjas y la encontré con una de mis hermanas paseando del brazo por un espacio descubierto frente a las cocheras. Al verme, las dos rompieron a reír. Yo no podía creer que mi brazo en cabestrillo fuera tan cómico, pero no se trataba de eso, sino de que llevaba la punta de la nariz negra del humo de los cristales que el profesor me había acercado. También una parte de la frente. Al saberlo yo traté de limpiarme, pero me dijeron que lo estaba extendiendo más y quedamos en que ellas me iban a lavar la cara. Todo tomó un aire de broma y yo me quedé con mi cara limpia, pero con un pequeño rencor contra mosén Joaquín. Yo empecé a molestar a mi hermana, aunque no era Maruja sino Luisa. Ella me dijo por fin:

—Tú lo que quieres es que yo me marche y quedarte con Valentina, porque es tu novia.

Nos quedamos solos. Valentina me preguntó si me habían hecho daño en casa del médico y le referí que me iban a cortar el brazo, pero que no tenían anestesia y que lo dejaron para otra vez.

—¿Te lo van a cortar de veras? —preguntaba ella con los ojos redondos.

—Sí, pero no importa, porque volverá a crecerme.

Y le conté el cuento de los ocho hermanos que tenían alas al nacer y para quienes una vieja como la tía Ignacia les tejía camisas con tela de araña. Cuando una camisa estaba terminada y se la ponía a uno de los pequeños, las alas se le caían y le crecían los brazos. Pero se murió la tía Ignacia sin terminar la última camisa que no tenía más que una manga y uno de los hermanos se quedó con un brazo y un ala. Eso de que pudieran caerse las alas y crecer los brazos con un motivo tan simple debía tranquilizarla.

Valentina no lo dudaba y yo la besé varias veces. Las palomas venían, pero no se acercaban tanto como otras veces porque estaba Valentina. Se apartó un poco y le mostré todas mis habilidades. Las palomas subían a mi hombro y luego trepaban agitando las alas hasta la mano que yo tenía en alto y tomaban allí su maíz. Cuando me cansé, me acerqué a Valentina diciéndome que no me gustaban porque todo lo hacían por la comida.

Valentina sacaba de su bolsillo un papel donde estaban escritas las palabras que el Alma decía al Esposo. Yo lo leí en voz alta, lo guardé como un tributo que se me debía y le dije recordando las explicaciones que el cura me había dado en la sacristía:

—Ahora tengo que hacerte holocausto.

—¿Y qué es?

—El homenaje que los antiguos hacían a lo que adoraban.

—¿Y tú me adoras?

—Sí.

—¿Y no me mandas que te bese? Si no me lo mandas, yo no puedo besarte.

Efectivamente, cuando la besaba yo, nunca me devolvía el beso.

Ahora yo le dije:

—Bésame.

Valentina me puso una mano en cada hombro y me besó en cada mejilla.

Fui otra vez a donde estaban las palomas y puse la mano en alto, con maíz. En seguida vinieron tres o cuatro. Agarré una por las patas. Era completamente blanca y agitaba desesperadamente sus alas.

—Anda a la cocina a buscar un cuchillo.

No se atrevía, porque en su casa le habían dado una zurra por atrapar un cuchillo. Oh, una zurra —pensaba yo— a ella no le da vergüenza decirlo.

Le entregué la paloma. Valentina quería hacerse la valiente, pero tenía miedo de que la picara. Yo le dije cómo tenía que cogerla mientras entraba un momento en casa. Cuando la paloma aleteaba muy fuerte, ella cerraba los ojos y apretaba los dientes, pero sin soltar al animal.

Subí a mi cuarto y volví a bajar con el puñal. El profesor me había dicho que el «holocausto» tenía muchas formas y la más general era sacrificar palomas. Allí estaba yo con mi puñal.

—Y ahora, ¿qué vas a hacer?

—No tengas miedo, que a ti no te hago nada.

—¿Qué tengo que hacer yo?

—Acuéstate aquí y cierra los ojos.

Valentina obedeció. Yo barrí despacio y cuidadosamente con un manojo de ramitas de olivo el suelo a su alrededor. Las huellas de las ramitas formaban en tierra como un halo. Valentina seguía sujetando las patas de la paloma con las dos manos sobre su cintura. El animal, resignado, no aleteaba ya. Cuando creí que todo aquello estaba muy limpio tomé con mi única mano la paloma, la sujeté por las alas contra la tierra bajo mi pie y le clavé el puñal. Por la parte del pecho, la paloma era más blanca todavía y la sangre era tan roja que parecía luminosa. La alcé con la mano y fui regando el suelo alrededor de Valentina. Después dejé caer sangre también sobre su pecho, sobre sus brazos y piernas y hasta sobre su cabello. La paloma había muerto ya y parecía un trapo viejo.

—¿Y ahora qué haces con la paloma?

Nos pusimos a quitarle las plumas para dársela al perro. Se la llevamos y el animal la recibió muy satisfecho. Fue después motivo de largas discusiones en la familia la presencia de los restos de la paloma entre las patas del perro. Nadie podía aceptar que un perro mastín atado con una cadena a la escalera cazara palomas, les quitara las plumas y se las comiera.

Corrimos por los corrales, las caballerizas, las galerías superiores y ya el traje, las piernas y los brazos de Valentina estaban secos, pero las manchas seguían. Eran ligeramente negruzcas. Vinieron a buscarla y se marchó. Yo me fui a mi cuarto. Estaba sudando, tenía los pies ardiendo en mis botas. Me las quité, después los calcetines y metí los pies en unas zapatillas viejas. Con los ojos cerrados de placer pensaba en Valentina. Habíamos quedado en que ella, cuando hiciera aquello pensaría también en mí.

Valentina, ensangrentada, llegó a su casa y produjo sensación. Su madre buscó, en vano, heridas inexistentes. Pilar la miraba con desprecio. Valentina guardó el secreto. No hubo quien la hiciera confesar.

Yo me había recluido en mi cuarto. Mi madre hacía tiempo que me llamaba a voces. No contestaba, seguro de que al ver que no acudía me dejarían en paz, y abriendo mi cuaderno de latín continué con *La Universiada*. Es decir, volví a comenzar:

Todo era oscuro al principio.

los pájaros y los peces y los árboles

los hombres aún no los había
pero si los hubiera, también serían negros
porque no había luz para nadie.

Seguía escribiendo y buscando en mis cuadernos del Génesis de la Biblia algo sobre la Creación, para no desentonar demasiado, el orden por lo menos, por el que fueron creadas las cosas. Pero mi madre seguía llamándome y fui bajando. Mi madre me acarició la mano vendada preguntándome si me dolía, reacomodó el cabestrillo en mi pecho y viendo manchas de sangre en los puños de mi vestido se espantó:

—Ésta no es sangre mía —le dije para tranquilizarla.

—¿Pues de quién?

—Del holocausto.

Tuve que hacer grandes esfuerzos para no contar a mi madre el origen de mi herida, de tal modo me instó con súplicas, ruego y ofrecimientos. Yo no se lo decía porque me daba cuenta de que iría a decírselo a mi padre. Al final se declaró vencida y me rogó que no saliera al tejado.

Los días siguientes fueron empeorando. Valentina había sido castigada por sus manchas de sangre. No venía a casa. Yo no podía salir al tejado porque, además de estar la ventana clavada, mi mano vendada me limitaba los movimientos. Y el médico me levantó el apósito a los cinco días. Oh, durante ellos no vi a Valentina ni pude saber, sino por indicios muy vagos, que seguía castigada y que se pasaba el día sentada al piano, llorando mi ausencia y repitiendo escalas. Mi dedo estaba casi bien y no llevaba sino un guante con los otros cuatro cortados, para sujetar las ligeras tiras de gasa que lo envolvían. Mientras anduve con el cabestrillo había una cierta tolerancia. El profesor se limitaba a explicarme cosas. Pero la mano estuvo bien un día y la ventana del tejado clavada y Valentina ausente y mi padre indignado porque no podía hacerme confesar el origen de aquella herida. Yo seguía sin estudiar. Mi padre, en una de sus excursiones a mi cuarto encontró el cuaderno de *La Universiada* y lo rompió. Los pedazos los arrojó a la chimenea. Yo aquel mismo día comencé de nuevo.

Todo era oscuro al principio
los árboles los pájaros y los peces ...

Conseguí que Concha hiciera llegar a Valentina una hoja muy grande de papel donde había dibujado una flor en colores muy vivos. De ella salían innumerables pétalos, cada uno coloreado de un modo distinto y en medio de cada pétalo, una sentencia de las Voces de Dios al Alma enamorada. Mi hermana me aseguró que había llegado a sus manos y que la pobre estaba condenada a no salir de casa. Mi hermana sabía muchos secretos de las personas mayores y me contó que el carácter de mi padre estaba agriado porque el banco le reclamaba no sé qué garantías sobre unas operaciones hechas por otro propietario con su aval. Mi padre andaba siempre en líos bancarios. Casi a diario llegaban cartas de un banco u otro y parece que debía una cantidad de dinero, en conjunto muy superior a las propiedades que teníamos. Sin embargo, nadie le había creado dificultades hasta entonces. Los mismos bancos parecían tener interés en darle facilidades, y de vez en cuando mi padre presumía de que a propietarios más fuertes que él no les daban dinero si no llevaban la firma suya.

Mosén Joaquín iba otra vez cargándose de paciencia. Y un buen día estalló. Al darme el cuaderno, vi el famoso garabato con el número 30 al lado. Treinta azotes. Bueno. Eran días para mí de grandes decisiones y me gustó aquello porque me empujaba a hacer algo que cambiara el orden de mi vida. Afortunadamente, mi padre no estaba en casa cuando yo llegué y no iba a estar hasta la noche. De resultas del lío bancario se había ido al campo, a una finca de un amigo. Yo guardé mi cuadernito de hule y al caer la tarde metí en mi cinto los pistoletes, me colgué la escopeta de aire comprimido al hombro y con el cuaderno de *La Universiada* metido en el bolsillo del pantalón salí tranquilamente y me marché calle arriba.

Salí del pueblo, y dejando los caminos donde podía encontrar quizá personas conocidas eché a andar a campo través en dirección a unas montañas azules. Había dejado una carta diciendo que no pensaran más en mí y que iba a Zaragoza donde haría mi propia vida. Yo sabía, por haberlo oído decir, que detrás de unas montañas azules que se veían muy lejos, estaba Zaragoza. Creía poder llegar allí antes de la medianoche, pero había más de cien kilómetros de distancia.

No me preocupaba la separación de Valentina. Estaba seguro de que en cuanto le dijera dónde estaba, correría a mi lado. Seguía andando y todo me era dulce y familiar, el árbol verde, el arbusto seco, la piedra rojiza, las raíces del roble. Un poema se me iba formando en la imaginación y correspondía a una canción popular:

En el jardín de mi padre
ha nacido un arbolito ...

Era muy tarde. Así y todo hubiera seguido andando, de no tropezar con el río, un río tan caudaloso que no se le podía pasar por ninguna parte. Busqué el puente en vano. Mejor hubiera sido —pensé— seguir por la carretera que va a dar al puente, pero tampoco la encontraba. Y tenía hambre. A mi casa no volvería por ninguna razón. Tampoco quería acercarme al pueblo porque debían estar buscándome.

Y en mis vacilaciones, vi detrás de mí bastante lejos, una casa cuya chimenea echaba humo. Era la casa de Valentina, pero por el lado opuesto al que solía presentar en la dirección de mi casa. Me puse a pensar en lo que podría hacer pero antes de formar una idea clara me vi delante de la puerta. Tuve la fortuna de que detrás de la criada (la que solía ir a mi casa) apareciera doña Julia. A las seis oscurecía y serían las ocho. Le dije que no volvería por nada del mundo a mi casa y que quería vivir siempre cerca de Valentina. La madre me hizo pasar y recordaba que oyendo días pasados a Maruja, jugar con las muñecas en mi casa y hablar sola con ellas se sorprendió porque decía muy razonable: «Y si Pepe y Valentina se quieren, pues que sean novios y se casen». Yo miraba por todas partes sin ver a Valentina. Su madre me dijo que había ido a pasar el día con sus primas al pueblo inmediato y que en cambio estaba allí el primito. De un momento a otro llegaría Valentina con el tío en el coche y el tío se llevaría al primo. Pero ya éste asomaba por el pasillo.

—Ya lo conozco —dije—. Ven, entra. ¿Quién eres tú?

La madre de Valentina nos miraba extrañada:

—¿No lo sabes? El hijo del señor Azcona.

—Perdone usted —intervine—. Que conteste él.

Y poniendo una gran intención pregunté otra vez:

—¿El hijo de quién?

—¿Yo?

—Sí.

Me miraba a la mano, sin comprender que la tuviera sin vendas y con los cinco dedos completos.

—El hijo —balbuceó— de un político nefasto.

Doña Julia se iba a reír a la cocina. Poco después volvía: «Hijo mío —me dijo— está todo el pueblo movilizado andando en busca tuya. He enviado a decir a tu casa que estás aquí».

—Yo no iré a mi casa.

—No. Nadie te obliga.

Poco después llegaron Valentina y el «político nefasto». Yo me hice el distraído hasta que se marcharon. Con Valentina había también venido Pilar. Me miraba desde la altura de sus doce años y el notario iba y venía deteniéndose a veces delante de mí:

—Eso de escaparse de casa es de golfos.

En mi casa no hicieron nada por obligarme a regresar, por lo menos entonces. Cenamos solemnemente, presididos por el gordo notario. Antes de terminar, advirtió la criada que había traído de mi casa mis libros y los acababa de dejar allí al lado sobre un mueble. Después de cenar, don Arturo se fue al casino. Al otro lado de la mesa, Valentina simulaba hacer labores de niña. La madre nos contemplaba con ternura. Pilar entraba y salía denotando con sus andares desenvueltos y la manera de llamar a la criada o decir algo a su madre, una especie de abandono insolente. Leí el principio de mi *Universiada*. Valentina no entendía una palabra, pero sentíase envuelta en los destellos de mi entusiasmo, y olfateaba todo aquello como una fierecilla. Cuando terminé, me preguntó por mis conflictos familiares. Su madre se puso a escucharme con una gran atención. Quería saber quizá si en mi determinación influía más el odio a mi padre o el amor a Valentina. Pilar se sentía ofendida por la indiferencia de aquellas tres personas y en cambio Valentina era muy feliz y yo lo percibía en la serena amistad de sus miradas. De pronto, le dije a la madre:

—Doña Julia, yo quiero acostarme ya.

—¿Tan pronto?

—Sí, porque quiero hablar con Valentina. Dormiremos juntos, ¿verdad? La madre no sabía qué contestar:

—Hijos míos —decía sonriendo.

Valentina se le colgaba del brazo:

—Sí, mamá.

Yo contemplaba a mi novia y pensaba en las ocasiones en que había dormido en la misma cama con amigos o hermanos. Siempre era molesto, pero la posibilidad de tener a Valentina a mi lado me producía una emoción próxima al llanto. La madre no contestaba y quizá, para aligerar la situación, pidió a Pilar que se sentara al piano. Pilar no quería tocar «para nosotros». Todavía si Valentina la acompañaba, sería menos desagradable. Lo dio a entender sin decirlo. Valentina se levantó y fue a ocupar su puesto. A mí me molestaba tener que oír a Pilar al mismo tiempo que a Valentina. El piano sonaba de una manera fría y cristalina. Valentina estaba en el lado de las notas bajas. Se confundieron dos veces y las dos Pilar quiso culpar a su hermana. Yo me dirigía a la madre porque con Pilar no quería cuestiones y advertía que sus manos eran más grandes, y por haber estudiado más tiempo dominaba ya la sonata y tocaba demasiado de prisa. Pilar me contestó de mala manera. Aunque con otras palabras, trató de decirme que yo era un mocoso y que me metiera en mis libros. La madre la reconvino:

—¡Pili!

Yo lo aproveché para murmurar:

—¡Pili! Así se llama la gata de mi casa.

Valentina soltó a reír y Pilar dijo que no tocaría más. La noche parecía entrar en dificultades y la mamá dispuso que nos acostáramos. Yo seguía creyendo que Valentina y yo dormiríamos juntos, pero la madre encontró una disculpa bastante razonable:

—Si os acostáis juntos vais a estar hablando toda la noche y no dormiréis.

Pilar se perdía otra vez por las cocinas:

—Dormir juntos. ¡En mi vida he oído cosa igual!

Pero al día siguiente, Valentina me trajo el desayuno a la cama ni más ni menos lo que se hacía con su padre. Me explicó que había desayunado ya y que le gustaba mucho el café con leche. Lo tomaba más azucarado que su hermana y no en tazón sino en un cacharro de tierra, una vulgar cazuela que tenía un borde hacia adentro contra el cual ella aplastaba con la cucharilla hasta seis bonitos, uno detrás de otro, antes de comerlos para que siempre quedara café con leche y beberlo al final. Pilar se burlaba de ella por aquella costumbre. Valentina repetía que cuando se levantaba, tenía un hambre feroz, y lo decía poniendo en sus ojos una expresión mística. Yo la oía hablar y sus palabras me llegaban entre el zureo de las palomas. Había tantas como en mi casa. Y mirándola, sin oír ya lo que me decía, encontraba en ella la gracia de los ángeles de madera y también la locura de mis aventuras en las que siempre me veía saliendo triunfador o muerto. Cada gesto, cada palabra de Valentina, aun sin alcanzar su sentido, me producían una emoción concreta y la evocación de algo ya vivido o de algo que esperaba. Valentina se fue y yo me vestí y salí fuera. La madre de mi novia me dijo que tenía que hacer mi vida de escolar y no tuve más remedio que marchar a casa de mosén Joaquín. Es decir, me propuse ir, pero no llegué. Preferí marcharme a la colina y buscar grillos machos, que comenzarían pronto a cantar, porque ya se acercaba la primavera. Era yo muy diestro en esta cacería y cuando no tenía otro recurso a mano para obligarles a salir de la tierra me orinaba en los agujeros, que distinguía muy bien e inmediatamente salían a la superficie, aunque nunca por el mismo conducto sino por otro de al lado. Yo diferenciaba los machos porque eran más pequeños y tenían los élitros más duros al tacto. A fuerza de hablar de los grillos machos ya nadie decía entre los chicos que iba a cazar grillos sino simplemente «machos». Mucho antes de la hora de comer volví a casa con más de una docena en el seno, entre la camisa y la piel. Cuando estuve allí se los mostré a Valentina y quedamos en ir a buscar más por la tarde. Una parte del amplio jardín de su casa estaba dedicada a legumbres y las lechugas se abrían sobre la tierra con una fragancia húmeda. Como los grillos prefieren la lechuga a cualquier otro manjar, fuimos soltándolos allí, y como faltaba bastante tiempo para la comida, Valentina preguntó si nos dejaba su madre ir a coger «machos» a la colina. La madre nos dijo que sí, y no creyendo yo que fuera correcto andar orinando por los agujeros, delante de Valentina, me llevé una pequeña regadera llena de agua. A la hora de comer, volvíamos con dos docenas más, para lo cual recorrimos no sólo la colina sino el césped de una arboleda próxima. Los soltamos todos en el campo de lechugas donde debieron hacer un gran estrago y nos fuimos a comer. El padre de Valentina estaba de buen humor y quiso burlarse un poco de mí. Me habló de las cabras que comían libros y tuve por primera vez que afrontar en sociedad un juego de ironías.

En mi casa, la gente comía de una manera más bien ascética. Me refiero a los modales. Nunca se podía advertir en mi padre y menos en mi madre, la gula, el placer vicioso de comer. A los chicos también nos educaban así. Constantemente se oía: «Cierra la boca, no hagas ruido, dónde está tu otra mano, no mires al plato de otro, levanta ese pecho». No era raro ver alguno castigado a comer con un libro debajo del brazo para impedir que alzara el codo en las manipulaciones hasta darle en la oreja al vecino. Mal o bien, la comida tenía un cierto orden. Don Arturo comía disimulando eructos, siempre los bigotes mojados de sopa o de vino, suspirando después de beber y hablando con la boca llena mientras sus manos se multiplicaban entre los entremeses, sin abandonar el plato fuerte. Parecía borracho y no del vino, sino simplemente de la voluptuosidad de comer.

—Yo también me escapé de casa una vez —dijo.

Su mujer le pidió que lo contara y don Arturo insistía mucho en el miedo que tenía a su padre y claramente se veía que fue ése el único móvil. Añadía que al volver a su casa le dieron una azotaina que cambió la piel en la espalda. Al decir «la espalda» guiñaba un ojo, lo que les pareció muy gracioso a todos. Yo fui el único que no se rió y le dije que ni tenía miedo a mi padre ni me azotaría si algún día me veía desgraciadamente obligado a volver. Don Arturo me miró sorprendido y dijo:

—¡Hum! ¡Estos chicos!

Después de comer, don Arturo se marchó al casino otra vez y yo advertí a la madre de Valentina que hasta que «se encendían las luces» yo no acostumbraba a estudiar. Ella lo aceptaba y nos fuimos Valentina y yo al jardín. Vigilamos a nuestros grillos. La mayor parte se afanaban mordiendo las hojas más tiernas de las lechugas. Probablemente se sentían en un paraíso. Cuando vimos que no necesitaban de nosotros y estuvimos seguros de que no se marcharían porque las tapias del jardín eran muy altas, los abandonamos y yo fui a buscar mi escopeta de aire comprimido. Llevaba colgada del cinturón una bolsita con municiones —gruesos perdigones— y en el bolsillo un trozo de papel de periódico que era necesario para mis planes de cazador. Antes de cargar la escopeta había que envolver bien en un minúsculo papel el perdigón de modo que hiciera presión contra las paredes de mi fusil. De esta forma, el proyectil salía, se deshacía del papel e iba a dar a donde yo lo dirigía. O por lo menos eso creía yo.

Con mi fusil cargado subimos al solanar, una gran galería descubierta donde había dos sillones plegables, otros de paja, una mesa resquebrajada por la intemperie y al fondo varios cajones de embalar y trozos de tela de saco.

—¿No me has visto cazar gorriones?

Yo miraba a mi alrededor y mis ojos se detenían una y otra vez en el comedero de las palomas colgado en el muro, a gran altura. Era como un gracioso armario muy ancho, con varios soportes alrededor de un recipiente donde había trigo y maíz. Allí no sólo acudían las palomas sino también los gorriones.

Arrastramos tres cajones hasta un lugar estratégico y los cubrimos con tela de saco dejando dentro bastante espacio para instalarnos, sentados en el suelo. Iba a ser aquél nuestro lugar de acecho.

—Nos han visto los pájaros que andan por ahí —le dije— y ahora no vendrá ninguno. Hay que esperar hasta que ésos se vayan y lleguen otros.

Por esa razón, yo dejé la escopeta cargada al lado, y nos pusimos a hablar en voz baja. El aliento de Valentina, al contestarme, me calentaba la mejilla y su pelo me rozaba el rostro.

Se oía la voz de su madre llamándonos, pero no contestábamos. Decidimos seguir callados hasta que se cansó y volvió adentro diciendo:

—¿Dónde estarán estos chicos?

Yo preguntaba a Valentina:

—¿Y tu madre? ¿A quién quiere más?

—No sé. Pero es muy mala, mamá.

—¿Por qué?

—Porque no quiere que crezcamos.

—¿No?

—No. No quiere. Siempre dice que a medida que somos grandes le damos disgustos.

Aquello me parecía terriblemente perverso. Yo miraba por una rendija entre la tela de saco y el cajón.

—¿Vienen ya los pájaros? —preguntaba ella.

—Sí, ya vienen algunos.

Había dos con su corbata negra en el pecho. Uno de ellos estaba en un saliente del muro al final de una pilastra de ladrillo. El otro, en la barandilla del solanar. Los dos se cambiaban miradas recelosas.

—Estate quieta.

—¿Por qué?

—Verás. Hay dos machos ahí.

—¿A los grillos también les vas a tirar?

—No. Dos machos de gorrión.

—Ya decía yo. Porque si los grillos se dejan coger, no hay que matarlos.

Entraban y salían las palomas con un frufrú de sedas en sus alas.

El gorrión de la columna de ladrillo saltó y se acercó un poco más al comedero. Valentina miraba también.

—Ya está ahí.

—No, espera. Cuando vea que no hay nadie llamará a los demás y entonces acudirán muchos.

—¿Cómo los llamará?

—Así: «chau-chau».

Valentina reía y repetía por lo bajo: «chau-chau». Pero en aquel momento el gorrión llamaba, efectivamente, y acudieron en bandada seis o siete hembras que fueron directamente al comedero. Acudieron muchos pájaros más y el comedero estaba materialmente cubierto. Alguna paloma se irritaba e iba sobre éste o el otro gorrión, amenazadora. Pero el pájaro no hacía sino alejarse algunos pasos y revolotear un momento para cambiar de posición. Yo preparaba mi escopeta.

—Hay tantos —dije— que no sé a dónde apuntar.

Apunté despacio al macho de la barandilla que estaba en el lugar del comedero más próximo a mí. Tiré. Valentina suspiró, aliviada:

—Ay, qué tonta.

—¿Por qué? —decía yo, mirando al comedero vacío y buscando en vano mi pieza en tierra.

—Porque tenía miedo.

—Ahora ya puedes hablar en voz alta. ¿No ves que se han escapado todos?

Valentina no dudaba un momento de que yo había hecho blanco y salía a buscar el pájaro.

—Le di —mentí yo—, pero en una pata y se pudo marchar, volando.

Valentina me dijo que les apuntara a un ala y así no podrían volar. Con la sensación de fracaso volvimos a escondernos y atraje a mi lado a Valentina.

—Ésos —dije por los pájaros fugitivos— están ya escarmentados y no volverán en todo el día. Ahora que es posible que vengan otros.

—¿Sólo comen trigo?

—¿Quiénes?

—Los pájaros.

—No. También comen mosquitos.

—Y los mosquitos, ¿qué comerán? —se intrigaba Valentina, pero se daba un golpe con su manita en la frente—. Tonta de mí. Ya lo sé. Comen gente.

—¿Sí?

—Sí. Ayer me picó uno a mí.

Hablábamos en voz baja. A mí me encantaba hablar así con Valentina, porque parecía que habíamos hecho algo punible o que lo íbamos a hacer. La escopeta, cargada de nuevo, esperábamos. Yo no me molestaba en mirar por la rendija porque sabía que era muy pronto para que volvieran. Valentina, que había visto a las palomas enfadarse con los pájaros y amenazarles, me preguntó:

—¿Una paloma se puede comer un gorrión?

—No. Las palomas sólo comen trigo.

—Y maíz.

—Sí. Y también migas de pan.

—Y a otro pájaro más pequeño, ¿no se lo comen?

—No, pero si le dan un picotazo, lo pueden matar.

Esperamos en silencio. Las palomas volvían, pero los gorriones no. Y Valentina decía:

—Para un gorrión, la paloma es como para nosotros un gigante.

—Sí.

—¿Tú has visto gigantes?

—Sí, una vez.

—¿Y los gigantes tampoco se comen a los hombres?

—No, pero pueden matarlos. Comerlos, no lo creo, en estos tiempos.

Aquello parecía tranquilizar a Valentina.

—¿Cuántos gigantes has visto?

—Dos. Gigante y giganta.

—¿Hablaban?

—Sí, pero entre ellos. A nosotros sólo nos hacen «uuuuh».

Valentina tenía miedo y se acercaba más:

—¿Y cómo se llama el idioma de los gigantes?

—El giganterio.

Nos quedamos en silencio.

—Tú todo lo sabes —me dijo.

Yo miraba alrededor. Ella se puso a mirar también.

—En la barandilla está el mismo pájaro.

—No es el mismo —le dije—. Lo parece, pero no es el mismo.

—¿En qué lo notas?

—En nada, pero no es el mismo, porque los que se han asustado no vendrán hasta que hayan dormido y durmiendo se hayan olvidado y sea otro día.

—Ah.

El gorrión era también un varón con buche gris condecorado. Cerca de él, en la misma barandilla, había una hembra, un poco más fina, más delgada, color de tierra. En el jardín se oyó otra vez la voz de mamá. Nosotros nos callamos. Valentina se reía mucho.

—Estos chicos. ¿Dónde se habrán metido?

Y se iba para adentro.

—¿Sabes qué te digo? —dijo Valentina muy contenta—. Que así me gustaría estar siempre. Escondidos y que nos llamaran y que no contestáramos.

Yo le hacía señas de que se callara y volvía a preparar la escopeta, procurando no hacer el menor ruido. Mis precauciones causaban a Valentina una gran emoción. Suspiró y dijo: «Ay, qué tonta soy».

—Ahora no voy a tirarle al macho, porque son demasiado listos y cuando oyen el disparo dan un brinquiño de lado y mientras el proyectil va por el camino, cambian de lugar. Las hembras son más tontas. Verás cómo después de tirar se están quietas mirando alrededor un ratito, luego, chillan y se van.

Apunté despacio. Contenía la respiración, iba a disparar. Valentina se ponía una manita en el pecho y suspiraba: «Ay, que tonta». Tiré por fin. Todos volaron de nuevo sin que mi presa cayera a tierra y sin que siquiera saltaran plumas al aire o hubiera algún síntoma de haber herido a alguien.

—Esta escopeta funciona mal —dije— y siempre los hiere en una pata.

Se veía a los pájaros recelosos en las retejeras de los aleros.

—Ahora tardarán más en volver.

Distraía a Valentina volviendo a hablarle de los gigantes. Como ella había visto cada año los gigantes de la procesión del Corpus, que eran lo menos siete u ocho y tan altos como su casa e iban por parejas, gigante y giganta y bailaban precisamente frente a su casa abriendo levemente los brazos al dar vueltas, Valentina creía que todos los gigantes eran así, inofensivos o idiotas, pero yo le contaba cosas terribles para luego tranquilizarla con mi valentía.

Los pájaros no venían y yo seguía hablando en voz baja.

—El gigante Caralampio vendrá un día a mi casa si yo lo llamo y se llevará a Maruja.

—¿Y a Luisa también?

—No.

Valentina se quedaba callada y luego decía:

—Es muy lista Luisa para sus años, ¿verdad? Ya me gustaría que fuera mi hermana.

No volvían los pájaros y yo le dije a Valentina que para demostrarle que era un gran cazador iba a dejar los gorriones y a matar palomas.

—Eso es mucho más difícil —dijo ella—. Cada paloma vale por cuarenta gorriones.

Busqué el plomo más gordo que tenía, lo envolví en papel masticado, flexioné la escopeta de modo que quedó perfectamente cargada y apenas tuve que esperar porque las palomas habían pensado quizá que éramos inofensivos.

—Ésas son las que más le gustan a papá —dijo Valentina señalando una de buche tornasolado y patas rojo vivo.

—Pues vamos a comenzar.

Disparé y la paloma dio un salto, quiso volar y cayó a tierra con un ala desplegada y el pico abierto. Salí a buscarla y vi que tenía un ala rota y que abría y cerraba el pico con el ritmo de los latidos de su corazón. Volví con ella al escondite y la arrojé como un trofeo volviendo a cerrar la tela de saco y preparar de nuevo la escopeta. Yo estaba radiante y Valentina balbuceaba muy excitada:

—Ahora otra. ¡Pum! Y otra. ¡Pum! Y otra.

—¿Qué haremos con ellas? —me decía yo viendo que había seis.

—Las llevaremos a la cocina.

Aquel día era uno de los que anunciaban la primavera ya próxima. El sol había dado de lleno sobre el jardín y había una atmósfera casi calurosa. Uno de los grillos comenzó a cantar y le siguieron tímidamente dos o tres. Nosotros descendíamos por la escalera del solanar cargados de palomas muertas, y nos dirigimos a la cocina. La madre que nos vio llegar, preguntó de dónde habíamos sacado aquello, y al ver su aire impaciente yo me di cuenta de que se nos venía encima la tormenta. Buscábamos la disculpa en vano y cuando Valentina decía que nos las habíamos encontrado en la calle, entraba el padre por la puerta del jardín. Al vernos se acercó a mí:

—Éstas son las buchonas que compré en Zaragoza para la cría. ¿Qué ha pasado?

Alzaba dos de ellas cogidas por las alas y ensangrentadas. Nadie contestaba. Nos mirábamos los unos a los otros y yo sentía una impresión rara como si me crecieran las orejas.

—¡Estoy preguntando qué ha pasado!

Sólo contestaba el grillo del jardín, al que se unían ya decididamente otros dos. Agitaba en la mano don Arturo las palomas, pruebas nefandas, y repetía.

—Yo mismo les preparé los nidos y habían comenzado a poner ya. Cincuenta pesetas me costaron. A diez la pareja.

Nadie contestaba. En lugar de tres grillos ahora cantaban diez.

El notario lanzaba miradas feroces por la ventana:

—¿Qué pasa ahí afuera?

La madre se acercaba a mí, conciliadora:

—Dime qué ha pasado. Dímelo a mí, Pepe.

—Las encontramos en la calle.

Don Arturo agarró mi escopeta y sacó del interior la baqueta donde se ponía la carga. Había hecho yo más de treinta disparos y estaba caliente.

—En la calle, ¿eh?

Su cabeza redonda se enrojecía. El color rojo comenzaba en la calva e iba descendiendo hacia la nariz. Me amenazó con el puño cerrado, lo que a mí me parecía verdaderamente excesivo, y volviéndose otra vez hacia la ventana exclamó bajo una algarabía de treinta o cuarenta grillos:

—¿Lo oigo yo o me lo hacen los oídos?

Los grillos, bien alimentados, cantaban con toda su fuerza. Doña Julia se asomaba también a la ventana sin saber qué pensar: «¡Cielos! —decía— esto es una plaga».

Agitaba don Arturo delante de mis narices las dos palomas. Yo me atreví a decirle:

—Con arroz, estarán muy buenas.

—¿Lo oyes, Julia? ¿Lo has oído?

Su mujer volvía de la ventana y se dirigía a mí:

—¿Qué has dicho?

Valentina tuvo un rasgo heroico.

—La verdad ha dicho. Que con arroz, estarán muy buenas.

—Cállate tú, mocosa —intervino el padre.

Doña Julia se arrodillaba a mi lado y me cogía una mano:

—Vamos a ver, Pepe. Estás en nuestra casa, eres nuestro invitado ... ¿Qué has dicho?

Valentina intervino otra vez repitiendo mis palabras. Don Arturo se encaró conmigo. Hablaba echándonos espuma en la cara a su mujer y a mí:

—¡Atrévete a repetirlo!

Yo callaba. Como insistía don Arturo en su provocación y yo comenzaba a sentirme en ridículo dije:

—Si usted no me deja estar en su casa, tengo la mía, que es más grande que ésta y a mi padre que no tiene como usted ...

—¿Qué es lo que tengo?

Me daba cuenta de que era demasiado y no decía nada, pero le miraba tan fijamente a su vientre, un vientre verdaderamente monstruoso, que doña Julia tenía ganas de reír.

—¿Qué quieres decir? —insistía el marido.

—Nada.

—Dímelo a mí, Pepito —insistía la madre.

—No, no lo dirá. Los instintos criminales van con la mentira y la simulación. ¿Y tú sabes, arrapiezo, lo que costaría cada ala de esas palomas si me las hicieran con arroz?

Los grillos ya no eran tres ni treinta sino toda una muchedumbre que invadía el aire, penetraba por las ventanas hasta los últimos rincones de la casa y obligaba a don Arturo a alzar la voz:

—A tres pesetas cada ala —y lanzándose al jardín, esta vez no a la ventana sino a la puerta, gritó como un loco—: ¿Quién ha traído esa baraúnda a mi casa! ¿O es que me lo hacen los oídos?

Doña Julia aseguró para tranquilizarlo que no, que también ella lo oía.

Yo me acerqué a la cocina, arrojé dentro la paloma que me quedaba. Valentina hizo lo mismo con las suyas y tomándola por la mano me fui hacia el jardín.

—¿Adónde van ustedes?

Don Arturo agarró a mi novia por el vestido y tiró tan fuerte que casi cayó sentada en tierra. Yo dije a don Arturo, no muy seguro de mí:

—Con ella se atreverá. Con una muchacha indefensa.

Don Arturo daba vueltas sobre sí mismo agitando los brazos y pidiendo a su mujer que le hiciera una tisana con gotas de coñac. Yo creí que salía detrás de mí para alcanzarme, pero no por eso aceleré el paso. Me fui despacio, y cuando llegué a la puerta vi que don Arturo había subido al solanar y deshacía a puntapiés mi reducto de cazador.

—¿Quieres más pruebas, Julia?

Entre el solanar y el comedor había más de sesenta grillos cantando a una. Yo marché hacia mi casa, pero a medida que me alejaba del problema de las palomas iba entrando en el de mi padre. Acortaba el paso deseando llegar lo más tarde posible. Me di cuenta de que lo mejor hubiera sido esperar que estuvieran todos acostados, o por lo menos mis hermanos, porque las cosas que más me molestaban en mis conflictos domésticos eran la piedad de Luisa, la tristeza de Concha y, sobre todo, la perfidia de Maruja. Dándome cuenta de que si callejeaba hasta la hora de cenar «de los mayores» iba a ser peor, entré en mi casa. Me dirigí a mi madre, que me recibió muy contenta:

—¿Te has dado cuenta, hijo mío, de que tu casa es ésta?

Subí hasta mi cuarto, pero me di cuenta de que ella me seguía. Iba yo al desván para ver si la ventana estaba todavía clavada, pero la idea de que mí madre entrara allí detrás de mí y viera los destrozos en los colchones, me hizo desistir. Me metí en mi cuarto y mi madre entró y cerró la puerta:

—¿Vas a estudiar?

Yo demostré repentinamente unas ganas enormes de estudiar, pero me encogí de hombros.

—No tengo libros.

Se habían quedado en casa de don Arturo. Y de noche, no era fácil que mi madre quisiera enviar a una criada. Me consideraba completamente a salvo. Pero media hora después estaba el jardinero de don Arturo con todos mis libros.

Yo me encerré en mi cuarto y dije: «un conflicto en casa de don Arturo y otro aquí». Comenzaba a sentirme deprimido, pero una voz se alzó dentro de mí: «¿No soy el señor del amor, del saber y de las dominaciones?». Sin embargo, la misma voz me decía después, que no bastaba con que yo lo creyera sino que tenían que aceptarlo los demás.

Por de pronto me decidí a estudiar. Pero me distraía recordando mis hazañas de aquella tarde, tratando de averiguar lo que sucedería a Valentina y renovando mis rencores contra don Arturo. Yo estudiaba en una mesita redonda que tenía un tapete multicolor hecho con tejido de alfombra. La lámpara era una de las viejas lámparas de petróleo reacondicionada para la electricidad. Conservaba el lugar del mechero, por donde entraba el cordón, su ancho pie de cobre hueco, donde antes solían depositar el petróleo y la campana de porcelana blanca, ligeramente azulada. Esa campana recortaba sobre la mesa la zona de la luz en un amplio nimbo. Y allí donde ese nimbo terminaba, comenzaban las sombras del cuarto, que tanto impresionaban a Concha. Pero en el entronque, entre esos dos misterios, en la zona donde la luz se separaba de la sombra, había todavía un halo amarillento en el que se hacían más vivos los colores del tapete afelpado. Y allí se veían cosas curiosas. Carrozas de gala, con lacayos enguantados, guirnaldas de flores, enanos bailando, gigantes tumbados, caídos y muertos probablemente. Algunas de estas cosas en proporciones tan minúsculas, tan pequeñas y lejanas que yo, sin darme cuenta, tomaba los gemelos y me ponía a mirar con ellos. La mayor parte de aquellas ilusiones se mantenían. Otras desaparecían, pero los gemelos descubrían un mundo todavía más pequeño. Entre los gruesos nudos de tejido que parecían colinas y montañas, había toda una vegetación. Hierbas, arbustos, árboles. La hierba era a veces azul o roja y los árboles, malva. Cualquier sombra podía ser completada con la imaginación, dotándola de piernas y brazos y animada, atribuyéndole una intención. Cuando aquel ejercicio me fatigaba, suspiraba muy desdichado y volvía a los libros. Yo hubiera querido estar sentado allí al pie de una de las colinas rojas bajo un árbol malva, esperando a Valentina. Y que ella llegara libre de sus padres y de los pianos fatigosos, instrumentos de tortura, negros como ataúdes. Yo encontraría por allí un arroyo donde beber cuando tuviéramos sed, y miel de colmena y manzanas.

Y quizá, de pronto me veía yo allí también. Y el primo llegaba proclamando:

—¡Soy hijo de un político nefasto!

Pero yo me alejaba con Valentina, y cogidos por la cintura, nos repetíamos las Voces del Alma Enamorada. Recuerdo que, imaginándome a mí mismo con el libro de misa abierto, leía a la sombra de aquellos arbolitos rojos la letra bastardilla como si verdaderamente la leyera. Yo era el señor del amor y de las dominaciones. Ya el médico había dicho que era un héroe. Pero ... ¿el señor del saber? Aquello lo dudaba. En mi memoria se acumulaban versos nuevos de la canción de Valentina:

A la orilla del estanque
ven a mirarte la cara ...

Terminé las lecciones —nunca las sabía del todo, pero quedaban hilvanadas y al día siguiente las aseguraba— y me quedó tiempo para *La Universiada*. Tuve que volverla a comenzar. Fui a buscar papel a la biblioteca tomando antes mi llave falsa de detrás del cuadro de la pared. Me deslicé como un ladrón y después de haber metido la llave en la cerradura, cuando estaba ya abriendo sentí que dentro había luz. Tuve miedo de que estuviera allí mi padre, retiré la llave y me fui otra vez a mi cuarto cautelosamente. Ya estaba en el último tramo de la escalera cuando oí que abrían la puerta y después de comprobar que no había nadie volvían a cerrarla.

Desde la ventana de mi cuarto se veía el pueblo donde vivía mi abuelo, al otro lado del río. En las horas de la mañana que daba el sol, de frente, parecía una de esas aldeas que se simulan en los «nacimientos» cerca del portal de Belén.

Para mí aquella aldea era una especie de paraíso, del cual no había que abusar por sus mismas excelencias. Mi abuelo era un viejo grande, huesudo, de manos rugosas. Reía poco o nunca. (Creo que no lo he visto nunca sonreír.) Tenía alguna hacienda y en la aldea se le consideraba rico, pero vestía el calzón corto con medias de estambre azul de los campesinos y nunca había querido vestirse como en las ciudades. Por aquel simple detalle, mi padre lo consideraba en alguna forma inferior y merecedor de alguna clase de desdén aunque no lo habría dicho nunca en voz alta, primero por respeto a mi madre y luego por miedo a mi abuelo.

Mi abuelo no inspiraba respeto sino miedo, es decir, una mezcla de cariño y miedo como suele inspirar el mismo Dios.

Cuando se enfadaba mi abuelo y daba voces por algún motivo temblaban todos los cristales de las ventanas de la aldea, como en las tormentas. Es verdad que eso lo sabía yo sólo por habérselo oído decir a mi padre, porque nunca lo había visto enfadado a mi abuelo.

Me senté a la mesa y de nuevo me entregué a los pequeños paisajes. Las gentes aparecían por el tapete en la zona donde la luz de la lámpara se separaba de la sombra. Y en aquellos paisajes miniados veía a Valentina, ahora claramente. Iba vestida con el traje de los domingos, con el mismo traje de la misa en el convento. Veía, con los gemelos, hasta su rosario amarillo arrollado a la muñeca. Algunos de los tipos que iban por allí, saltaban como pulgas, pero ella se estaba quieta y me miraba. «Para esos seres, a excepción de Valentina —me dije—, yo debo ser una especie de Dios.» En el dorso del libro fui apuntando todo lo que veía: un riachuelo, dos árboles, una pequeña carreta cargada de hierba entre la que asomaban flores. Un pájaro. Otro. Todos los pájaros en tierra y quietos. Se diría que uno de ellos era un pavo real con la cola sin desplegar o bien un faisán. Y Valentina avanzaba entre ellos —yo la veía muy bien con los gemelos— y alzando y bajando sus bracitos desnudos me decía: «Papá me ha pegado. Como ahora el que me ha pegado ha sido papá, ya puedes matarlo». Lo decía sonriendo con su carita morena, como siempre. Yo le prometía ir y después le preguntaba qué le parecían mis hazañas últimas. Ella se limitaba a contestar que «una paloma valía por cuarenta gorriones», lo que me dejaba satisfecho. Pero yo buscaba a su padre en los paisajes miniados del tapete y no lo encontraba. Tenía una sensación de pereza muy dulce. Hacía poco tiempo que yo «cenaba con los mayores». Hasta entonces, yo cenaba como todos mis hermanos, a excepción de Concha, que tenía ya doce años, al caer la tarde (a las siete). Y a las ocho estaba ya en la cama. Ahora serían ya las ocho y media, y todavía no había cenado. Yo me quedé dormido y cuando vinieron a buscarme, me llevé un gran susto.

Afortunadamente, mi padre, con sus preocupaciones, no tenía ganas de detenerse a analizar los hechos:

—Ah, ¿ya estás aquí?

Mis estudios comenzaron a ir mejor. Como no podía salir al tejado a estudiar y durante el día me era imposible estudiar en mi cuarto, los días de sol me iba al segundo corral, donde estaban las palomas y los gansos y me subía encima de las tejas de una choza a media altura del muro de las cocinas. Desde allí no veía la casa de Valentina, pero me hacía la ilusión de un panorama parecido al del tejado anterior, con palomas y gatos. Y estudiaba, pensando en Valentina.

Al otro lado del muro de enfrente, que ligaba con los corrales de la casa próxima, se alzaba una terracita con ropas puestas a secar. Y en esa terracita había algo muy interesante. Allí estaba Carrasco. Éramos de la misma edad y vecinos pero no habíamos hablado nunca. Sin embargo, no podíamos vernos sin lanzarnos el uno contra el otro en el combate más desaforado. Carrasco, cuando me veía a mí se mordía el dedo índice doblado, enseñaba los dientes arrugando la nariz y producía un sordo gruñido. Yo percibía ese gruñido y por él lo localizaba. Y aún antes de haberlo visto iba como un rayo contra él. Muchas veces los vecinos nos separaban antes de llegar a las manos y otras, al ver que íbamos a pasar por el mismo sitio, lo sujetaban a él y me sujetaban a mí mientras pasábamos cerca. Yo ya lo había olvidado, porque desde hacía cuatro o cinco meses no peleábamos. Pero cuando él vio que yo lo había descubierto desde mi tejado, se puso el dedo doblado entre los dientes y comenzó a gruñir. El muro tenía diez metros de altura. Ni él podía bajar ni yo subir. Me amenazó con un tirador de gomas, le amenacé yo con mi pistolete vacío, que le llenó de admiración, y sin decirnos una palabra él guardó el tirador y yo el pistolete.

El sol de la tarde coloreaba una parte del muro de enfrente. Las palomas acudían a aquel tejadillo y me rodeaban. Yo estudiaba las montañas de Rusia con desaliento. No me interesaba otra montaña que el «Salto de Roldán»,[23] que se veía desde mi cuarto. Y miraba el muro de enfrente donde tres

23 *Salto de Roldán* – Roland's Leap – a rock formation in the foothills of the Pyrenees to the north of Huesca, said to have been created when the Carolingian hero spurred his horse to leap between two mountain peaks on either side of the river Flumen. It is not visible from Tauste.

lagartijas de flancos palpitantes se calentaban al sol. Nunca había visto nada más lindo y fino que la cabeza de una lagartija. Su naricita de tierra cocida, su boca fina siempre cerrada, muy bien rematadita en punta, me encantaban. Me sacó de mi abstracción el gruñido de Carrasco. Alcé los ojos.

—Baja —le decía yo, riendo—. Baja, que aquí te espero.

—Te tengo abierta ya la fuesa.

Era la primera vez que nos hablábamos en nuestra vida.

—Baja —le insistía yo.

Parecía muy dispuesto. Si hubiera habido abajo paja o heno cortado como otras veces, habría bajado.

—Te tengo abierta la fuesa —repetía.

Yo saqué mi pistolete y apunté:

—Sal de ahí antes de que cuente diez.

Comencé a contar en voz alta. Al llegar a ocho desapareció. Yo estaba seguro de que se fue a la calle a esperarme. Tiempos atrás me esperaba a veces toda una mañana. Su ilusión era obtener un triunfo sobre mí, pero yo conocía ya sus trucos y menos la primera vez que me cogió de sorpresa y consiguió derribarme al suelo y ponerse rápidamente a caballo para que no le diera vuelta, las otras batallas habían quedado indecisas o con mi victoria. El odio que me tenía no he podido atribuirlo a nada concreto, pero luego he sabido en la vida que esos odios son los más venenosos.

Hacía calor aquella tarde y era ese calor de las aldeas lleno de silencios, en que las palomas buscan la sombra y el tiempo parece detenerse y adquirir profundidad en mil pequeños rumores. Yo sudaba; salí de mi atalaya y consideré ya aprendidas las lecciones. En aquel momento se oía gritar mi nombre por una ventana.

—Pepe.

Era Concha y no necesitaba preguntar de qué se trataba. Valentina estaba en casa.

Cuando doña Julia venía a casa con sombrero y guantes mi madre la recibía en el salón. Si venía «paseando», sin guantes ni sombrero, se quedaban allí donde estaban y doña Julia ayudaba a mi madre a guardar ropa o a sacarla, cosas que eran las faenas rituales del hogar. Si mi madre iba a su casa con sombrero y guantes, era recibida también en el salón. Cuando una de las dos se iba y advertía a la otra que «aquella visita no contaba» quería decir que no estaba obligada a devolvérsela. Todo aquello representaba un protocolo muy serio. Ese protocolo no obligaba a nadie más. Mi padre y don Arturo se veían por su parte en el casino.

Esta vez venía con guantes y sombrero. Valentina también iba «de visita» y su etiqueta consistía en tres detalles: calcetines blancos con ligas elásticas, blancas también, zapatos negros de charol con hebilla blanca y las florecitas blancas y verdes del pelo. El salón era una gran sala al viejo estilo, rodeada de fantasmales butacas envueltas en fundas blancas. Había tres o cuatro óleos oscuros de los que solía decir mi padre que «el marco tenía mucho mérito».

Lo que a Valentina y a mí nos interesaba era una vitrina con figuras de marfil, abanicos de seda pintada y plumas —regalos de boda— y dos mantones de Manila llenos de aves del paraíso y de extrañas flores bordadas sobre blanco en amarillos y verdes tenues. Mirábamos la vitrina mientras nuestras madres se hacían cumplimientos y nos íbamos acercando paulatinamente a la puerta. Doña Julia se daba cuenta y lanzaba como una amenaza el nombre de su hija:

—¡Valentina!

Ella, como si hubiera sido sorprendida en delito, se acercaba un poco al centro de la sala y poco después volvíamos a desplazarnos lentamente. A la tercera tentativa, la madre la llamó a su lado, la tomó de la mano y la hizo sentarse en el suelo, sobre la alfombra. Yo me acerqué y me senté también. Antes de ir al «salón» tuve que fregarme bien las rodillas (eran la parte más ardua de mi toilette) y ponerme el traje de pana verde.

Doña Julia, muy comedida y fina de actitudes, decía a mi madre que el jardín de su casa sufría una verdadera invasión de grillos y que rompían a cantar al oscurecer y no paraban en toda la noche. No podían dormir. Querían hablar mal de mí y mi madre me decía de vez en cuando:

—Pepe ¿no tienes nada que hacer? ¿No tienes que estudiar?

Entonces yo volvía a sentarme a su lado dispuesto a no dejarlas hablar.

—Tengo ganas —me decía Valentina— de que sea domingo otra vez.

Nos cambiábamos papelitos que traíamos escondidos. La madre de Valentina, que tenía puestos los ojos en nuestros movimientos, alargó la mano y atrapó el de su hija.

—¿Qué es eso? —decía mi madre sonriente.

Era nada menos que una estrofa de un soneto de Baudelaire.[24] Valentina lo había sacado de una revista que recibía su padre, aficionado a la literatura:

Deja mi corazón ebrio de primavera
cayendo en tus pupilas como en una quimera
dormitar a la sombra de tus largas pestañas.

24 Charles Baudelaire (1821–67), celebrated, innovative French poet of love, sensuality and urban life.

Era lo más hermoso que me había enviado Valentina. Yo por mi parte seguía con Bécquer. También lo atrapó la madre y lo leía para sí:

Cuando me lo contaron sentí el frío
de una hoja de acero en las entrañas ...

Continuaba el poema que yo había arreglado de modo que lo que me habían contado no era que ella me era infiel, sino que su padre la había zurrado. La madre quería mostrarse severa. Nos echaron a los dos de la sala y nos fuimos muy contentos. Y entonces nuestras madres se pusieron a hablar de nosotros.

Yo llevé a Valentina a mi cuarto, cerré la ventana, encendí la luz, agité con mis manos el tapete para desarreglar las luces y los colores y le fui indicando dónde la había visto, cómo alzaba los brazos y decía que su madre le había pegado, etc. invité a mirar con los gemelos y estuvimos así largo rato. Luego le enseñé mi arsenal, mi parque de armas y municiones, una lata vieja de pólvora de caza de mi padre en la que yo había ido metiendo pequeñas cantidades de polvo explosivo que robaba de las nuevas.

—Antes de un mes —le dije— tendré bastante pólvora para volar tu casa.

Valentina me miraba vacilando:

—No. Ahora ya están bastante fastidiados con los grillos. Te digo —insistió— que están bien, pero muy bien fastidiados.

Nos fuimos al corral, pasamos por allí al otro —a éste lo llamábamos corraliza, porque había allí patos, ocas, palomas y cabras—. La tía Ignacia estaba dándoles su comida de la tarde. Seguía Carrasco en lo alto del muro. Se mordía el dedo y gruñía. Cuando yo iba a enseñarle el pistolete me dijo con una voz terriblemente adulta:

—El hijo del Colaso, que quiere hablarle.

Por si eso era poco, añadió cantando con un soniquete estúpido:

Ahora yo no quería reñir
y si quieres, seremos amigos.

Cuando creyó que lo había repetido bastante me dijo, sin cantar, que el Colaso estaba frente a la puerta de mi casa esperándome para hablarme. Yo propuse a Valentina salir a ver qué quería. Con mi brazo por sus hombros, y saltando cada tres pasos sobre un pie, fuimos hacia el patio.

El Colaso estaba efectivamente esperándome. Era el jefe del otro bando, aunque de todos mis enemigos era el único que decía que yo valía y que sería mejor conquistarme para su grupo que atacarme. La dificultad estaba

117

en que si yo iba a su grupo llevando todo mi arsenal, podía exigir que me hicieran el jefe, lo que no tolerarían los ya existentes. Me volví hacia Valentina:

—Espérame aquí un momento y fíjate bien lo que pasa.

Salí y me fui con cara de pocos amigos hacia el Colaso.

—Los que están siempre riñendo es que son poca cosa —dijo, sentencioso.

—Yo no estoy siempre riñendo.

—No lo digo por ti.

La cuestión que lo traía era verdaderamente grave. Su grupo iba todos los días a la orilla del río a provocar a los chicos del pueblo inmediato. Llevaban hondas de cáñamo y buena provisión de piedras de medida adecuada. Los otros, tampoco se quedaban cortos desde el otro lado. Y comenzaba la pelea. Los últimos días, la batalla se decidió por los de nuestro pueblo, pero en cuanto el enemigo tenía más de tres bajas (chicos descalabrados que abandonaban la pelea y se iban a su casa chorreando sangre) salían sus padres con escopetas, se metían en unos botes ligeros, y avanzaban remando para ponerse a tiro. Los honderos del Colaso los atacaban y quizá le daban a alguno una buena pedrada, pero al llegar poco más o menos a la mitad del río (que era muy ancho), los padres de los lesionados se echaban las escopetas a la cara cargadas con sal de cocina y los freían a tiros. Todos los chicos llevaban las pantorrillas arañadas por los granos de sal, que «se metían dentro de la piel y escocían terriblemente». Mientras los lesionados nuestros bailaban, con el escozor, los chicos del pueblo contrario se reían y se burlaban. Y aquello se había repetido tres días seguidos y era completamente intolerable. Me pedían consejo aunque lo mejor sería que fuera con ellos. Aquella tarde no había pelea.

—Porque si no vienes tú con tus refuerzos, es inútil.

—¿Qué refuerzos? —preguntaba yo.

—Tu grupo y tú con tus armas.

Todos sabían que yo tenía pistoletes. Yo acepté citándolos para el día siguiente.

El Colaso se fue. Quedaba sellada la unidad nacional ante el peligro exterior. Yo volví junto a Valentina y le dije:

—Mis enemigos que vienen. Colaso y Carrasco y todos. Claro es que vienen, porque me necesitan.

—¿Para qué?

—Para una batalla que tendremos mañana.

Valentina se quedaba como siempre, indecisa:

118

—¿No pueden matarte? He visto que el Colaso hacía así, como apuntando con una escopeta.

—Pero tiran con sal.

Pensaba cargar mis dos pistoletes con pólvora de caza y buena bala lobera.

—Yo iré también —decía ella.

—¿Cuándo se ha visto que las damas vayan a la guerra?

—Van a curar a los heridos.

Ella, curándome a mí me parecía hermoso, pero no la autoricé. Después de lo sucedido en su casa iba a ser, por otra parte, muy difícil que la dejaran escaparse.

Subimos al comedor donde estaban merendando su madre, la mía y Concha. Yo iba abstraído con mis nuevas preocupaciones y Concha y mi madre lo observaron en seguida. Mi madre preguntaba, extrañada:

—¿Dónde os metéis?

Valentina echaba los brazos al cuello a su madre y le explicaba que tenía que casarse conmigo. Su madre se ofendía:

—Muy bien. ¿Ya no quieres casarte conmigo?

Aquél era un problema nuevo. Valentina salía de él muy bien:

—No. Porque tengo que casarme con un hombre. Tú con papá. Yo con Pepe. Y así todos.

—¿Por qué?

—Pues porque así es la vida.

Me molestaba el abrazo de Valentina a su madre, porque era un abrazo que me correspondía a mí.

—Vas a tener un marido poco político.

Valentina se dirigía a mí:

—Dice que vas a ser poco... po-lí-ti-co.

Era una palabra nueva que había que decir con cuidado.

Ella y yo allí, frente a frente, éramos más fuertes que las personas mayores. Y, además, yo pensaba en mi aventura del día siguiente con orgullo y aquello me permitía contemplar a los demás en actitud benévola. Verdaderamente, a la madre de Valentina ni a mi propia madre no podía sentirlas nunca como enemigos. Quise llevarme a Valentina a la galería, pero su madre la retenía:

—No. Ahora se queda conmigo. Cuando os caséis ya la tendrás siempre para ti.

Concha servía chocolate, traía pasteles. Yo me despedí de Valentina dándole un beso y ya me marchaba cuando su madre me preguntó si la odiaba tanto que no la besaba a ella. Volví y le besé la mano. No me gustaba besarla en la cara porque siempre tenía polvos.

Me fui a preparar mi equipo.

Mi padre se había marchado otra vez a la finca del propietario que andaba con él en dificultades y yo tenía de momento el campo libre. Me fui a la biblioteca, donde él solía guardar sus objetos de caza. Encontré en seguida tres latas en forma de cantimplora llenas de pólvora. Otras cajas con cartuchos de una materia transparente que permitía ver la carga. Otra todavía con balas de plomo para los lobos y jabalíes. Tomé dos en cada mano y me fui a mi cuarto. Allí comprobé que las balas entraban holgadamente en el cañón de mi pistolete. Sobraba espacio. Me propuse hacer lo mismo que hacía al cargar la escopeta de aire comprimido, es decir, ajustar el proyectil al cañón con papel mascado. Y viendo que no me faltaba nada, lo escondí todo detrás del cuadro y me puse a pasear. Abrí la ventana de mi cuarto y me asomé calculando la distancia que la separaba del tejado y, convencido de que no podía pasar, pero no queriendo resignarme, fui al desván y me encontré con la sorpresa de que la ventana estaba abierta. Parece que mi madre había hecho desclavarla para ventilar la parte del desván que estaba destinada a las tinajas de compotas y mermeladas. Con los gemelos en bandolera salí al tejado y me instalé contra la chimenea. Comenzaba la puesta del sol. Un grillo se oía lejos. Me acordé de los que dejamos en el jardín de don Arturo y miré a mi alrededor. No había ningún gato, pero en cambio los pájaros se acercaban a sus albergues para dormir, con la algarabía de todos los días. Algunos gorriones se acercaban al agujero que aquí y allá habían dejado en el muro las vigas de la construcción y eran expulsados escandalosamente por otros que salían a defender su hogar. La tarde caía en un silencio impresionante. Todo era dulce y amarillo. Detrás del torreón de las monjas el cielo se llenaba de nimbos. Valentina marchaba camino de su casa y yo la imaginaba muy modosita acompañando a su madre, pero pensando en mí. Me sucedía lo que había de sucederme siempre en la vida cuando tenía una sensación placentera de mí mismo. Desaparecían las perspectivas, se disolvía también el pasado en una niebla confusa y no quedaba más que el presente. Pero de ese momento de delicia salían unas raíces poderosas hacia el fondo de mi ser y algo subía también como ramas y flores hacia el aire. Yo me sentía más fuerte y al mismo tiempo deshumanizado, como una piedra o una viga. Y mirando la puesta de sol veía lo contrario que en el tapete de mi mesa de trabajo iluminada por la lámpara. En aquella puesta de sol que me encerraba como una inmensa campana de vidrio, encontraba las mismas fantasías, pero monstruosamente grandes. Aquella luz que inundaba también mi tejado, la chimenea y el muro donde los pájaros escandalizaban, entraba por mis ojos torrencialmente. Detrás del torreón de las monjas las nubes eran blancas como los lienzos puestos a secar. Otras nubes formaban figuras color de ámbar. A fuerza de mirar iba viendo la cabeza de mi abuela muerta, con su toca blanca en el lecho donde siempre estaba enferma. Yo recordaba también que la pobre solía decir:

—Ay, Dios mío, aparta de mí este cáliz.[25]

Y ahora veía también a Valentina.

Tenía los gemelos y enfoqué, igual que había hecho con el tapete de mi mesa, los nimbos lejanos. Los gemelos recortaban la puesta de sol y excluían todas las imágenes a mi alrededor. Yo hubiera querido escapar a aquellas regiones donde todas las palabras mueren, donde todos los deseos se enriquecen en el silencio y llegaba a creer que por el tubo negro de los gemelos hubiera quizá podido llegar. Cuando oí el cimbal del convento que en aquel momento tocaba a oración dejé los gemelos colgando de mi hombro y hablé con los ojos cerrados.

«Dios mío, yo también soy el señor del amor y las dominaciones y un día seré —dije con modestia— el del saber, pero tú que lo puedes todo haz que se muera el padre de Valentina y el mío también y que su familia y la mía estén muy pobres y que Valentina y yo nos marchemos por los caminos para siempre. ¡Amén!»

Después comprobé que me quedaba un petardo y lo arrojé por la chimenea, esta vez muy seguro de acertar con la del comedor. Estuve escuchando y como no oí nada bajé a ver lo que sucedía. La chimenea estaba apagada y Maruja estudiaba su catecismo a dos pasos del lugar donde cayó. ¡Lástima! Lo recogí y abriendo la boca y agrandándola con mis dedos hasta las orejas fui lentamente hacia mi hermana. Ella tiró su librito y corrió hacia la puerta.

—¡Mamá!

Escurrí el bulto hacia mi cuarto otra vez, pero de pronto me acordé de que faltaba algo por averiguar y me marché a la corraliza. Efectivamente, en cuanto llegué oí a Carrasco por encima del muro medianero:

—Ya lo sabes, mañana a las tres, en las vadinas.

La proximidad de la batalla me hacía más razonable. No niego que en medio de mis grandezas recordaba de pronto las escopetas de los padres

25 'Father, if you are willing, take this cup from me; yet not my will, but yours be done.' Pepe's dying grandmother echoes one of various New Testament passages, this version from Luke, in which Jesus Christ prays to be spared His suffering and death.

de nuestros enemigos, cargadas solamente con sal, pero cuyos cristales, a veces gruesos como los mismos perdigones, se clavaban en las pantorrillas. Yo nunca caería en la miseria en la que habían caído Carrasco y el Colaso. Todos los chicos sabían que al recibir heridas de sal producían tanto escozor que era inevitable una especie de baileteo, por lo menos en el primer momento. Rascarse era contraproducente. Lo mejor era bailar y en todo caso parece que aquella danza era inevitable. En eso estaba el fracaso de los últimos días, que a todos los tenía avergonzados. Anduve buscando en mi armario calcetines gruesos, muy largos, que se doblaban en el remate, pero que si me los ponía desdoblados antes de entrar en combate, me protegerían por completo la pierna, ¿Bastaría esa defensa? Tuve una inspiración y marché corriendo a la cocina. Volví con un puñado de sal gruesa y fui cargando el tubo de mi escopeta. Colgué los calcetines a los pies de mi cama y disparé. La sal quedaba entre las redes del tejido.

—Bueno, pero yo tiro demasiado cerca. A distancia no es fácil que la sal tenga tanta fuerza.

Además, mi plan era no dejarles disparar. Sorprenderlos antes de que llegaran a la mitad del río. Debía pensar en todo eso muy despacio, como pensaban los verdaderos soldados.

No pude cenar tranquilamente ni apenas dormir, con la impaciencia de las glorias que me esperaban.

Me desperté muy pronto. Por la tarde fue la batalla. El día era soleado. Me deslicé hacia las afueras vestido con el pantalón más viejo que encontré y un chaleco elástico roto por los codos. En la cintura, debajo del chaleco que la rebasaba, llevaba los dos pistoletes cargados con pólvora, balas y tacos de papel muy apretados. En un bolsillo del pantalón, una mecha de las que usan los campesinos para encender el cigarro. En el otro bolsillo, una inocente caja de cerillas que atrapé en la cocina. A primera vista, era el ser más inofensivo del mundo y sonreía irónicamente cuando pasaba alguien y me decía con aire paternal:

—¡Dios te guarde, Pepito!

Cuando llegué a las vadinas, estaban todos en orden de combate. Tres o cuatro se aguzaban los dientes con una lima que tenía el hijo del boticario. Solían hacerlo en las batallas usuales para dar mordiscos más feroces, y ahora, ante la probabilidad de que el enemigo desembarcara o de que nosotros pudiéramos pasar el río y llegar al cuerpo a cuerpo, la lima iba de mano en mano y se la oía raspar contra los incisivos.

Vino el Colaso como delegado del grupo aliado. Nuestro ejército era tan aguerrido que algunos heridos de días anteriores habían conseguido escapar de sus casas y aparecían de nuevo en el puesto del deber. Afrontaban no sólo el riesgo de la batalla sino las consecuencias, después, en la retaguardia. Al otro lado del río, amarrados a la roca, tres botes con sus remos se balanceaban suavemente. Por las últimas calles del pueblo enemigo, que se veía a trescientos metros de la orilla, desembocó una muchedumbre de chiquillos alborotando. No se oía bien lo que decían, pero seguramente repetían el estribillo por demás ofensivo y sucio que nos dedicaban a los de mi pueblo.

Salieron Carrasco y el Colaso, el chico de la estanquera y el del boticario, de la fila, y se pusieron delante advirtiendo que eran jefes.

—Si sois jefes —les dije yo—, ¿dónde están vuestras armas?

El enemigo gritaba más que nunca y llegaban las primeras piedras.

—¡Las hondas preparadas!

—Ya está —gritaron aquí y allá.

—¡Fuego a discreción!

El grupo de mis enemigos habituales era más aguerrido todavía que el de mis partidarios. Carrasco se mordía el dedo índice de la mano izquierda, gruñendo mientras con la derecha hacía girar la honda alzando el pie izquierdo para tomar impulso con todo el cuerpo.

—Parece una guerra de veras —decían aquí y allá, satisfechos.[26]

Nosotros tirábamos mejor y eso se notaba en que las piedras cruzaban el río rasantes, sin elevarse. Si una piedra dirigida en esas condiciones encontraba la cabeza de un enemigo, lo derribaba sin conocimiento. Esa experiencia la habíamos comprobado muchas veces y era nuestra consigna. Los otros podía decirse que tiraban por elevación.

Al chico del boticario le dieron en un tobillo y se dejó caer sobre los pies diciendo palabras feas como un verdadero soldado. Se dirigió a mí diciendo:

—Saca ya las pistolas.

Nuestros enemigos habían dejado de vociferar por aquello de que no se puede repicar y estar en la procesión,[27] y ahora dedicaban toda su energía al combate. Carrasco, mordiéndose el dedo, había tumbado ya a dos y brincaba como un diablo agitando la honda vacía en el aire, y gritando:

—¡A éstos ya no les vale la confesión!

Daba voces instruyendo a alguien que ponía una piedra demasiado

---

26 Deeply ironical in view of the fact that the older Pepe will have experience of 'una guerra de veras'.

27 Literally: you can't ring the bell and walk in the procession. You can't do two things at once.

grande en la honda. Le decía que las piedras pequeñas eran mejores porque llevaban más velocidad y además la víctima no las veía venir. Ése era su sistema y lo demostraba agitando la honda cargada en el aire, mordiéndose el dedo, alzando el pie izquierdo. Chascó el cuero:

—El rebote es peor que la pedrada. Se lleva todo lo que encuentra por delante. Mejor quiero yo diez pedradas que un rebote. Atacábamos con furia. De los dos heridos enemigos, uno se levantaba con la cabeza ensangrentada y el otro seguía en tierra, inmóvil. Eran más torpes que nosotros y formaban grupos en los cuales se podía hacer blanco fácilmente.

El Colaso, venía inquieto:

—Ya hay dos heridos y no tardarán en venir con las escopetas.

Continuó la pelea y a lo largo de dos horas no aparecieron en el otro lado las famosas reservas con armas de fuego. El enemigo no tenía veinte bajas pero no faltarían muchas. Nosotros teníamos al hijo del boticario que cojeaba pero seguía tirando, a Carrasco que le habían acertado en la cabeza de refilón y a un muchacho, hijo del barbero, a quien se le dio una piedra en el antebrazo derecho, y cuando yo le preguntaba por qué no seguía tirando me lo mostró fracturado, colgando a un lado o a otro como una caña rota. Apretando los dientes de dolor decía:

—Toma la honda si la quieres, que a mi brazo no sé que le pasa. Se me dobla hacia los dos lados. Tómala —insistía—, que es muy laminera.

Los demás seguían sin novedad disparando. Yo estaba de espaldas al enemigo cuando los míos advirtieron:

—¡Ahí va, ahí va!

Creí que se trataba de algún pedruzco que venía sobre mí, pero por la actitud de algunos que se disponían a escapar, me di cuenta de que había llegado el momento. Vi efectivamente los dos botes llenos de campesinos y erizados de escopetas. Parecían mirarnos con asombro.

Los campesinos se extrañaban de nuestra calma. Yo saqué los dos pistoletes. Luego me arrepentí, porque necesitaba las dos manos para cada disparo y guardé uno de ellos. Con una cerilla preparé la mecha y con el pistolete en una mano y la mecha en la otra, aguardé.

—¡Tirar sobre las barcas!

Las piedras de nuestras hondas volaron rasando el agua. Se oyó el trompicar contra las maderas de las barcas. Dos o tres piedras dieron en el blanco y oímos claramente lamentos y voces de adultos. La primera barca nos soltó dos escopetazos. El estruendo fue tan grande que me sentí flaquear. Algunos corrieron, pero no se iban muy lejos. Yo me había levantado los calcetines haciendo que la doblez me cubriera hasta la misma rodilla. Al hijo del boticario, que solía tener mala suerte, le alcanzaron algunos granos de sal y bailaba la inevitable danza, que era más grotesca porque tenía el tobillo lesionado.

Yo grité con toda la fuerza de mis pulmones, que no era mucha:

—¡Atrás! ¡Vuélvanse atrás!

Me contestaron con otro escopetazo y entonces ya sin vacilar y no haciendo caso del escozor que sentía en la pierna acerqué la mecha al pistolete, estuve hurgando un rato con ella sin conseguir cebarlo y de pronto no sé qué sucedió, pero me voló el pistolete de las manos con un estampido mucho mayor que el de las escopetas. Las barcas se detuvieron. Después de mi disparo el silencio era tal que oía a Carrasco rascarse la cabeza.

—Ojo, que tiran con bala —dijo alguien en las barcas.

Enardecidos, los nuestros se levantaban y disparaban granizadas de piedra.

Yo estaba muy extrañado de que no hubiera muerto nadie ni naufragado ningún bote. Pero todavía me quedaba otro pistolete. La segunda vez disparé con los ojos cerrados. El estampido fue mayor todavía y los de las barcas, empujados además por nuestras hondas viraron y enderezaron a toda prisa hacia la orilla contraria. Entre sus voces se oían las palabras «alcalde» y «guardia civil». Parece que algunos sintieron pasar mis balas junto a sus orejas. Los chicos del otro pueblo, al oír mis disparos, salieron huyendo vergonzosamente. Dueños del campo nosotros, lanzamos grandes vítores y acordamos retirarnos en formación correcta. Mucho antes de llegar al pueblo, entró en aquel puñado de héroes un miedo incomprensible. Unos temían la zapatilla de su madre. Otros, el cuarto de las ratas y los más, el quedarse sin merienda. Nos disolvimos muy satisfechos y resolvimos conservar la unión sagrada de los dos grupos, recordando que todos debían sacrificarse por uno y uno por todos, y que la principal condición de nuestras alianzas era el secreto con las innobles y estúpidas personas mayores.

Carrasco, mordiéndose el dedo, dijo:

—Yo soy coronel y Pepe almirante, porque ésta ha sido una batalla naval.

Yo no me atrevía a confesar que había perdido los pistoletes. El diablo se los llevó con el estampido.

—¿Ha sido naval o no? —me insistió.

—Mixta. Naval y terrestre.[28]

28 The 'batalla naval' could only have taken place in Alcolea: there is no village on the other side of Tauste's minor river Arba. Sender did not meet Valentina until he had left Alcolea. See Vived Mairal, *Biografía*, pp. 25–44, also Plate 3, and above, p. 19.

Nos disolvimos repitiendo nuestras recomendaciones sobre el secreto. Recomendaciones que fueron muy útiles porque los vecinos del pueblo de al lado protestaron ante las autoridades y al comenzar las investigaciones fueron detenidos —ni más ni menos como si fueran ya mayores— seis muchachos de nuestra banda, y durante varios días prestaron declaración ante un tribunal de menores que se formó en el municipio. Yo también tuve que ir, pero sin que me consideraran presunto delincuente como a los otros. En mi casa me hice el sorprendido con aquella invitación a declarar y afectaba indiferencia y extrañeza, aunque en el fondo yo veía que habíamos ido demasiado lejos y que podíamos acabar todos en un reformatorio. Mi padre, preocupado todavía por la amenaza del banco, no prestaba gran atención aunque había dado a entender, de una manera incidental, que si yo era culpable ejercería él la justicia por su mano, cortándome nada menos que el brazo con el que había delinquido.

Mi declaración ante la comisión investigadora consistió en negar todo lo que se pudiera referir a mí y en defender a mis compañeros. Dije que, según lo que había oído decir, mis amigos iban a jugar al río y varios campesinos del pueblo de al lado los atacaban a tiros de escopeta. El tribunal nos escuchaba con mucha atención. Lo formaban tres campesinos, entre ellos un concejal.

—¿A tiros de escopeta?

—Sí, y en ese caso, ¿qué iban a hacer mis amigos sino defenderse? Y se defendían a pedradas hasta que tenían que escapar.

—Todos tenemos cicatrices en las piernas —dijo uno.

Examinaron al hijo del boticario, que tenía las heridas aún abiertas, y cuando más preocupados estaban los del tribunal les dijimos que, naturalmente, los tiros eran de sal.

—Así y todo —dijo el concejal, moviendo la cabeza.

Yo temía que se hubieran enterado de mis disparos, pero no sabían nada. Los campesinos del pueblo próximo estaban en entredicho, porque resultaba poco arrogante mezclarse en un asunto de muchachos. Aquello de los disparos con sal, que nadie había dicho aún —hasta ese extremo los muchachos se reservaban con los mayores— cambió por completo el rumbo de las cosas. Mis compañeros fueron puestos en libertad, considerando bastante castigo el haber estado tres días detenidos en un granero de la casa municipal, yo volvía a mi casa y los campesinos del pueblo inmediato fueron castigados por su alcalde a pagar multas de dos pesetas, por disparar —aunque fuera con sal— contra seres humanos y uno de ellos que no tenía licencia de caza perdió la escopeta y tuvo que pagar una multa de cinco pesetas. Nuestro triunfo fue completo, pero yo quedé muy advertido después de tres días de verdadero pánico (mi miedo no lo era al castigo, ni siquiera a la cárcel, lo que me resultaba esforzado y digno de mí, sino al escándalo en mi casa y, sobre todo, al regocijo de don Arturo).

Con todo eso, mi situación entre los muchachos era de verdadero privilegio, y yo lo sentía a cada paso. Carrasco se asomaba por el muro de la corraliza sin insultarme en la calle, si pedía a otro algo que tenía en las manos —una peonza, carpetas hechas con naipes o lo que fuera—, se apresuraba a dármelo. Incluso con los chicos de los barrios más lejanos, con los que no jugábamos, yo tenía alguna autoridad. La voz había corrido y al pasar oía a veces: «Ése es Pepe, el de la plaza». Y dejaban sus juegos para mirarme. Yo me consideraba merecedor de todo aquello —ganar una batalla naval en un sitio donde no había mar no veía cada día— y a veces me acercaba patriarcal y magnífico. Recuerdo que un día, uno de esos muchachos de los barrios extremos tenía un pájaro en la mano. Como me miraban como a un ser superior, yo tenía que comportarme como si lo fuera.

—Dame ese pájaro.

El chico me lo daba, pero se le veía dolido por tener que renunciar a él. Yo observaba al animalito con una gran destreza:

—¿No le has cortado las alas?

—No.

El pájaro estaba intacto. Su corazón latía fuertemente contra mis dedos. Alcé la mano y la abrí. El animalito dio un chillido de sorpresa y se lanzó al aire con todas sus fuerzas. La alegría y la sorpresa fueron tan grandes que repercutieron en su vientre y se vio caer en el aire, por el camino, una motita blanca. Se detuvo en el borde de un tejado y se volvió a mirarnos. Lanzó otro alegre chillido y echó a volar. El muchacho veía todo aquello y le faltaba poco para llorar. Yo saqué de mi bolsillo cinco céntimos y se los di:

—No creas —le dije— que te lo he quitado. Yo no quito las cosas. Te lo he comprado con dinero.

El muchacho se sintió generosamente pagado y se marchó con su presa, por si yo cambiaba de parecer.

Seguí disfrutando de mi popularidad y me daba tal placer, me devolvía una calma y una seguridad de mí mismo tan dulces, que verdaderamente iba siendo ya el señor de las dominaciones. Del amor lo era hacía tiempo. De las dominaciones lo estaba siendo. Sólo me faltaba serlo también del saber. Y me puse a estudiar con la idea de que tenía que ponerme a la altura de mí mismo.

A Valentina no la había visto en ocho días. La pobre debía estar sentada al piano con sus escalas y arpegios. También en casa habían comenzado a recibir clase de piano Maruja y Luisa y se oía todo el día, hacia el lado de las galerías, el torpe teclear de la una y la otra. Luisa estaba disgustada con aquello, pero Maruja presumía y hablaba de que «ella estudiaba mucho» y en cambio yo no estudiaba nada, como si fuéramos iguales.

Cuando Valentina pudo venir, los dos teníamos ganas atrasadas de estar juntos. Ella se había enterado de lo sucedido en el río porque su padre habló de mí con desprecio acusándome de hechos terribles y ella preguntó a los chicos y se lo contaron. Valentina no me admiraba por eso más. Yo la había llevado a un plano delirante hacía tiempo y de ese plano ya no podía pasar.

—Pronto iré a Zaragoza —le dije.[29]

—¿Me enviarás una postal?

—Sí. Una cada día.

—¿Con quién vas a ir?

—Con mosén Joaquín, porque él también tiene allí asuntos y da la casualidad de que vamos al mismo tiempo.

El cura estaba contento de mí y se las prometía felices si la bonanza continuaba. Había tratado de obtener mis confidencias en relación con los hechos últimos, pero vio que yo mantenía mi reserva y no insistió. «Estudiábamos los dos» porque mosén Joaquín tuvo el inteligente acuerdo de decirme un día que «había olvidado muchas cosas», que por otra parte las ciencias habían avanzado desde que él las estudió, y en definitiva, que él tenía que estudiar también cada día al mismo tiempo que yo. Yo encontraba un gran placer en hacer lo mismo que él hacía. Él en la mesa de su cuarto de trabajo al lado de la terraza en flor y yo en el tejado, sentado contra la chimenea. A veces me permitía decirle en plena clase: «Mosén Joaquín, usted se equivoca. No se ha fijado bien». Consultábamos el texto y veíamos que yo tenía razón. Ahora pienso que debía hacerlo a propósito.

Nuestra amistad iba creciendo. Un día me vio pasar por la plaza de Santa Clara, con Valentina. Había un tiovivo en otra plaza inmediata, a la parte opuesta del convento, y yo la había invitado. Cuando nos vio mosén Joaquín que estaba en el balconcillo de su terraza sonrió muy amistosamente y nos saludó con la mano. En el tiovivo yo agoté mis monedas. Dio la casualidad de que la música era la misma para la que yo componía

---

29 Zaragoza is the capital city of what is now the autonomous community of Aragón and at the time of the novel an administrative region in Spain.

mis versos y fui cantándola. Terminaba coincidiendo justamente con los últimos acordes:

Agüil, agüil.
que viene el notario
con el candil.

Aquello último le gustaba mucho a Valentina.

El profesor nos vio regresar y de nuevo nos saludó con la mano. Al día siguiente dimos la clase paseando lentamente al sol. Yo veía que mosén Joaquín se había aficionado a mí. Me decía chistes, intercalaba cuentos.

Pero su entusiasmo lo llevó a hablarles a los jesuitas de una pequeña misión que estaba en el pueblo considerando, desde hacía algunos años, la posibilidad de montar un colegio. De momento no tenían sino una capilla y un viejo caserón y por cuyas galerías descubiertas paseaban a veces a media tarde. A su capilla la llamaban «la Compañía». «Voy a la Compañía», «Vengo de la Compañía». Mi padre respetaba mucho a los jesuitas, pero no había cultivado nunca su amistad. Los consideraba demasiado mundanos. Prefería a los agustinos, los carmelitas, los benedictinos.

Un día, después de la clase, apareció en casa de mi profesor un jesuita con una gran barriga circundada por la fajita negra. Hablaron mosén Joaquín y él de cosas indiferentes para mí y cuando terminaba la clase el jesuita me invitó a acompañarle; yo acepté y salimos.

El fraile tomaba una actitud beatífica y protectora. Para remate de pleito cogió mi mano derecha y la puso entre las suyas, sobre su vientre. Y así andábamos, despacio, hablándome él con una condescendencia dulzona y maternal. Yo enloquecía ante la idea de que mis compañeros de pandilla pudieran verme de aquella manera. Miraba a mi alrededor sin encontrar afortunadamente a nadie. El fraile me iba diciendo, llevando el compás con sus lentos pasos:

—Nosotros tenemos juegos de fútbol, pero lo más raro, lo que tú no puedes siquiera imaginar, también lo tenemos.

—¿El qué? —pregunté yo intrigado.

—Linterna mágica de movimiento. Eso que llaman cinematógrafo.

Aquello me interesaba, pero si tenía que pagarlo con una exhibición con él por las calles, mi mano entre las suyas, andando lentamente al compás de su vientre inmenso, y oyéndole hablar como la tía Ignacia les hablaba a los hermanitos míos cuando comenzaban a dar los primeros pasos, renunciaba a todo. Aquel hombre quería estropear en un momento mi labor de años. Di un tirón de la mano y me marché corriendo, hasta meterme en mi casa. Al día siguiente le debía yo una explicación a mosén Joaquín y le conté lo sucedido. Mi profesor me miró de una manera extraña.

—Claro, eso no es manera de andar por la calle para un capitán de bandidos, ¿eh?

—Yo no soy capitán de bandidos —le dije gravemente.

—Pues, ¿qué eres?

—Ya se lo dije a usted un día.

Las semanas que siguieron fueron de una calma absoluta. Yo estudiaba porque me sentía en el camino de ser verdaderamente el señor del saber, puesto que había días en que mis conocimientos eran mayores que los de mosén Joaquín, a quien mis padres consideraban como un hombre de gran cultura. Y mis amores con Valentina iban pasando al plano gustoso y plácido de la costumbre. Mi padre había resuelto la cuestión del banco, según me dijo mi hermana Concha, con otra operación. Mi hermana hablaba de una victoria de mi padre, y así debía ser. Mi padre estaba contento y compró un pequeño cabriolet. Retiró definitivamente el viejo caballo, que se limitó desde entonces a comer avena y a pasear, y compró uno joven.

El placer de dejar las botas y ponerme unas zapatillas después de corretear era mucho mayor cada día, porque el sol era ya fuerte. Y Valentina y yo teníamos voluptuosidades, por lo tanto, mucho más frecuentes. Mi padre comenzaba a tener fe en mí y aunque sabía que estudiaba en el tejado y que danzaba en él a veces a la luz de la luna o del sol no lo tomaba demasiado a mal y renunciaba a descifrarlo. Pero yo me aislaba. «Cuando haya aprobado el curso —me decía— plantearé seriamente la cuestión del matrimonio a don Arturo.» Ya sabía que cuando no había dinero bastaba con pedirlo al banco y si tardaban en darlo había que ir a pasar una semana a una finca en el campo, con un propietario pariente nuestro.

Mi hermana Maruja no quería ir nunca en la «zolleta» —así llamábamos al viejo coche y el nombre era un diminutivo de «zolle», que es el de la casa del cerdo— porque estaba sucio por fuera de las huellas de las palomas y las gallinas. A mí en cambio me gustaba ir allí con el viejo caballo, porque me dejaban conducirlo. Yo no tomaba en serio a Maruja porque mi conducta con los estudios me había dado un papel preminente y le gastaba bromas constantes con la zolleta. Ella averiguaba noticias fragmentarias, informes confusos e iba con ellos a mi madre queriendo que otra vez cayeran sobre mí. Hablaba de que había hecho un trabuco y había matado con él a siete personas junto al río.

Mis compañeros no veían bien que los abandonara de aquel modo y comenzaban a conspirar, pero cuando ya la atmósfera se hizo irrespirable salí para Zaragoza con mosén Joaquín.

El tren tardó tres horas en llegar a la ciudad y fuimos a un hotel que se llamaba «Fornos», en el Arco de Cinegio. Nos llevó desde la estación con otros viajeros un inmenso coche ómnibus de caballos cuyas ruedas hacían demasiado estrépito sobre el adoquinado y cuyos mil cristales temblaban por todas partes. Mosén Joaquín me había tratado todo el camino como a un amigo. Ni una sola vez hablamos de estudios ni de textos ni de exámenes. Viendo a través de la ventanilla el paisaje que giraba lentamente como un disco alrededor de nosotros, me dijo: «¿Ves? En eso se nota la redondez de la tierra».

Al llegar, el cura se fue a ver algunos conocidos —profesores de colegios religiosos— que eran amigos, al parecer, de los que habrían de examinarme a mí. Yo salí al Arco de Cinegio y me aventuré por las calles próximas. Llevaba quince moneditas de plata de media peseta que me había dado mi madre. Fui a un estanco y compré cinco postales con vistas de la ciudad procurando que fueran siempre «con tranvías», compré también franqueo y seguí después inspeccionando el barrio. Por un lado llegué hasta la calle de Don Jaime, por otro, hasta la plaza de la Independencia y por otro, hasta la plaza de Sas. En el centro de esa plaza había un quiosco de periódicos, flores y pájaros. Me acerqué y me llevé una gran sorpresa viendo algunas ranas gigantes en cubos, tras de un enrejado. Pregunté el precio. Cada una valía diez céntimos y compré cinco. Una para Valentina, otra para mi hermana mayor, otra para el cura si la quería y dos para mí. Me fui con todo aquello al hotel, las dejé en la pila del baño y me puse a escribir la primera postal para Valentina.

«Aquí es distinto. Todas las calles tienen el suelo como en nuestros pueblos las habitaciones y los pasillos. Y, además, todo es amor por todas partes. En el vestíbulo del hotel hay muchos periódicos amarrados en un palo, como banderas y en letras grandes se lee a veces: *El amor de mi vida*, *Amor de amores*, *Herida por el amor*. Parece que todo eso sucede en los teatros. Un abrazo muy fuerte de tu inolvidable Pepe. Posdata: Ahora he visto frente al hotel un tranvía con un cartel que dice "Madrid". Voy a ir a Madrid y desde allí te escribiré otra vez.[30] Vale.» Puse la dirección y la eché en el buzón del hotel.

30 He is not travelling to Madrid. At the end of the nineteenth century there were two quite separate and independent railways in Zaragoza: the Barcelona–Zaragoza and the Madrid–Zaragoza–Alicante with two separate stations known, at least informally, as 'Barcelona' and 'Madrid'. Pepe will have caught a tram to the latter.

Mosén Joaquín vino muy contento. Al día siguiente me examinaba. No hablamos de estudios ni de libros. Parecía que todo aquel lío de clases y declinaciones había quedado atrás en un plano remotísimo. Otra vez se marchó don Joaquín después de comer, dejándome al cuidado del administrador del hotel, con otros niños que había en el patio y bajo promesa de no salir del radio que conocía ya por mi excursión de la mañana. Pero yo tenía que ir a Madrid, entre otras cosas porque se lo había dicho a Valentina. Salí a la plaza de la Independencia y subí al tranvía que decía «Madrid». El cobrador me dio mi billete y estuvimos marchando por avenidas, calles, rondas y por fin, terrenos baldíos durante media hora. Cuando se detuvo fue bajando la gente. Todos llevaban maletines menos yo. Miré por las ventanillas y vi los techos metálicos de una estación de ferrocarril, muchos edificios cubiertos con pizarra y dos o tres chimeneas. El cobrador me advirtió:

—Hemos llegado.

—¿El tranvía vuelve? —pregunté yo.

El cobrador dijo que sí y bajó a dar vuelta al trole. Después dio vuelta también a los asientos. Yo miraba a mi alrededor y decía para mí mismo: «Esto es Madrid». Tuve que volver a pagar otro billete y al final del trayecto me encontré de nuevo frente al Arco de Cinegio y tuve la impresión de haber realizado una aventura nada peligrosa pero muy «de hombre». Y me puse a escribir otra carta para Valentina:

«Acabo de volver de Madrid. Tanto allí como en Zaragoza los chicos no parecen chicos. En el camino había una valla de madera con letras muy grandes que decía: *La victoria del amor*. Al volver he visto que han cambiado los carteles impresos de las puertecitas giratorias y en lugar de aquél que decía *Herida por el amor* han puesto otro que dice *La última batalla*. Te envío muchos abrazos de tu inolvidable Pepe. Posdata: Mañana me examino. Era otro día pero conseguí que lo adelantaran para volver más pronto. Vale.»

En la noche, las ranas rompieron a cantar y en la concavidad del baño su voz era atronadora. Aunque yo dormía y no me desperté, los camareros abrieron con su llave y me sacudieron hasta decirles dónde estaban. Se oían protestas a través de las paredes, en los pasillos. Quisieron quitármelas pero yo protesté. Saqué las ranas al balcón en el fondo de un florero, pero seguían molestando. Volvieron las protestas y advertí que no cantarían más. Las dejé otra vez en el baño con la luz encendida. Las ranas con la luz no cantaron ya.

Los exámenes fueron como una broma de familia, todos bien avenidos y sonrientes. Comencé con el latín y mosén Joaquín no pudo burlarse del profesor porque estaba enfermo y lo sustituyó el auxiliar, que era cura también. Mosén Joaquín creía que sólo los curas tenían derecho a saber latín.

Menos brillantes fueron los exámenes de geografía y geometría, pero los profesores parecían tener interés en demostrarme que les era simpático y se cambiaban sonrisas con mosén Joaquín, que aparecía sentado cerca del tribunal. Terminados los exámenes nos quedamos paseando por el claustro y aguardando las notas. Era ya mediodía y teníamos mucha hambre cuando un bedel apareció con un paquete de calificaciones. De mis tres exámenes obtuve dos sobresalientes y un notable. Mi profesor estaba radiante.

Escribí otra carta a Valentina: «Te lo digo en confianza, pero ahora soy también el señor del saber. He sacado dos sobresalientes por unanimidad y un notable. Esta tarde vamos a ver una pieza de teatro en el salón Fuenclara, un teatro muy grande donde se dan obras edificantes, según mosén Joaquín. La obra se titula *Santa Catalina de Siena* y es lástima, porque mañana dan otra que se llama *El divino amor humano* y que parece a propósito para nosotros. Tú eres la primera persona que quiero que conozca el triunfo de tu inolvidable Pepe. Posdata: No enseñes esta carta más que a tu mamá, para que sea ella quien lleve la buena noticia. Vale».

Por la tarde fuimos al teatro. Yo esperaba algo especial como combates en las colonias, con muchos muertos, pero todo se limitó a personas bien vestidas que se ponían una frente a otra y discutían. Luego pregunté y supe que «edificantes» eran las obras donde al final triunfaba la virtud.

Al día siguiente madrugamos para tomar el tren y llegar a casa a la hora de comer. Valentina no había recibido más que la primera postal, y las otras no llegaron sino al día siguiente. Además, mosén Joaquín había puesto un telegrama a mi padre. Todo el mundo lo sabía menos Valentina.

A mí me habían quedado para los exámenes de septiembre algunas asignaturas de las que no hacíamos ningún caso: gramática, caligrafía y educación física. La gramática era lo único que había que estudiar, pero nadie me lo recordó y se hacían ya los preparativos para el veraneo sin que tuviera siquiera el texto en casa. Mis amigos estaban deslumbrados, pero seguían conspirando y llegaron hasta mi conocimiento algunas intrigas que me obligaron a intervenir si quería conservar mi autoridad. Uno de los que volvían a ponérseme enfrente era Carrasco. La base de las rebeldías estaba en que habían encontrado mis dos pistoletes vacíos en las vadinas del río. Y con ellos yo perdía mi fuerza. Me creían un cobarde.

Hacia el 10 de junio todo estaba dispuesto para marchar al castillo de Sancho Garcés Abarca a veranear.[31] Separarme de Valentina me pareció espantoso cuando doña Julia dijo que ellos se irían quince días en el mes de agosto a San Sebastián. San Sebastián era el sitio de moda, la playa distinguida. Volví a decirle a Valentina que los chicos de la ciudad eran como las cebollas, parecía que habían tenido la cabeza metida debajo de la tierra y salían blancos, con la piel brillante. Iban siempre de la mano de las personas mayores y tan bien peinados que era una vergüenza.

Mi madre decía que el castillo estaba muy confortable y en plena montaña, casi en las cumbres de Navarra. Sería saludable, sobre todo para los niños. Doña Julia me miraba a mí y decía:

—A Pepe le iría bien el mar, porque es sedante.

Mi padre me distinguió con la misión de organizar el viaje. Habría que utilizar los dos coches y llevar en el viejo dos colchones y abundante ropa de cama. De los colchones, uno era para la cama de mi madre y otro para la de Concha. Eran las únicas dos camas decorosas que había, aunque yo prefería las otras que se llamaban precisamente «camas de campaña», es decir, de campamento.

En la primera expedición marchamos todos con mi padre, menos mi hermana mayor, mi madre y la tía Ignacia. Mi padre se adelantó a caballo con un cabo de guardas rurales que hacía precisamente la vigilancia en el sector del castillo. El viejo cochero llevaba el cabriolet y yo le seguía en el coche viejo, en la zolleta donde entre cacerolas, colchones y mantas había instalado a Maruja, quieras que no. En la zolleta iban sólo las criadas y Luisa, que marchaban a mi lado en el pescante. El viejo animal parecía muy contento desde que estaban los caballos jóvenes con él y le gustaba alardear de energías y juventud. Llevaba tres campanillas colgando del atalaje, en el pecho, y la mañana fresca y temprana nos tenía a todos menos a Maruja de un excelente humor. Íbamos a instalarnos en el castillo antes del mediodía y por la tarde vendría mi madre, y la tía Ignacia en su segundo viaje.

En cuanto nos vimos en campo raso yo comencé a cantar. El castillo de Sancho Garcés se alzaba en lo más alto de una montaña cónica. Mi padre tenía la debilidad de decir a veces que nuestra familia procedía de allí. Sancho Garcés había sido rey de Navarra, que entonces abarcaba la mitad

---

31 There was a Sancho Abarca shrine, near Tauste, begun in the seventeenth century following an appearance of Our Lady of Sancho Abarca, but no castle, even though Sender in the body of the text describes a castle and alternates between the names Sancho Garcés and Sancho Garcés Abarca as its owner, see pp. 138, 142, 150, n. 43, 152, 161–3 n. 55, 166 below and my introduction, pp. 31–2.

del Aragón actual. El castillo tenía en ruinas las partes más importantes de lo que había sido en tiempos obra fuerte. Una muralla rodeaba por completo la parte más alta de la montaña y descendía en un escalón muy acentuado hacia el declive por el cual el alto pico de Sancho Garcés se ligaba a una cadena de montañas que se perdía por Navarra. La muralla había perdido más de la mitad de su altura y los grandes sillares habían rodado con el tiempo monte abajo. Lo que quedaba de la muralla no tenía, sin embargo, carácter ruinoso. En la parte central había una enorme explanada que había sido plaza de armas. Las partes que daban al norte aparecían cerradas por construcciones muy sólidas, muros que en las puertas y ventanas mostraban un grosor, a veces, de más de dos metros. A un lado de la plaza, la capilla dejaba ver por todas partes la traza románica, y frente a la iglesia, al otro lado de la inmensa explanada, multitud de casas de piedra de una planta en torno a corrales y caballerizas, con sus portales de piedra románica y huellas claras de los oficios necesarios en un castillo donde a veces vivían seis u ocho generaciones sin salir de allí. Se dominaba desde el castillo una llanura de más de cien kilómetros en todas direcciones menos en una, la parte norte, que era ya una continuación de crestas abruptas.

El resto de la familia vino antes de oscurecer. Desde el castillo se veía a lo lejos el pueblo, con el torreón de las monjas, que era tan alto como la misma torre de la parroquia. Con los gemelos se veía tan bien que se extrañaba uno de no oír el cimbal. En todo el castillo no había más habitantes que los viejos santeros que cuidaban la capilla y el cabo de guardas rurales que habitaba con su mujer y sus hijos en una parte de la aglomeración que tenía todo el aspecto de una aldea deshabitada.

En aquel conjunto bárbaro y romántico no se sabía dónde comenzaba la obra del hombre y terminaba la de la naturaleza. De pronto, en una piedra saliente al lado de la ventana, veía una pareja de aves de rapiña que daban su grito al verme y huían con un vuelo alto y blando. En las alturas de la torre del homenaje trunca detrás de la capilla, entre los jaramagos amarillentos y las plantas trepadoras, se posaban las cigüeñas viajeras que descansaban un momento, camino de otras tierras. Al atardecer se oían a veces gruñidos de raposa.

Al día siguiente, mi padre madrugó y se marchó con la escopeta. Hacia las ocho oí disparos y me vestí para salir a inspeccionar. Nuevos disparos me orientaron y descubrí por fin con los gemelos a mi padre al pie de la montaña, en la ladera de una colina. Pero después vi en el campo de los gemelos que se echaba de nuevo la escopeta a la cara y disparaba. Resultaba muy gracioso el disparo. Salía de la escopeta un chorro de humo blanco, en silencio, y sólo largo rato después, cuando mi padre tenía la escopeta apoyada al brazo o estaba cargándola de nuevo, oía el disparo.

Bien dormido y descansado de las emociones del viaje, después de haberme despertado varias veces para oír el viento que parecía querer arrancar el castillo, encontraba la mañana fresca y luminosa y el viento parecía haberse callado. Fui dando vuelta a la capilla hasta acercarme a la torre del homenaje, cuadrada e inmensa. Había lugares en medio de la naturaleza brava cuidadosamente pavimentados con losas de más de un metro en cuadro. Un gran reloj de sol en la esquina ochavada del templo con una frase en latín: «Todas hieren, la última mata». Después recorrí la muralla que rodeaba la plaza de armas. Estuve calculando que en aquella plaza cabían formados más de cuarenta mil hombres. Había un lugar donde la horizontal del suelo se perdía e iniciábase una rampa que descendía hasta el sitio donde la muralla se cerraba en un arco toscamente labrado. Quedaba lo más alto de ese arco a la altura del suelo de la misma plaza, porque la rampa descendía rápidamente.

Me saludó desde lejos el cabo de guardas rurales, que iba vestido como cualquier otro campesino pero llevaba una ancha correa terciada con una chapa de cobre en el centro, que decía: «División forestal, distrito de Egea de los Caballeros». El cabo me dijo que iba a buscar agua al manantial del Bucardo. Era un agua que tenía mucho hierro.

Fue a enjalmar el mulo para marchar al manantial. Yo me fui con él, contemplando de reojo, con una envidia que no podría describir, la carabina Remington de chapas cobrizas.

Le pregunté si había disparado alguna vez contra alguien. Me dijo que en toda su vida no había tenido ocasión y que deseaba y esperaba que la ocasión no llegase nunca.

Yo iba recogiendo saltamontes que metía dentro del seno, entre la camisa y la piel. Algunos se me escaparon por las aberturas más inverosímiles, pero comprobé que me quedaban cuatro o cinco, suficientes para meterlos entre las sábanas de Maruja. No hacían daño ninguno, pero ella se llevaría un buen susto. En el manantial había una bóveda pequeña, de piedra, hecha para evitar que el viento arrojara tierra. A la derecha de la pequeña bóveda había una imagen religiosa grabada en bajorrelieve. Al lado, con incisiones hechas en la piedra en letras románicas, decía: «Santa María».

—Esto —me dijo el guarda— lo hicieron los antiguos para preservar la fuente de los aires corrompidos que llegaban a veces por la parte de Francia.

—¿Eh? —le preguntaba yo sin comprender.

—Sí, y esto pasa también ahora. Cuando se bebe en estas fuentes hay que tener cuidado de no abrir demasiado la boca, porque los demonios, que van por los aires, esperan al lado de los manantiales para entrar en el cuerpo del que bebe. Y si bostezas en esta montaña, aunque sea lejos del manantial, santíguate bien la boca, haz por lo menos tres cruces.

Añadía que algunas noches llegaban los demonios en legiones de cientos, y gruñían pasando por encima de los tejados, y que el viento a veces «descrismaba alguno» contra la esquina de su casa.

—Sí. Yo los he oído esta noche —le dije, y era verdad.

Cargado el mulo subimos otra vez. Antes de llegar al arco de la muralla vimos que subía también mi padre. Llevaba varias perdices y conejos y debajo del sombrero de dril, protegiéndose el cuello y las orejas, se había puesto un pañuelo blanco, desplegado, que flotaba con la brisa. El cabo felicitaba a mi padre por sus triunfos de cazador, pero le recordaba que no había que esforzarse tanto, porque con un poco de habilidad y de paciencia podían matarse las perdices desde la ventana de su cuarto. Mi padre le hizo innumerables preguntas sobre las costumbres de esas aves y le regaló un conejo.

Yo subí a mi cuarto a escribirle a Valentina. Me quedaban dos de las postales de Zaragoza y se las escribí las dos. Puse también timbres de correo, aunque luego me dijeron que no hacían falta. Le advertía en las postales que «ya no estaba en aquella ciudad y que si le escribía *desde allí* era porque me sobraba». Mi padre las leyó y me preguntó qué era lo que sobraba, la ciudad o las postales. Añadía en mi carta que el castillo era capaz para cuarenta mil guerreros y que si un día venía con su madre, yo la vería desde que saliera de su casa, con los gemelos. «Aquí no hay amor —ni teatros, ni libros de poetas— pero he descubierto una fuente muy antigua adonde iban a beber los guerreros de Sancho Garcés. El agua tiene hierro y dicen que por eso es muy buena, pero no lo creo, porque aún no he visto a nadie chupando un cerrojo. En la pared de piedra había unas palabras que decían:

Santa María.
en el cielo hay una estrella
que a los navegantes guía.»

Los dos versos últimos los añadía yo. Y terminaba como siempre: «tu inolvidable». Cuando mis cartas tenían algo lírico, mi padre las leía y las mostraba a mi madre, alarmado. Mi madre lo tranquilizaba y una vez me dijo:

—Te gusta la poesía y en eso has salido a mí.

Cualquier ventana daba siempre al vacío y tenía enfrente una perspectiva muy brava. En la lejanía alzábase un pico parecido al nuestro, con un castillo también de Sancho Garcés Abarca, cuyas ruinas descendían por las laderas. Era más grande que el nuestro, a veces las nubes lo rodeaban y aparecía por encima de ellas algún torreón. Pero estaba ya completamente inhabitable. No había además camino hasta él.

En la tarde, mi padre, que parecía animado por una necesidad impaciente de recorrerlo todo, andarlo todo, cazarlo todo, me invitó a salir. Nos metíamos en lugares inverosímiles entre arbustos y mata baja o resbalábamos por los roquedos con peligro. Al final, tuvimos que escalar todavía la altura de Sancho Abarca por senderos de cabras, porque estábamos lejos del camino. Llegamos al oscurecer, rendidos. Había sido una excursión de exploración de caza mayor. Nadie toleraba más de una hora la oscuridad de la noche sin caer rendido por el sueño, y a las nueve dormíamos. Otra vez, los mugidos del viento hacían temblar las paredes de mi cuarto y parecía, desde la comodidad de mis sábanas y el suave calor de mi casa, que iba metido en un inmenso proyectil lanzado por el espacio.

Por la mañana, el cabo había traído correo y mi padre tuvo que vestirse el traje civilizado y marchar al pueblo. Dijo que volvería al oscurecer. Yo me quedé solo —quiero decir, como hombre— y decidí hacer una visita al castillo próximo.

Tardé en llegar más de dos horas. En las ruinas había lagartos que se tostaban al sol y al verme alzaban la cabeza vacilando entre marcharse o no. Todo estaba mucho más ruinoso de lo que parecía desde lejos. Encontré una llave oxidada, con herrajes complicados y me la guardé como trofeo. En aquel momento oí sonar una esquila de ganado. Fui en aquella dirección y tuve que salir del castillo, rodearlo y bajar las últimas exedras.[32] Allí abajo había un pastor muy viejo cubierto de pieles y calzado con las mismas abarcas que sin duda usaron los de Sancho Garcés. Cerca de él, diseminadas por las ruinas, algunos centenares de ovejas.

—Buen día.

—A tu padre —me dijo de buenas a primeras— le gusta cazar. Allí hay bucardos.

Me señalaba con la vara un bosque próximo. Añadía: «Si pasas por allí al volver a casa, brincará alguno». Por lo visto, el pastor conocía a mi padre o lo había tropezado en sus andanzas de cazador. O quizás el pastor

---

32 According to the RAE an open-air construction with seats arranged in a semi-circle, but here stepped/terraced slope fits better.

lo sabía todo.

—¿Has venido a ver el castillo?

—Sí.

—¿Qué buscas aquí?

—Nada.

—Pues algo llevas en la mano.

Le mostré la llave. Se quedó mirando muy extrañado y como sin saber qué decir. Por fin habló:

—El señor de este castillo perdió una batalla. Sólo una.

Ya lo sabía yo por haberlo oído a mi padre. Perdió una batalla porque, estando acampado con sus tropas en un valle próximo, llegó el enemigo y cuando le dijeron que era necesario cambiar el emplazamiento del real para dar la batalla sobre seguro, vio que las golondrinas habían anidado en los palos de las tiendas de campaña:

—¿Cómo vamos a levantar el campo?

Por los nidos se asomaban los feos picos hambrientos de las crías. «¿Cómo vamos a levantar el campo?» Y el campo no se levantó. Y fueron a buscar al enemigo a otra parte y perdieron la batalla, aunque pudieron volver al campamento más de la mitad de las fuerzas y aguardar a que las crías pudieran volar. Entonces, levantaron el campo y volvieron al castillo, que estaba sitiado por el enemigo y rompieron el sitio y entraron. Así me lo había contado mi padre. El pastor dijo:

—Allá, en aquel montecito, hay un castillete y otro allá. Mira. Y el señor de este castillo tenía muchos hijos bastardos y uno sólo legítimo, que se llamaba Garcés. Y los bastardos se llamaban así como de Dios, Esmeralda, de la Peña, del Castillo. Y el pueblo está lleno de esos nombres. Un día se acercaba la morisma por el valle y el combate que se preparaba para el amanecer del día siguiente parecía muy feo.[33] Y el señor recorrió los castilletes que estaban puestos por aviso contra las barrancas. Y al llegar a aquél, gritó desde su caballo: «Ave María. ¿Qué gente vive ahí dentro y cuál es su afán?».

—Aquí dentro —le contestó uno de los muchos hijos bastardos que estaban aguardando al enemigo— hay ciento veinte hijos de puta dispuestos a dar la vida por vos,[34] nuestro padre y señor.

---

33 The Moors invaded Spain from North Africa in the early part of the eighth century, pushing the forces of Christian Spain into a very limited area in the north, from where a Reconquest (*Reconquista*) began which ended with the retaking of Granada in 1492.

34 Rare in peninsular Spanish except occasionally to adopt a highly formal (and rather antiquated) form of address. Here the warriors address the lord of the castle.

Y mirando lánguidamente las ruinas, el pastor añadió:

—Por eso al castillo le llaman por mal nombre de «el fuerte de los hijos de puta».

Luego el pastor me regaló una bolsita de cuero que él mismo había curtido y labrado y que yo me puse al costado, pendiente del cinturón.

—Si quieres ver cómo brincan los bucardos, pasa con cuidado por medio de aquel boscaje.

Descendí por el lado opuesto del castillo, entré en el bosque cuyos árboles se entrelazaban en lo alto hasta impedir la entrada de la luz y seguí conducido por un lejano resplandor. Pude llegar a tiempo de ver cómo se perdían entre los árboles un ciervo y tres cervatillos. En el centro, en un lecho de roca, se adormecía el agua de lluvia. Los cervatillos acudían allí a beber. Yo se lo dije a mi padre cuando llegué a casa y Maruja dijo que quería venir con nosotros. A mí me había desaparecido la inquina contra ella pero por seguir con una antigua costumbre, trataba de molestarla con pequeñeces sin importancia. Aquel brillo que tenía en la nariz y que no era un brillo de nariz sino de objeto de metal, el mismo que tenía en su frente y en la punta de la barbilla, era el objeto más frecuente de mis bromas. En el fondo de ellas había cierta ternura y mi madre así lo comprendía cuando ella iba a acusarme de «haberla insultado». Pero a los pocos días de estar allí sucedió algo que no puedo recordar sin espanto. Estábamos en el segundo piso de la parte principal del castillo. Había una barandilla de madera que corría de un lado a otro de una gran sala sobre la escalinata de piedra que subía desde el piso de abajo. Ella jugaba sentada en el suelo contra la barandilla y yo preparaba con cuerdas y palos una especie de armazón para el blocao que pensaba construir. Mi hermanilla estaba irritada conmigo y me insultaba constantemente. Su manera de insultar consistía en ir repitiendo mecánicamente todo el repertorio de insultos infantiles posible. Yo llegué a molestarme, fui hacia ella y a mitad de camino la vi desaparecer entre los barrotes y caer al vacío. Escuché un golpe blando y después un silencio completo. Se ha matado, pensaba yo. No me atrevía a asomarme a la escalera porque quería evitarme la comprobación. Oí llegar desoladas a mi madre, a la tía Ignacia y a una criada. Entonces descendí. Mi hermana estaba caída en los peldaños. No se veía sangre, pero parecía muerta. La tomaron en brazos y las voces se diseminaron por la casa. Yo me creía culpable del crimen, pero afortunadamente el crimen no existía. Mi hermana volvió en sí poco después. Lo primero que dijo al abrir los ojos fue que yo la había tomado en brazos y levantándola por encima de la barandilla, la había arrojado al vacío. Oh, yo la escuchaba y no podía siquiera desearle que hubiera muerto, porque era tan frágil y tan indefensa que no podía deseárselo. Y sin embargo era aquello lo que me podía haber salvado. Mi padre fue el único que rechazó las acusaciones. Cuando le oí decir que Maruja mentía comencé a sentir que quizá podríamos llegar a ser amigos. Maruja, viéndose fracasar, rompió a llorar amargamente y a decir que le dolía todo. No era cierto. No le dolía nada ni tenía lesión alguna. Un coscorrón en la cabeza, como otros que nos habíamos hecho sin perder el conocimiento ni acusar a nadie. (Bien es verdad que todavía no he comprendido cómo no se mató.)

Dos días después, marchamos en busca de los ciervos. Nos habíamos acostado mi padre y yo el día anterior a las seis, con el sol todavía en las bardas. A las dos de la mañana estábamos ya de pie. Salimos. Descendimos en plena noche, después de cruzar dos vaguadas cubiertas de malezas y grandes rocas grises. Antes del amanecer rodeábamos el castillo próximo y al llegar a la entrada del bosque, el cielo comenzaba a encenderse con tintas de rojo cinabrio. Algunos segundos después, el firmamento entero era cúpula color sangre de toro. Mi padre me daba prisa:

—Vamos, vivo, que si nos instalamos después de amanecer, los ciervos nos verán.

Al otro lado de un pequeño estanque abierto en el claro del bosque construimos rápidamente, aprovechando la disposición natural de una roca y ramas de árbol, un blocao.

Mi padre me preguntaba en voz baja atisbando por las aspilleras:

—¿Por dónde los viste huir?

Yo le indicaba el lugar. «Es por ahí por donde huyen siempre —decía él—, ya que al ser sorprendido, un animal en peligro no huye sino por un lugar conocido.»

Los oídos nos engañaban constantemente con la ilusión del follaje removido entre los árboles. El viento nos traía los más pequeños ruidos. Pero no acudía nadie. La tensión del primer momento desaparecía ya cuando oímos rumor de follaje aplastado. Mi padre preparó la escopeta y lo que apareció allí no fue ciervo ninguno sino un oso. Un oso grande y viejo que miraba en nuestra dirección recelando algo.

—¡Un oso!

Mi padre estaba tan asombrado como yo. Disparó los dos cañones a un tiempo y el animal, que no parecía tocado, alzó la cabeza y miró en nuestra dirección. Al mismo tiempo salió el pastor que yo había encontrado en las ruinas del castillo, se acercó al oso y le rascó debajo de la barba. El pastor, dirigiéndose hacia nosotros, que seguíamos escondidos y sin comprender nada, gritó:

—Ah, ¿qué mal les ha hecho, *Mateo*?

Mi padre me miraba a mí y me dijo por fin:

—Hijo mío, pellízcame en el brazo.

Le pellizqué. El pastor decía ahora:

—Los bucardos no vienen aquí. Hay que subir más arriba.

Y se marchó tranquilamente con el oso. Más lejos, cerca de las ruinas del castillo se oían las esquilas del ganado.

Nosotros regresamos al castillo. No hablamos una palabra. Mi padre parecía muy preocupado y se limitaba a exclamar, a veces:

—Esto es como lo que le pasó al tío Mónico.

Yo me daba cuenta de lo dramático de la situación y no me atrevía a preguntar qué era lo que pasó. Llegamos al mediodía al castillo. Mi padre entró en la capilla, por lo visto tratando de recurrir a Dios en sus confusiones. Yo también. Estaba la capilla sumida en una sombra húmeda deliciosa. Encendió mi padre la lámpara que había frente al altar y se arrodilló. La imagen, de alabastro, se remontaba a los tiempos en que el castillo lo habitaba Sancho Garcés y era mucho más antigua, según decía mi padre. Iba cubierta hasta el cuello por un manto en forma de cono bordado en plata y oro. La imagen era bastante grande para lo que suelen ser las imágenes de esa naturaleza en España y mientras mi padre rezaba yo observé que por el hombro de la imagen asomaba alguna cosa movediza. Puse en aquello toda mi atención. Era un lagarto. Más tarde vi que había también en los agujeros de la bóveda de la capilla ardillas color tabaco. El lagarto seguía en el hombro y parecía mirarnos a nosotros y a la luz de la lámpara intrigado. Olió la oreja de la imagen, descendió sobre su manto bordado en el que el lagarto parecía un adorno más y volvió lentamente al hombro.

Después se lo conté a mi padre. Estaba también la tía Ignacia, que se apresuró a decir:

—Aquello no era un lagarto, sino el diablo. En estos lugares hasta la Virgen lleva el diablo en collicas.

Mi madre sonrió. Era menos religiosa que mi padre, al revés de lo que suele suceder en las familias. Yo me fui a la plaza de armas con un grueso cayado rematado en un pincho de hierro. Distraído me puse a golpear con el cayado una losa grande, cuyos límites se perdían entre la tierra y la menuda hierba. Noté que mis golpes sonaban a hueco y me fui a avisar al cabo. Éste buscó una barra de hierro que los campesinos llaman barrón y que suelen usar como jabalina para lanzarla lejos, en sus juegos, pero a pesar de todo no conseguimos sino moverla un poco. Mi padre, intrigado, se fue a buscar otra palanca y entre los dos consiguieron levantar la piedra. Debajo aparecía un orificio circular correctamente trazado, de más de un metro de diámetro. Mi padre y el cabo de guardas se miraron extrañados y éste dijo que aquellas montañas estaban llenas de cuevas y que en una de ellas se guardaba el copón que usó Cristo en el monte de los Olivos.[35] Arrojaron papeles encendidos con los que se iluminó el recinto. No se veían señales de haber tenido nunca agua. Los muros eran de sillería labrada y ajustada. El cabo se ofreció a bajar a explorar. Yo me ofrecí también, pero los dos estuvieron de acuerdo para rechazarme. Fueron a buscar una cuerda, una linterna y un pico. Se descolgó el cabo con la linterna colgada del cinturón y el pico a la espalda.

El cabo dio voces desde abajo diciendo que todo estaba limpio y en orden y que había una puerta tapiada que iba a abrir. Mi padre descendió también y poco después se oyó el ruido monótono de un pico separando las piedras de la argamasa. Yo protesté tanto que por fin me dejaron bajar. Descendí rápidamente. En cuanto cedió una parte del muro metieron la linterna y estuvieron curioseando. Allí comenzaba una galería, que se prolongaba a lo largo de más de cien metros. Acabaron de abrir y penetramos los tres. Yo quería ser el primero en avanzar para poder contárselo a Valentina, pero mi padre me llamaba constantemente y me obligaba a ponerme detrás. Mi padre ignoraba que era verdaderamente allí donde yo tenía miedo y acabé instalándome detrás del guarda, pero delante de él.

Yo lo miraba todo ansiosamente. Creía que el mundo se había hecho de dentro a afuera. Debajo de donde estábamos había otros subterráneos con restos de la vida anterior. Y me interesaba mucho lo que veía para mi *Universiada*, donde tendría que relatarlo. Mi padre, que no estaba muy fuerte en historia, exclamaba palpando el muro:

—¡Qué grandes, los romanos![36]

Luego añadía que si Roma nos invadió, los principales emperadores romanos fueron después españoles, como Trajano. Y contaba de él grandes prodigios.

---

35 An allusion to the legend of the Holy Grail which combines Christian elements and Celtic myths. It is associated with mystery, medieval knights and castles, and hence very much in tune with the atmosphere Sender is creating.

36 Pepe never misses an opportunity to expose his father's mistakes or ignorance, though, as I have indicate in my introduction, pp. 30–2, Sender is quite relaxed in his attitude to historical or geographical accuracy.

Con objeto de conservar la orientación mi padre sacó un papel y comenzó a levantar el plano con el lugar por donde habíamos entrado. Llevaba trazas de prolongarse cientos de metros. A la izquierda se abrían recintos cuadrangulares, bastante espaciosos. En el primero vimos una olla de barro. Dentro había monedas negruzcas que debajo de una capa de polvo fuertemente adherido se mostraban de plata. Las dejaron como estaban con el propósito de ir haciendo un inventario y volver más tarde a recogerlas. Eran del siglo IX, con gran decepción de mi padre, que quería que fueran romanas. Otro recinto que se abría un poco más adelante, tenía simplemente una cuerda colgada del techo y al pie, en el suelo, un montón de restos humanos y de trozos de tela podrida. Aquel encuentro era bastante para contener de momento la curiosidad de los tres, pero seguimos adelante.

La galería iba a dar a una glorieta en medio de la cual había un gran bloque de piedra, cuadrado. Lo golpearon con los bastones para ver si estaba o no hueco, pero era un bloque macizo. De aquella glorieta partían cuatro galerías más en otras tantas direcciones.

El guarda insistía en que en aquellas cuevas estaba el cáliz de la pasión de Cristo. Seguimos investigando, pero como la tarea era para más de un día y de una semana, decidimos salir. Al vernos a la luz del día nos encontramos al cura de una aldeíta próxima que venía a decirnos misa los domingos. Había dicho ya otras dos, una en su pueblo y otra en un santuario, y como había bebido dos buenos tragos de vino en ayunas, estaba un poco mareado. Tenía mucha prisa por decir la última y almorzar, y fuimos todos a la capilla. El santero estaba con su traje nuevo y le ayudó. No decía ninguna frase en latín, sino frases fonéticamente equivalentes en español. Por ejemplo, cuando debía decir: *et cum spiritu tuo*, decía: «según se mire es tuyo». La larga oración del *Oremus* fue algo que a mi padre le produjo una risa incontenible. Cuando alzaba la hostia, el santero oyó rascarse al perro del cabo y dejando la campanilla salió detrás del animal hasta echarlo: «Rediós, éste no es lugar para que los perros se espulguen», decía. El cura y mi padre contenían la risa. Después mi padre decía, moviendo la cabeza: «Dios toma más en cuenta esos disparates que los rezos de muchos obispos».

A veces en aquellos días yo pensaba en mi abuelo a cuya casa hacía tiempo que no había ido.[37] Pensaba en él como en un enemigo de mi padre,

---

37 These comments on Pepe's grandfather are not to be found in the early versions of the novel.

con ese instinto de los niños para descubrir la verdad de los afectos de los otros.

Mi abuelo no era enemigo de mi padre, desde luego, pero tampoco le había mostrado nunca sentimientos especialmente amistosos. Yo creo que mi padre recelaba de él. Hasta cierto punto mi padre tenía miedo de él y ésa era la razón de que no fuera a verlo nunca. Por otra parte mi abuelo no salía de su pueblo sino para ir a visitar las cabañas en el valle bajo durante el invierno o en las altas sierras en verano. Las ovejas necesitan vivir durante el verano en tierras altas para que produjeran mejor lana, según había oído decir. Cuanto más frío el lugar, mejor lana protectora les daba la madre naturaleza.

Según el origen y la clase de desgracia que me aquejaba yo pensaba en Valentina o en mi abuelo. Si era una desgracia de carácter social (por ejemplo una derrota en mis batallas con los bandos de chicos contrarios), pensaba en mi abuelo. Si era una desventura dentro de casa (en mis relaciones con mi padre), pensaba en Valentina.

Mi abuelo era una especie de Júpiter tonante que vivía al otro lado del río.[38]

En algunos días no volvimos a investigar en los subterráneos. Por la noche me desperté con frecuencia porque el viento producía un estruendo mayor que de costumbre y yo relacionaba aquel mugido con los misterios de las criptas descubiertas. Al día siguiente el cabo se presentó con una larga escalera de mano. Descendimos, mi padre, el cabo y yo. Reconocimos el terreno ya descubierto. A veces nos inquietaba un rumor lejano de pasos y nos deteníamos hasta comprobar que era el eco de nuestros mismos zapatos. Mi padre justificó la confusión diciendo que podía muy bien haber nidos de raposas por allí, pero el cabo dijo que las raposas preferían lugares poco profundos y situados cara al sol. Seguimos explorando. En una cava que terminaba uniéndose el techo con el pavimento hallamos una nueva tinaja con pergaminos y monedas. El valor de las monedas era muy discutible, pero teníamos todos la impresión de haber hallado un tesoro. Mi padre recogió los pergaminos para llevárselos a casa y advirtió que todo aquello pertenecía al Museo Provincial de Historia y que nadie debía tocarlo. En un rincón volvimos a encontrar restos humanos calcinados. Regresamos a la glorieta, desde donde descendía una amplia galería en rampa. A los dos lados había toda una hilera de nichos agrietados por donde nadie se atrevió a verter la luz de la linterna porque se veía a primera

---

38 Jupiter is the Latin name for the Greek God Zeus, the Father of Gods and men.

vista que se trataba de sepulturas. El aire no estaba húmedo, pero hacía frío. Al final de la rampa encontramos otra gran glorieta con galerías que se dividían en distintas direcciones. Acordamos marchar por la primera que se abría a la derecha. Al revés que la anterior, ésta iba elevándose hasta terminar en un lugar donde se unía con la techumbre formando un ángulo muy agudo. Mi padre indicó al cabo que picara en el techo. Después de media hora de trabajo apareció la luz del día. El cabo decía que la salida había sido cegada a través del tiempo por la acumulación natural de tierra. Salimos y nos encontramos en medio de las casas de la servidumbre del castillo, en una pequeña plazuela rodeada de construcciones irregulares. Allí debían vivir los herreros, los pelaires, los maestros ballesteros, armeros, tejedores. Habíamos invitado a mosén Joaquín, que llegó un día en la mañana y subía renqueando hasta lo alto del castillo. Allí se limpió el sudor, se sentó en una piedra antes de saludar a nadie y dijo a mi padre:

—Estos aires son los que me convienen a mí.

Allí mismo trajo la tía Ignacia un refrigerio. Dos perdices en adobo —preparadas con vinagre y aceite— y una botella de vino. El cabo se había acercado a besar la mano al cura, y contemplaba la bandeja atusándose el bigote. Mi padre lo invitó a comer. Igual que mosén Joaquín localizaba el vino por el sabor:

—Ese vino tiene ocho años y es de la finca de Almoravides,[39] ¿verdad?

Mi padre le decía que no tenía ocho años sino diez. Lo envasaron el año que nací yo. En cuanto al origen, era cierto.

—Eso no es vino. Eso es teta —dijo el cabo.

Mi padre reía, sintiéndose adulado. Pero mosén Joaquín quería ir a la capilla. Allí fuimos los tres. Mosén Joaquín, al pasar frente a la imagen, se arrodilló un momento con la cabeza inclinada sobre el pecho para volver a decir después en cuanto se levantó:

—Es verdad, don José, el vino es de Almoravides.

Descendimos a los sótanos. No acabo de comprender por qué mosén Joaquín quería encontrar fósiles en aquel subterráneo. Como no los hallaba, absolutamente desinteresado de todo lo demás, quiso salir cuanto antes.

Por la tarde yo sentí que nadie reparaba en mí y me marché a las ruinas del castillo próximo esperando encontrar al pastor. Desde que lo había visto acariciando al oso no podía aguantar mi curiosidad. El pastor estaba

39 A private name here and not a reference to the Almoravids who invaded Spain from north Africa at the end of the eleventh century.

como siempre debajo de un arco, el cuerpo al sol y la barbada cabeza a la sombra.

Me recibió con simpatía y yo le pregunté dónde estaba el oso.

—¿Qué oso?

—El que llevabas en el bosque el día que le disparamos desde nuestra espera.

—¿Qué espera? ¿Qué bosque?

Estuve explicándole y me escuchó con toda atención, pero negó que él tuviera un oso y mucho más que hubiera ido con él al bosque.

—Ahora bien, es muy posible que me vieras porque aquí hay lamias.[40] Y las lamias hacen ver cosas que no son verdad.

Me explicó lo que eran. Espíritus del bosque, femeninos, que tienen pies de ganso con membranas entre los dedos, o de cabra, con pezuñas.

—¿Has visto alguna? —pregunté yo.

—Sí, más de una. Son las más guapas mujeres que he visto en mi vida. Tienen un agujerito sobre tal parte.

Se señalaba la barba cubierta de pelos. Añadía que no había que fiarse y que antes que nada era necesario mirarles los pies. Ellas acostumbraban llevar unas sayas muy largas para ocultarlos, pero entonces bastaba con atraerlas hacia un lugar donde la tierra estaba húmeda y mirar las huellas que dejaban.

—Lo que yo vi no era una mujer sino un hombre.

—¿Con un oso?

—Sí.

—Entonces era el sobrino del albéitar, que tiene un oso.

Por nada del mundo lo hubiera hecho él, porque cada lamia suele tener el suyo, en el que cabalga, y hay tantas lamias como osos y si alguno tiene un oso amaestrado es que hay una lamia que tiene que andar a pie y lo perseguirá y cuando nazca un niño en su casa le pondrá un hueso de cementerio entre los pañales.

Nos quedamos los dos en silencio. El pastor fue a sacar de debajo de una piedra, que estaba caliente por haber tenido fuego, un trozo de carne entre astillas humeantes. Sacó del morral pan, sal y aceite, aderezó la carne muy bien y se puso a comerla. Me dijo que había cazado una liebre y que no le faltaba nunca caza fresca.

—¿Tienes escopeta? —le pregunté.

40 A terrifying mythological creature with the face of a woman and usually the body of a dragon. When revising the early versions of the novel Sender reduced the number of fantasy elements such as this.

El pastor soltó a reír y dijo que cuando los conejos veían a un cazador con escopeta nueva, polainas, cartucheras y bufanda de lana al cuello —yo imaginaba a don Arturo— se ponían a bailar de contento. «Pero cuando ven esto (y mostraba su palo de pastor) piden confesión.» Me ofreció de comer y yo acepté. Cuando terminamos me dijo:

—Ahora ven si quieres y te enseñaré la bodega.

Anduvimos unos veinte pasos y poniéndose él a cuatro manos apartó unos arbustos y se perdió entre dos rocas. Yo hice lo mismo con la angustia que siempre he sentido al imaginarme a mí mismo en espacios demasiado estrechos, pero al otro lado de las rocas el pasadizo se convertía en una caverna que me recordó en seguida las galerías de nuestro castillo.

—Ven por aquí.

Yo le seguía y le vi alzarse junto al muro, meter las manos en una hornacina, de aspecto sepulcral y asomar por un boquete del sepulcro roto el gollete de un odre. Tenía un brocal que se quitaba a rosca. Descolgó de su cintura una bota vacía, le quitó también el brocal y fue dejando caer del odre a la bota un chorro de vino cuyo olor percibía yo. Cerró de nuevo el odre y fuimos regresando en silencio. Ya fuera, el pastor soltó a reír y me dijo:

—Pongo ahí el vino. No lo bebe más fresco el obispo.

—Pero ¿aquello no es una tumba?

El pastor se me quedó mirando en silencio:

—¿Te dan miedo los muertos?

Yo negué con la cabeza, pero el pastor quería convencerme:

—Treinta años llevo poniéndolo ahí. Ahí lo ponían también mi padre y mi abuelo. No se ha dado el caso de que cualquiera que sea el muerto que allí vive se nos haya bebido una gota.

Yo callaba. Después de beber él un trago me ofreció y bebí un poco. El vino estaba casi helado y el pastor me lo quitó antes de que yo hubiera terminado, diciendo:

—Ten cuidado, porque es un vino muy fuerte y si bebes mucho tendrás que quedarte a dormir la mona o tendré que llevarte yo a cuestas al castillo. Y ninguna de esas cosas es decente.

La tarde avanzaba y el cielo comenzaba a palidecer. El pastor consultó el sol y la distancia que me separaba del castillo.

—Si se hace de noche antes de llegar, no tengas miedo, que cuando se ha bebido de este vino, las lamias no pueden hacer ningún mal.

Yo le dije si era por conjurar a las lamias por lo que ponía vino en el sepulcro.

—Sí, mocé,[41] pero eso no hay que decirlo a nadie porque es una costumbre que yo heredé de mi padre y él de su abuelo y él de su bisabuelo y él de su tatarabuelo y así por el respective, hasta los tiempos en que andaba Dios por los caminos.

Yo, para demostrarle que le agradecía aquella revelación, le hice otra. Le conté que había descubierto los subterráneos del castillo y que había recorrido más de una legua por debajo de tierra recogiendo papeles y monedas antiguas y que uno de los pasadizos comunicaba con el castillo en cuyas ruinas estábamos.

—¿Tú solo? No lo creo.

—¿Por qué?

—Dices que has tenido que cavar en la tierra y abrir paredes. ¿Cuándo lo has hecho?

—Ayer.

—A ver tus manos —y cogiéndolas volvió las palmas para arriba—, ¿dónde están las huellas del pico?

Me dejó tan desarmado que me hubiera echado a llorar.

—Si hemos de ser amigos —añadió aún—, menos embustes.

Yo quería demostrarle que había una parte de verdad en lo que le había dicho. Por lo menos el subterráneo comunicaba con el castillo. El pastor se daba cuenta de lo dramático que era para mí conseguir convencerle y aceptaba en parte mis palabras.

—No, ese pasadizo, no. Será otro, pero ése no.

—¿Por qué?

—Porque ése lleva a los mismos infiernos. Mi abuelo quiso entrar una vez y le salió al paso un diablo que conocía toda la historia de mi familia. Le estuvo hablando de su padre y de su abuelo, y cómo eran sus nombres y sus maneras de pensar y a mi abuelo le entró después de aquel día un vacío en la entraña que le duró hasta que se murió. Por eso, ninguno de nosotros entra más lejos de la cuarta sepultura porque, y esto, mocé, no lo olvides, todo lo que es muy malo es bueno también si se toma en porción. Y si entras muy adentro, te da un vacío y si sigues más adentro, caes en los mismos infiernos. Pero si te quedas como yo, a la entrada y pones el vino en la sepultura, entonces tomas fuerza y las lamias no pueden hacerte nada.

Y palpando la bota movió la cabeza y añadió:

—Está demasiado frío, pasa sin sentir y allí por donde pasa da tanto

---

41 *mocé* – not in RAE, would appear to be a dialectal form of 'mozo', lad. The old shepherd's conversation is full of slightly antiquated and unusual forms. 'Así por el respective' (and so on) is not standard Spanish.

gozo que no hay más remedio que seguir bebiendo. Y ahora ya lo ves, se te ha subido a la cabeza.

Tenía razón, pero hasta que lo dijo, yo no me di cuenta. No se podía decir que estuviera borracho, aunque no sabía a ciencia cierta lo que era la embriaguez. Desde luego, no me caía, ni siquiera me tambaleaba, hablaba normalmente, podía ir y venir sin que mi camino se me torciera y además, si el pastor había bebido mucho más y no estaba borracho, ¿por qué había de estarlo yo? Rechazando cualquier ayuda del pastor le agradecí sus buenos deseos y me marché. La mayor parte del camino de regreso la hacía corriendo. Ya de noche me di cuenta de que si corría tenía miedo y fui despacio, inspeccionando cuidadosamente a un lado y a otro las sombras, aunque ya sabía que las lamias no me harían daño, suponiendo que me salieron al paso. Cantaba la canción de Valentina:

Agüil, agüil.
que viene el notario
con el candil.

Cuando llegué a casa estaban todos inquietos, aunque iban acostumbrándose a los sobresaltos por mi causa y a que se resolvieran siempre bien. Había nuevos invitados: el médico y su mujer. Me recibieron como a un viejo amigo. Mi padre no gustaba de estar solo demasiado tiempo y los había invitado a pasar sábado, domingo y lunes. El médico estaba encantado y su mujer trataba de decir a todo, con aire muy convencido, que era «muy lindo», como en un bazar. A ella, como a la tía Ignacia y a mi hermana Luisa, no le convencía la naturaleza sino en las fotografías.

Al final de la cena, mosén Joaquín, que había prometido leer la traducción del pergamino hallado en los subterráneos, sacó unos papeles. Al principio, el médico se agitó en la silla, pensando que iba a aburrirse, pero poco a poco fue interesándose, apoyando un codo en la mesa, después el otro, acercándose al sacerdote y haciendo gestos afirmativos. El silencio era cada vez mayor. Concha y yo escuchábamos terriblemente interesados. El pergamino decía, en un estilo que recordaba un poco el latín original:[42]

Prefacio hecho por mí mismo a las ordenanzas de este castillo levantado según memoria escrita por Sancho Garcés Abarca,[43] para que sea leído una

---

42 The manuscript is almost certainly a creation of Sender's – see Trippett 'La autobiografía desde el exilio' – even though the author employs an archaic style and refers to a source text to make it seem authentic.

43 I suggest that despite appearances to the contrary Pepe/Sender here and subsequently is still referring to Sancho III Garcés, see my introduction, pp. 31–2. (There

vez por mes en día viernes de nuestra Santa Madre y en hora de vísperas ante los capitanes y gente letrada por el maese de la orden de Santiago,[44] abajo firmante, y el cual prefacio todos deben, como es su obligación, tener presente para ajustar a él su ánimo en tiempo de paz o de guerra según conviniera al santo servicio de Dios. Amén.

De tres clases de hombres está hecha la fortuna y la gloria de esta tierra y en general de todas las tierras habitadas por gentes no bárbaras ni salvajes.

Los unos que por su buen ánimo para tratar con el prójimo, su corazón amoroso de Dios y de los hombres, su sentimiento del bien y su disposición para ayudar a los demás han llegado a borrar de su alma todas las pasiones y los malos afectos y viven sin tener más presencia que la sombra de las virtudes. Esta clase de hombres son los santos.

Los otros son los que por mucho estudio y experiencia y mucho pelear en juventud con moros y malos cristianos y porque Dios se sirvió distinguirles con ese privilegio, llegaron a penetrar más que los comunes ojos en la entraña de las cosas y al sentir la nieve en sus cabellos, con la honra de los hijos y de las armas conquistadas y el amor del fuego supieron poner en buena retórica gozos santos y cantares profanos y crónicas famosas que pueden leer para edificación los hombres de mañana. El primero de estos hombres —digo de nuestro tiempo— es el rey Alfonso de Castilla y León.[45] A esta clase de hombres, que llamaremos la segunda de los que hacen la patria en nuestra tierra y en toda otra, es la de los poetas.

Finalmente, los terceros hombres más necesitados para fundar nuestra grandeza son aquellos que buscan esforzados hechos y el hierro enemigo para escribir con su sangre, que así podría decirse que han hecho muchos, la cifra de su escudo. Éstos son los héroes.

Los tres hombres, pues, más necesarios al fundamento de la grandeza son los santos, los poetas y los héroes. Muy rica puede ser una tierra sin esas virtudes, pero no alcanzará grandeza. Y Dios nuestro Señor no ha sido parco en otorgarnos esas tres clases de hombres a nosotros, que los tenemos cada día a nuestro lado y los vemos en la virtud, el saber y el heroísmo, edificándonos con sus hechos. Algunos hay que tienen más de una de esas cualidades, pero bien nos basta a cada uno tener una sola, porque si se posee totalmente como Dios gusta que los hombres posean las cosas, entonces no puede haber verdadero poeta sin toque de heroísmo, ni verdadero santo sin toque de poeta, ni ninguno en fin, de los tres, sin alguna de las virtudes de los otros.

---

was a Sancho Garcés II Abarca who died in 994 who was not the same person as Sancho Garcés.)

44 The religious and military Order of Santiago, founded in the twelfth century to protect pilgrims on the pilgrim route to Santiago de Compostela in north-west Spain.

45 A reference to Alfonso X (1221–1284), King of Castile and León who was not only successful militarily (fighting the Moors) but culturally a figure of world renown as an author in his own right and founder of the translation school of Toledo responsible for recovering, preserving and transmitting ancient Greek texts; as such he is known as el Sabio.

La primera condición del santo es menospreciar los valores de cada día por aquéllos que sólo hallan su puesto y realce en la eternidad. Y ésta es también condición del héroe. Y del poeta. La primera condición del poeta es la verdad y la belleza, por las cuales dará la vida si es necesario y ésa es la condición del héroe. La primera condición del héroe es no volver la cara al peligro sino ir a él con mejor ánimo cuanto más grande sea y más alta la gloria de vencer o morir. En estas cualidades están comprendidas también la belleza, la verdad y la santidad del amor a las causas justas. No se puede decir, pues, que cada cualidad vaya separada de las otras y sea en sí y por sí misma bastante para la grandeza, porque si así fuera se podrían oponer las unas a las otras, lo que no es posible.

yo os digo que aquí en este castillo de Sancho Garcés, el héroe se cuenta primero y después, en el mismo lugar, el santo y el poeta. Y que de nuestro heroísmo depende el cuidado, estímulo y crecimiento de las otras virtudes, que por más que algunos digan que son cualidades de paz, yo os digo que de guerra son también porque la guerra es como la parte más alta y esforzado de la vida y en ella las altas cualidades mejoran y se enaltecen, igual que en el punto de mayor curvatura del arco y de la ballesta todas las cualidades del hierro y la madera se ponen en tensión y en mejora. Y así os digo, oh, mis capitanes y caballeros, que las ordenanzas de este castillo que aquí siguen, tienen que estar impregnadas de estos sentimientos y hacer que nuestros privilegios conseguidos con largos siglos de lucha sean tenidos por tales sin soberbia, y el sometimiento aceptado sin humillación y la ley nuestra sea como ley de santos, de poetas y de héroes, firme y gustosa para todos y para el mejor bien de la patria y del interés de Dios y que todos vosotros, altos en fortuna, esfuerzo y nobleza, tengáis presentes aquellas palabras de San Pablo cuando dice: «Yo me doy a todos y en el pensar y sentir de todos desaparezco cada instante, pero no escucho otro juicio de mis actos ni acepto otra gloria que la que de Dios me viene».[46] Así debemos ser todos que quizá Dios nos lleve por ese camino a la verdadera gloria de obtener en esta peña fuerte de Sancho Garcés algún hombre que, alcanzando en su más alto estadio las tres virtudes de heroísmo, santidad y saber o poesía, mejore el camino de los demás, como hicieron San Paulo en Roma, El Cide en los campos del infiel y el Rey Alfonso en sus cristianos reinos.[47] —Amén.

46 While the second part of this 'quotation' has a biblical ring the first part is opaque. It is notoriously difficult to compare English-language versions of the New Testament with early Spanish-language ones, and the English translator of the novel, faced with the impossibility of finding the text in St Paul's *Epistles*, inserted a different, known one – Romans 14:5. It is quite likely that the 'quotation' is a creation of Sender's, like the medieval manuscript in which it appears. Roman Catholics in Spain did not have easy access to the Bible in Spanish until the middle or late twentieth century and in any case after Sender wrote this novel, although there was a vernacular translation approved for Catholics dating from 1825, and congregations would have heard Bible stories and been familiar with readings.

47 *El Cid*. Rodrigo Díaz de Vivar (1043–1099), one of the greatest Spanish heroes

Nadie había interrumpido a mosén Joaquín. Mi hermana Concha bostezaba, porque al principio creyó que aquello sería como *Fabiola*,[48] que estaba leyendo y que hablaba de los amores de los romanos. Mi madre la mandó a dormir. Nos quedarnos allí los hombres y mi madre y la esposa del médico, todos por igual encantados con la lectura. Yo no lo entendía por completo, pero en su conjunto aquel escrito calentaba como el vino del pastor.

—Hombres como aquéllos, no los hay ya —dijo la mujer del médico.

Su marido protestó:

—Los hay.

Mi padre pensaba lo mismo. No creía que las grandezas pasadas volvieran. No creía que nada de lo que verdaderamente había muerto debía volver. Si murió, era que le había llegado su hora. «Pero —añadió— la verdadera grandeza no muere nunca. Su fondo continúa por otros cauces.»

—¡De acuerdo! —decía el médico enérgicamente. Añadía que en aquellos castillos, en aquellas comarcas, nacieron las libertades modernas de Europa. Allí y no en la Revolución francesa, que sólo fue un pequeño asunto de comerciantes leídos.

Mi padre intervino para clamar contra el espíritu que la difusión del comercio —el engaño, la mentira, el pequeño crédito, la falsa honradez hecha siempre de represiones— había traído. «En estas tierras nacieron las libertades de Europa. Mientras se contenía la barbarie de África aquí y después en el mar —Lepanto—,[49] las cortes aragonesas sentaban leyes en las que por primera vez se organizaba verdaderamente la libertad.[50] De esas cortes ha nacido después la idea de la libertad en Francia, la antigua legislación inglesa. Las relaciones de la nobleza y la aristocracia con el pueblo y con los reyes. Los fueros en los que se formaban unidades jurídicas puras independientes de ...» —seguía hablando, pero yo no le escuchaba.

El cura movía la cabeza como en éxtasis:

—Oh, si todos nos atreviéramos a ser lo que por dentro somos más o menos.

---

who fought against the Moors. His life and deeds are celebrated in the epic poem *El Cantar del mio Cid*.

48 It is difficult to know whether Concha is reading an improving text about the life of Saint Fabiola who, thanks to the intervention of St Jerome and following two relationships, renounced the world; or something a little more romantic.

49 The naval battle of Lepanto (1571) is seen as decisive in protecting Christendom and preventing the advance of the Ottoman Empire. The Spanish fleet was led by don Juan de Austria, the illegitimate son of Carlos V; see n. 16.

50 Political assemblies of nobles, clergy and representatives of free men from the towns. The Aragonese *cortes* were set up in 1274.

—¿Qué cree usted que somos? —preguntó el médico.

—Héroes o santos o poetas. Todos nacemos con alguna de esas semillas en el corazón.

Yo dije que iba a contar algo muy importante sucedido en uno de los castillos avanzados, pero que antes necesitaba hacerles una pregunta.

—¿Qué quiere decir bastardo?

Me explicaron lo mejor que pudieron. Yo vi que había algún misterio que no debía esclarecer y sin conseguir enterarme del todo, comencé a contar lo que me había dicho el pastor. Al llegar a la frase: «Aquí dentro hay ciento veinte hijos de puta dispuestos a dar la vida por vos» todos soltaron a reír menos las señoras, que reaccionaron de manera muy distinta. Mientras mi madre me miraba como si no me hubiera visto nunca, la esposa del médico se puso colorada y dijo:

—¡Oh ...!

Mi padre seguía riendo, pero, cuando todos se tranquilizaron, me preguntó repentinamente serio:

—¿Dónde has oído eso?

Yo hubiera guardado el secreto porque no entraba en mis normas decir todo lo que me sucedía, pero en aquel pergamino que el cura acababa de leer se hablaba de que el poeta era el hombre de la verdad y la belleza. Yo que tomaba aquello al pie de la letra le conté todo. Después añadí:

—¿Qué eran aquellos hombres del castillo? ¿Santos, poetas o héroes?

Mi madre seguía mirándome sin comprender.

—Este hijo ...

Decidieron no hacerme caso. Mosén Joaquín era el único que me miraba de frente y a veces hacía rodar sobre el mantel una bolita, hecha con una miga de pan, hasta el otro lado, donde yo se la devolvía con un seco golpe. Yo preguntaba todavía:

—¿Seis siglos son muchos en la vida de los hombres?

—No. No son nada —dijo el médico.

—Entonces, ¿nosotros somos los mismos que construyeron este castillo?

—Poco más o menos.

—¿Y qué somos nosotros, papá? ¿Tú eres un bastardo?

No me contestaban. Hablaban de otra cosa. Yo me consideraba mitad héroe y mitad poeta. Lo dije. El médico y el cura me miraban con simpatía. Mi padre sacaba del bolsillo el plano de las excavaciones y lo extendía. Mi madre preguntó si habían quedado cerradas las salidas de los subterráneos y la mujer del médico pareció tranquilizarse, también, cuando dijeron que sí. El médico al oír lo de los esqueletos se acordó de que él necesitaba uno para su gabinete de estudio, pero no se atrevía a pedirlo al sepulturero porque eran muertos más o menos recientes. «Uno de los de abajo me convendría.» Pero añadió que tendría que estar «completamente limpio». Yo pensé en el pastor.

Le dije que conocía a alguien que se lo limpiaría, pero tendría que pagarle porque era muy pobre.

—Quince pesetas le daré, si verdaderamente me lo prepara.

Mi madre volvía a extrañarse:

—¿De dónde sacas tú esas relaciones?

Yo no le contestaba. Mi padre miraba al mapa. Había una galería que salía del croquis y continuaba hacia un costado prolongada imaginariamente.

—¿Y esa galería? —preguntó el cura.

—Está sin explorar. Hay sepulcros a los dos lados.

Yo intervine:

—Llega hasta el otro castillo. Y los sepulcros también. Y en el último sepulcro hay vino fresco y el que bebe eso queda inmunizado contra las lamias.

—¡Bah! Vino fresco en un sepulcro. ¡Qué estupidez!

—Papá —dije—. Déjame a mí descubrir esa galería. A mí solo.

—¿Estás loco?

El cura se levantó y se fue a un diván apartado. Encendió un candelabro, sacó su librito de rezos y se puso a leer el ejercicio vesperal. Cuando se levantó yo me levanté también creyendo que quería hacer algún aparte conmigo, pero al verle sacar su librito volví a mi silla decepcionado.

—Déjame ir al subterráneo.

Acordaron recorrer juntos al día siguiente la galería nueva hasta el fin. Sin duda, estaban estimulados por mis arrogancias.

—Yo creo —dije— que allí dentro duermen las lamias con sus osos. De día salen a recorrer el bosque. Pero yo no tengo miedo a las lamias.

Mi padre se levantó ya enfurecido y ordenó:

—A dormir.

Yo me levanté tranquilamente y me dirigí al médico:

—¿Quiere el esqueleto?

—Claro que sí, pero tú ...

—No le haga caso —dijo mi padre.

El médico volvió al tema de las viejas grandezas:

—Hemos sido un pueblo fuerte. Un pueblo de santos, héroes y poetas como dice ese papel. Con fuerza en nuestro destino para influir en otros pueblos. Seguimos siéndolo, don José. No estamos dormidos. Ya verá usted cualquier día cómo despertamos. Pero ningún pueblo se hará ya grande con las armas.

—Quizá.

—Si ayer el catolicismo español supo conquistar el mundo, hoy una idea nueva de lo humano saldrá también de nosotros. Es decir, que nuestro imperio puede y debe ser espiritual. Hoy el heroísmo no consiste ya en dar la vida avanzando con el regimiento. Hace muchos años que Gracián definió al héroe con más de santo y de poeta que de héroe mismo.[51] En las luchas con las sombras, por el conocimiento.

—*Las moradas* de santa Teresa —dijo desde lejos el cura.[52]

Mi padre propuso jugar al «tresillo». Se hizo partida en seguida. Dos mujeres y dos hombres. Don Joaquín seguía en su rincón con el librito entre las manos. Yo me fui a la cama pero me dormí muy tarde. Trataba de madurar mi plan del día siguiente. Al principio llegué a pensar seriamente en irme a los sótanos, pero luego, cuando me quedé solo, fui dándome cuenta de que si lo había dicho delante de la gente, era verdaderamente por vanagloria y ahora me parecía más difícil. Así y todo me propuse explorar la galería el día siguiente. Iría a ver al pastor, y aproximadamente a la misma hora que comenzaran a avanzar por un extremo de la galería avanzaría yo por el otro. Nos encontraríamos en la mitad y les convencería de que tenía razón cuando dije que comunicaba con el castillo y que era bastante heroico para hacer aquello como un «bastardo» más. Esa palabra me parecía que representaba el heroísmo desordenado, pero arrollador.

Madrugué mucho, vi que los demás dormían y me fui a la fuente románica. Allí le escribí con lápiz otra carta a Valentina. Aquel día salía el cabo para el pueblo y la llevaría.

«Aquí estoy y ahora ya no son batallas navales sino subterráneos con esqueletos y ahorcados. Todo ha cambiado. Antes de que te vayas a San

51 Baltasar Gracián (1601–1658) Aragonese writer who wrote a number of philosophical and moral treatises proposing models for public figures including the hero and the politician.

52 The last work written by Santa Teresa de Ávila (1515–1582), the extraordinarily energetic and down-to-earth Spanish woman who reformed the religious order of Carmelite nuns which she entered as a novice. *Las moradas* was written as advice to the nuns in her convent.

Sebastián quiero decirte que hay lamias que van montadas en osos y tienen el pie de oca, con membranas entre los dedos, o bien de cabra, con pezuñas. Yo sé lo que hay que hacer para que no hagan daño. Sólo no sé si sus osos muerden o no, pero lo averiguaré en seguida porque el pastor me lo dirá.

»Y esta tarde, yo te digo lo que voy a hacer. Pero esto de ahora no lo hacen las personas mayores porque el pastor mismo no se atreve. Voy a explorar yo solo la peor galería, toda larga y negra. Se tarda en andarla más de dos horas y comunica un castillo con el otro. Así es. No te extrañaría si supieras que ahora soy un bastardo.

»Antes de emprender esa aventura te escribo para que sepas dónde está y qué es tu inolvidable *Pepe*. Posdata: Deja esta carta olvidada sobre la mesa para que la vea tu padre.»

La comida se alargó terriblemente. Yo no hablaba, al revés de la noche anterior. Mi padre estaba extrañado y preguntaba al médico si mi conducta no obedecería a una neurosis, porque de pronto estaba rebosante de cosas por decir y de pronto, sin motivo aparente, me quedaba mudo como una estatua.

—No está tan mudo —decía el médico—, porque lo que hace es preparar alguna diablura.

Aprovechando las demoras de la sobremesa y seguro de que iban a bajar a explorar la galería hacia las cinco (antes no, por la digestión, y después tampoco porque se haría muy tarde) yo me fui hacia el castillo próximo. Por el camino no sucedió nada digno de contar. Oí ladrar una raposa cerca, pero son animales inofensivos. Ni lamias ni osos me salieron al encuentro.

El pastor estaba inmóvil como siempre, el cuerpo al sol y la cabeza a la sombra.

—¿No te pasó nada ayer? —preguntó en cuanto me vio.

—Ya lo ves.

—Me alegro.

—Dame un poco de vino fresco.

—¿No te aficionarás, zagal?

—¿Yo? Dámelo.

Bebí un largo trago. «Contra las lamias» —pensaba— y recordando mis dudas sobre los osos, pregunté al pastor si los osos de las lamias mordían o no a los que estaban inmunizados contra ellas.

—El oso no hace sino lo que le manda la lamia —dijo el pastor.

Ah, menos mal. Luego le dije que me había preocupado de él, que si quería ganarse quince pesetas no tenía sino sacar un esqueleto que estuviera entero y limpiarlo y llevárselo al castillo antes de dos días, porque después, el médico se marcharía. El pastor movió la cabeza a un lado y otro negando:

—Eso es lo que yo gano cada tres meses. Eso y el vino y el pan y el aceite. Pero digo que no. Dile al médico que no.

—¿Por qué?

—Porque no. Es como el barbero de mi pueblo, que me dijo un día: Tráeme un bucardo después de la muda de pelo. Tráemelo, y te daré dos pesetas.

—¿Para qué lo quiere? —le pregunté.

—Para hacerse una buena brocha con el pelo que el animal lleva en la barba. Pero el bucardo tiene que tener su barba y el hombre también. Los barberos sólo son necesarios para poner sanguijuelas cuando uno verdaderamente se muere.

—Pero ahora es distinto.

—¿Por qué?

—Porque es para la ciencia.

—Ah —se quedó meditando un momento y añadió—: No. Los muertos al hoyo. Que duerman en paz. Y los bucardos al boscaje.

—Los muertos se alegrarían de poder servir a los vivos.

—Ya sirven. Bastante sirven. Y el que no lo crea que venga a preguntarme a mí.

Comenzó a decir que el manantial de las aguas medicinales donde la gente se curaba la anemia pasaba por dos cementerios antiguos y recogía el agua que se filtraba de otro moderno. «Los muertos se lavan bien y después los que no se quieren morir se beben el agua. Y se ponen colorados y rollizos.»

Yo no volví a hablar del asunto, tomé un poco más de vino y le pregunté si serían ya las cinco. Miró las sombras de un árbol y dijo:

—Ya pasó un palmo de las cinco.

—Entonces, hasta la vista.

Me metí entre los arbustos. Fui al otro lado de la roca y penetré en la galería. Encendí la linterna. Había en los muros algunas partes que brillaban especialmente bajo la luz. Quizá chispas de cuarzo. Al principio, con el primer impulso anduve casi cien metros sin vacilar. Después observé que la galería descendía y llegué a pensar si el pastor tendría razón si aquella galería iría a los infiernos, pero otra vez volvía a levantarse y subía en rampa suave. «Ahora va hacia el castillo», me dije. Me puse a cantar con el ritmo de la marcha, pero en el propio sonido de mi voz yo noté mi miedo. No volví a cantar. A veces, sintiendo el vino en mis venas, gritaba impetuoso a las sombras:

«¡Eh, yo también soy hijo de puta!»[53]

Sabía que esta última palabra era incorrecta, pero no alcanzaba bien su sentido y entre hombres no sonaba mal. Además quería ser a toda costa uno de aquellos ciento veinte que tampoco querían a su padre y lo defendían quizá para humillarlo. Porque yo comenzaba a ver que, entre otras cosas, «ser bastardo» quería decir «odiar al padre». Continué más animado y sentía en cada golpe de mi sangre el influjo del vino. Volvía a mirar atrás y no vi las rocas de la entrada. Sin darme cuenta había ido dando un viraje y la galería se perdía en una lenta curva de sepulturas y bóvedas. Continué sin mirar más que el espacio iluminado por la linterna. Todo era igual y ahora mi tranquilidad la sentía como un espectáculo que me daba una idea superior de mí mismo. Más adelante oí un rumor de risas y respiraciones entrecortadas: «Son las lamias». Y avancé resuelto sabiendo que no podían hacerme daño. No había tales lamias y el rumor lo producían filtraciones de agua. El pavimento aparecía encharcado. Y tuve que pasar mojándome hasta encima de los tobillos. Al llegar al otro lado tuve la impresión de que las filtraciones podían aumentar y aquel agua me impediría regresar si por algún encuentro inesperado me veía en el caso de retroceder. Pensando haber avanzado bastante grité para hacerme oír de mi padre, que seguramente andaba cerca.

—Papá.

El último eco sonó muy lejos. Yo creí que alguno de aquellos ecos sería la voz de mi padre o la del médico. Seguía avanzando más seguro de mí mismo. Miré incluso las tumbas de los dos lados y continué durante más de media hora. Oí otra vez rumor lejano de risa. «El agua», pensé, no muy seguro, pero justamente cuando me acercaba y podía comprobarlo la linterna comenzó a debilitarse. Se iba a apagar. Yo pensaba que no me quedaría luz para regresar y que lo mejor sería seguir lo más de prisa posible llamando ahora a mosén Joaquín. Eché a correr, pero me detuve porque si corría tenía miedo. Me limité a acelerar el paso.

—¡Mosén Joaquín!

No había previsto que se pudieran apagar las pilas de mi linterna, pero apenas iluminaban un metro delante de mí. Diez pasos más y se apagaron. Yo dejé caer la linterna al suelo, lo que produjo un ruido que repercutió en las profundidades de las sombras, y me arrimé al muro. Con una mano en

---

53 The same reason that Pepe wants to be a 'bastardo' or 'hijo de puta' applies to why he so enthusiastically takes on the role of the rebellious Segismundo in Calderón's play *La vida es sueño* in the second novel of the series, *Hipogrifo violento*; see Introduction.

la pared seguía avanzando. Me sentía todavía con valor, pero era un valor vacío, más allá de mi conciencia. Seguí andando tanteando el muro. Sabía que las galerías estaban limpias y que podían continuar sin peligro, pero a veces sentía contactos en mis zapatos con ruidos ligeros y secos.

—Ésos son huesos.

Continué, pero el muro se acababa. Mi mano palpaba el aire. «Aquí da la vuelta» pensé sintiendo un hormigueo frío en la espalda. Seguía la comba del muro y me di cuenta de que entraba en otro recinto. Era inútil tratar de orientarse. Mi voluntad era sin embargo fuerte, actuaba más allá de la conciencia como debe ser en los locos y, como en ellos, sin ningún deseo concreto. Tropecé con los pies en algún sitio y vi que era un escalón de piedra. Estaba limpio, muy frío y muy húmedo. Me senté allí, tomé la cabeza entre mis manos y grité con los ojos cerrados:

—¡Valentina!

Multitud de ecos volvieron sobre mí desde las mismas bóvedas del lugar donde estaba. Decidí quedarme y esperar. Cerraba los ojos y los abría, pero era lo mismo. No sentía mi cuerpo, el escalón de piedra ni mis manos en las rodillas. Todo podía suceder y sólo esperaba lo que verdaderamente sucedería y si sería favorable o adverso. ¿Miedo? Vivía ya en el miedo, respiraba el miedo, de él me sustentaba. Enfrente de mí, las sombras, en las que percibía algunos relieves, se movían. Una parecía mucho más alta. Encima de aquella sombra se veía un casco de guerrero ligeramente iluminado. Era amarillo, de cobre. Yo no he podido nunca saber si verdaderamente hablé y si verdaderamente me contestó, porque el diálogo se hacía sin palabras. Yo sentía lo que sentía el otro, y el otro sentía mis propios sentimientos y decía:

—¡Ah, cuánto trabajo!

—¿Por qué?

—También yo soy bastardo. Sancho Garcés era un criminal, y me envió aquí abajo y desde entonces no he podido salir.

—¿Sabes el camino?

—Sí, pero tú tienes que tomar mi mano. Si no, no ando.

Yo me levanté y le di la mano. No sentía nada, pero la sombra dijo:

—Echa a andar y llévame.

Le obedecí, pero tropecé con el muro.

—Si he de ir yo delante y no sé el camino, ¿cómo es posible?

—Anda derecho. Yo te lo diré.

En cuanto tomé su mano comencé a oír ruidos de hierros por todas partes, entre otros, uno muy sostenido, como si alguien afilara la punta de

160

su lanza sobre un yunque, con un martillo. Todo aquello me impidió ya oír a la sombra que hablaba para sí mismo o para otros:

—Yo no fui. Ay, Dios, que yo no fui y he de pagar por él.

Apenas se distinguía aquella voz. Yo le solté la mano y se hizo el silencio. Pero estaba otra vez en la galería y había alcanzado el lado opuesto de la abertura de aquel recinto. Seguro de que el muro ya no fallaba, seguí andando. «¿Dónde se habrá metido ese hombre? ¿Y quién era?»

Oí pasos detrás de mí.

—No te escapes.

Yo di un grito. Aquella frase me recordaba que estaba rodeado de cosas terribles de las que había que huir. «No te escapes.» Era la misma sombra, con el casco débilmente luminoso. El resto no se veía. Le di la mano:

—¿Eres héroe? —le pregunté—. ¿O santo, o poeta?

—No soy sino un pobre hombre. Todos son pobres hombres.[54]

—Los héroes no hablan así, creo yo. Pero ¿eres santo?

—¿Dónde están los santos? Crucifijos de oro, casullas de oro, incensarios de oro, mitras de oro.

—¿Eres poeta?

—Sigue al frente. Los santos los hice yo. Algunos santos los he hecho yo. No era héroe, ni santo. Quizá poeta. Pero hacía imágenes, cuando yo era viejo para pelear. Y la Virgen de Sancho Garcés la hice yo. Y dieron en decir que la había traído un ángel y cuando la gente decía que la había traído un ángel, yo también lo creía. Pero la había hecho yo, y entonces la Virgen comenzó a hacer milagros y la gente decía: nos ha dado victoria. La trajo un ángel y me ha curado las heridas. Todos decían que vino por los aires en brazos de un ángel y yo también lo creía, pero creyéndolo y todo me enviaron un día aquí abajo y sentí un golpe en la espalda. Probablemente me quisieron matar, pero no acertaron. Y aquí estoy; aquí estoy y no puedo salir.

—¿No sería que te mataron de veras?

La sombra no contestaba. Desapareció y yo la llamé: «¡Eh, el hombre del casco!», pero no venía. Decidí seguir, pero volví a tropezar y esta vez caí al suelo. No tenía ánimos para levantarme, pero no por miedo, aunque estaba en él, vivía de él, lo respiraba y me latía en las sienes. Otras sombras se agitaban delante de mí. También llevaban algo luminoso, pero no era un casco. Era un gorro pequeño y una pluma.

---

54 This and subsequent opinions expressed by the ghosts Pepe meets give the lie to his naive notions of heroism; but essentially he refuses to accept what he hears.

—¿Quién eres?—pregunté.

No sabía si lo decía yo o me lo preguntaban a mí.

Ahora vi que el que hablaba no era el de la pluma, sino otro, más pequeño, que estaba delante. Poco a poco fue iluminándose por aquel lado y acerté a descubrir la capucha negra de un fraile vestido de blanco. El rostro no lo veía. Nunca veía el rostro de los aparecidos. Éste no era tan pequeño como parecía a primera vista, sino encorvado. Viejo y encorvado.

—Hace seiscientos años me hicieron bajar porque estaban en favor de Sancho Garcés los frailes templarios.[55] Me amarraron pies y cabeza en un cepo y pasado algún tiempo oí pasos detrás de mí. Creí que vendrían a renovar la comida de los halcones de caza, que estaban en un rincón con su cabeza cubierta por una caperuza de tela, pero sentí un mazazo en la cabeza y no volví a tener impresión ninguna hasta ahora que te veo a ti. ¿Quién eres?

Le dije quién era.

—¿Hay templarios? —preguntó con miedo.

—No los hay. No hay sino mosén Joaquín.

—Yo estuve amarrado en cepo de pies y cabeza sin que nadie me acusara de nada.

—¿Y lo mataron?

El fraile no contestó, su sombra fue perdiéndose. Yo me senté en el suelo y no sé el tiempo que estuve así. Por fin continué andando y transcurrió un largo espacio sin ver nada ni oír a nadie. Pero me encontré con una galería obstruida. Había que trepar por una grada y dejarse caer al otro lado, pero yo tenía miedo de dejarme caer en la oscuridad. Me senté y miré fijamente las sombras. Fijamente, sin pestañear, como había hecho antes. Oí primero el acezar de alguien que hacía un esfuerzo de lucha.

—A la poterna —decía—. Todos a la poterna.

Vi iluminarse una celada con la visera echada.

—¿Quién eres? —pregunté.

Repentinamente se calló. Después oí una voz lejana, que sin embargo era emitida a mi lado. Grité:

—¿Hay alguien?

—Sí, yo.

---

55 The dates do not quite work here. Sancho Garcés died in 1035, in other words eight or nine hundred years before. The military Christian Order of the Knights of the Temple, which was set up to protect pilgrims to the Holy Land and is associated with the Reconquest of Spain, lasted from the twelfth century until 1312 when it was dissolved by Pope Clement V.

—¿Qué haces aquí?

—Estoy preso. Estoy preso y dormido. Sólo dormido pudieron apresarme, mi hermano y mi madre. Llevaba yo veinte años peleando contra los de Sancho Garcés desde el castillo de Ejea.[56] Allí donde yo caía no quedaba la memoria del espanto. Pero siempre en buena ley de Dios. Y para concertar paces con el señor de este castillo decidieron entregarme. Esperaron que merced al filtro del sueño yo me quedara dormido y entonces me abandonaron a los de Sancho Garcés, y dormido me trajeron aquí.

Se quitó la celada y yo vi que debajo aparecerían el hombro y el cuello tronchados.

—¿Te cortaron la cabeza durmiendo?

La sombra desapareció.

«Bien —me dije—. Al santo lo mataron, al poeta lo mataron, al héroe lo mataron. Yo soy bastardo, héroe y poeta. ¿Me matarán a mí? Aunque me maten, no tengo miedo.» Subí por el túmulo de piedra y descendí con cuidado por el lado opuesto. Cuando sentí el suelo bajo mis pies, me dejé caer. Y otra vez seguí por la galería a oscuras.

No esperaba a nadie. Ni a mi padre, ni a don Joaquín. Estaba dispuesto a continuar allí eternamente. Otra vez oí el rumor de risas, pero las identifiqué como filtraciones de agua aún sin verlas. Sólo recordaba que aquel día era domingo. Esa idea tenía alguna relación con la presencia de mosén Joaquín en el castillo, pero tampoco recordaba exactamente quién era mosén Joaquín. Otra sombra se perfilaba delante. Era un fraile muy gordo que reía y repetía:

—Ji, ji, ji, ji. Buen queso de cabras. Buena sangre de Nuestro Señor en barrito de alfar moro.

—Sal de ahí —grité.

—Ji, ji, ji. El vino es en la misa la sangre de Nuestro Señor. Justa nobleza es ésa para un vino tan rico. Ji, ji, ji, ji.

El fraile gordo se alzaba los hábitos y bailaba con sus zancas desnudas.

—Déjame pasar, imbécil —le dije.

—¿Quién es el mocito? Ji, ji, ji.

—¿Y tú?

—Yo, el hermano despensero, el único personaje del castillo que murió por la voluntad del Señor, de muerte natural, quiero decir, de indigestión.

---

56 Ejea de los Caballeros is an Aragonese town to the north of Tauste and the capital of the district with the same name.

¿Y el mocito? ¿Quién es?

—Un héroe. Un héroe bastardo.

—Héroe santo o poeta ... Ji, ji, ji, ji. Muchos hay aquí y sus cabezas cayeron una detrás de otra, antes de madurar. Yo, el único que murió a su hora.

Penetré fácilmente a través de su sombra. Lo oí bailar detrás y reír. No me molestó. Cuando yo estaba ya muy lejos todavía, le oía:

—Ji, ji, ji.

Parecía burlarse, pero yo me sentía tan poderoso que nada podía impresionarme. Al rafe del muro corría algo como una serpiente, pero era tan larga que no podía ser una serpiente. Me incliné a tocarla y me di cuenta que era una cuerda. Al mismo tiempo que la toqué sentí una extraña evidencia.

—La cuerda de los ahorcados. Si la cortara, los trozos se convertirían en serpientes.

Al final de la galería, muy lejos, vi un resplandor. «¿Qué sombras vendrán ahí? ¿Mas guerreros, más santos, más poetas? ¿Quizá los verdugos que vienen sobre mí?» Me acerqué, y cuando menos lo esperaba oí voces familiares. Voces familiares en grupo. Mi padre, el médico, mosén Joaquín. Y otros. Quizás otros. Miré a mi alrededor, buscando la manera de huir. Aquello era verdaderamente espantoso. La galería no tenía transversales.

Di un grito y caí sin sentido.

En aquel grupo de exploradores iba también don Arturo, que había llegado a pasar el domingo al castillo, y también iba Valentina. Llevaban más de media hora caminando por la galería adelante y dándose ánimos con diálogos indiferentes. Pero al oír aquel grito y el ruido de un cuerpo que caía se detuvieron en seco. Don Arturo no pudo remediarlo y echó a correr. El médico daba grandes voces:

—¡Ha sido un grito humano!

Seguían sin avanzar. Yo lancé un largo gemido. Valentina gritaba:

—Ay, Dios mío, que ya me lo figuraba. Es Pepe.

En las sombras alcanzó a tientas una linterna apagada. Había otra que seguía encendida, pero el cabo no quería soltarla.

Llegaba mosén Joaquín con el mechero encendido. Valentina prendió la linterna. Mosén Joaquín decía a Valentina tratando de atraparla:

—Ven aquí.

Pero ella se negaba:

—Es Pepe. Ay, Dios mío, que ya me lo figuraba.

Se escapó y vino corriendo hacia mí. Parece que el que había dado la señal de la alarma era don Arturo. Detrás de Valentina avanzaba mosén Joaquín cojeando, pero no podía seguirla.

Yo desperté con una luz muy fuerte en los ojos. Tardé un poco en darme cuenta. Por fin me levanté. Yo la besaba y ella me iba contando cómo salieron de casa, cómo llegó, cómo a mi padre se le ocurrió invitarles a bajar a los subterráneos.

—¿Estás ahí? —dije yo con espanto.

—Sí.

—¿Ahí? —insistía yo.

Valentina me animaba:

—Vámonos por otro sitio.

Yo marchaba llevando a Valentina de la mano. Ella conservaba la linterna, y viendo la seguridad con que yo desandaba camino, estaba muy contenta. El grupo avanzaba llamándonos. Echamos a correr. No tardamos en llegar al lugar donde las filtraciones de agua cubrían a lo ancho la galería. Valentina decía que podía pasar, pero yo la obligué a echarme los brazos al cuello —con la linterna a mi espalda— y la levanté apretándola contra mí. Su piel estaba caliente o quizá mi mano estaba demasiado fría. Al otro lado, antes de soltarla, nos besamos otra vez.

Y sin más accidentes llegamos al final.

Yo había buscado en vano las sombras anteriores. Comencé a explicar a Valentina lo que me había sucedido, pero no conseguí recordarlo exactamente y sólo sabía que en el castillo mataban a los héroes, los santos y los poetas. Y los mataban a traición. Salimos y encontramos al pastor, al lado de un gran caldero con agua hirviendo. Atizaba fuego de leña debajo y a veces con su cayado agitaba lentamente, respetuosamente podría decirse, el cadáver de una vieja. Yo evité que Valentina lo viera. El pastor nos miraba sin comprender pero sin extrañarse demasiado:

—¿Estás seguro de que me pagarán el esqueleto?

Le dije que sí, y sin contestar las preguntas que me hacía sobre Valentina, a la que miraba constante a los pies,[57] nos fuimos hacia el castillo, despacio. Luego supe que llegaron a la salida los excursionistas y que el cabo abrió a golpes de pico la abertura hasta ensancharla lo bastante para que no tuvieran que ponerse a cuatro manos. El pastor, al ver que desde dentro de la galería alguien cavaba hacia afuera, se fue al otro lado del castillo. Y cuando todos salieron y se encontraron con el caldero abandonado en el que hervía un cuerpo humano medio deshecho, retrocedieron

---

57 To check whether or not she was a 'lamia'.

con muy distintas reacciones, Mosén Joaquín sacó su libro de rezos, el médico se caló las gafas con manos temblorosas. Mi padre miró a su alrededor precavido y después de un largo silencio, en el que cada cual pensaba ser la víctima de un mal sueño, el notario dijo balbuceando:

—Hay que levantar acta.

Pero antes era encomendar a Dios a aquel pobre ser humano y apagar el fuego. El cabo extendía los leños a medio quemar y los pisaba o les echaba tierra encima.

Pero acudió el pastor.

—Eh, ¿qué hacen ahí?

Todos le miraban en silencio. El pastor señalando el caldero dijo:

—No quiere soltar la piel, la condenada.

Anochecía y Valentina y yo seguíamos nuestro camino hacia el castillo, con la linterna encendida. Ahora la llevaba yo y a la luz acudían libélulas, mariposas y otros insectos que daban vueltas enloquecidas. Yo mantenía la linterna separada de mi cuerpo, para facilitarles aquellas vueltas y evitar que me tropezaran, pero algunas mariposas se detenían en mi mano, en mi antebrazo desnudo y yo decía que me hacían cosquillas. Valentina quería también conocer aquellas cosquillas y tuve que prestarle la linterna. No la apagamos porque iba a ser de noche y carecíamos de cerillas para volver a encenderla.

En la lejanía, detrás del castillo de Sancho Garcés, la puesta del sol era lenta y esplendente de oros y verdes. A mí todas aquellas luces me embriagaban después de la oscuridad de los subterráneos. Íbamos hablando. Parecía que siempre hubiéramos estado andando así hacia un castillo, con la linterna encendida y hablando.

—¿Has tenido que pelear con los muertos? —preguntaba ella.

—Sí. Y ya me tenían envuelto, a la rueda de pan y canela.[58]

—¿Te vencieron?

—No del todo. Sólo me desmayé.

Íbamos cogidos de la mano. Valentina daba débiles chillidos de alarma

58 Completely trapped, from a children's rhyme and game:
   A la rueda rueda
   de pan y canela.
   Dame un besito y vete
   pa la escuela.
   Si no quieres ir,
   acuéstate a dormir
   en la hierbabuena
   y en el toronjil.

cuando las patas de una mariposa se agarraban demasiado a su brazo desnudo y acabó por darme otra vez la linterna.

—Yo, de los bichos —explicó—, sólo no tengo miedo a los machos.

Nos daba tanta pereza la idea de llegar al castillo y estar de nuevo entre personas mayores, que nos sentamos al pie de un árbol, dejando la linterna a nuestro lado. Nos acostamos el uno al lado del otro y ella puso su cabeza en mi pecho, como para dormir. La linterna estaba a nuestro lado, encendida. Y Valentina lloraba y yo quise hacerme el valiente, pero también sentí que la garganta se me endurecía y que los ojos se me llenaban de lágrimas. Por fin nos quedamos dormidos. Yo soñé que Valentina y yo íbamos por los subterráneos y oía al fraile despensero gritar:

—Ji, ji, ji. Buen quesito de cabras, para mí.

Y a mí me iban a matar, pero Valentina no quería separarse y alguien decía:

—Bueno, los mataremos a los dos, porque ella también es heroína.

Nos iban a matar y estaba el fraile con la sotana arremangada, bailando y diciendo:

—Yo no era más que fraile, lego, pero estudiaba para cura en mi despensa. Toda mi vida estudié: *Rosa Rosae, Musa Musae*, y todos los verdaderos curas se burlaban de mí. Y yo comía mi quesito y bebía la Sangre de Cristo.

Dos que parecían verdugos se divertían con el fraile, pero éste se ponía serio de pronto y decía señalando a Valentina:

—Ésa también es heroína, que yo la vi.

Alguien nos zarandeaba, pero no conseguían separarnos. Mi padre, don Arturo, mosén Joaquín, el médico, todos estaban allí. La luz de la linterna los había orientado. Y mosén Joaquín repetía:

—Vais a enfriaros, muchachos.

—¡No, no, no! —gritaba Valentina, que seguía dormida.

—¿Eh? —decía el médico.

Yo tampoco estaba despierto aún.

—Si van a matarnos ...

—¿Eh? ¿Quiénes?

Por fin nos despertaron. El médico nos trataba afablemente, pero todos los demás parecían ofendidos. No recuerdo concretamente lo que sucedió entonces, pero sí que llegamos al castillo como reos. Mi madre iba y venía diciendo a la mujer del médico:

—Ese hijo no es mío. Lo cambiaron en la cuna.

Todos estaban consternados menos Maruja, que acabó por acercarse a Valentina.

—Yo sólo te digo una cosa: si te casas con Pepe, te compadezco.

Valentina no supo qué contestar y se puso colorada. Después se marchó sin que yo pudiera despedirme de ella (todavía no se lo he perdonado a don Arturo y a mi padre).

Yo pensaba en los subterráneos y tenía ganas de volver, pero ... ¿para qué? Si Valentina no podía venir a salvarme otra vez, los muertos, los frailes, las lamias perdían su interés. Y Valentina —esta idea me obsesionaba— se iba tres días después a San Sebastián con sus padres y su hermana, su odiosa hermana.

Mi padre no me hacía ningún caso. Seguía convencido de que había en mí algo que funcionaba mal, a pesar de todas las seguridades del médico. Los subterráneos quedaron cerrados y mi padre dijo que avisaría al museo provincial para que se hiciera cargo de todo aquello.

A veces mi padre me miraba como a un extraño y decía:

—No comprendo lo que pasa contigo. Esté quien esté y suceda lo que suceda,[59] al final nadie habla más que de ti.

Un día, antes de regresar a casa, mi padre me llamó a su presencia y me dijo que le contara lo que había sucedido en los subterráneos y cómo entré y por qué iba solo y sin luz. Esta vez lo expliqué todo, con el fraile, el guerrero, el poeta que también hacía esculturas. Naturalmente, mi padre me miró más confuso que nunca. Pero si nada de aquello lo aceptaba, tenía que aceptar el caldero con un cuerpo humano hirviendo. A partir de aquello lo demás se le hacía verosímil.

Al día siguiente volvimos al pueblo, pero Valentina no estaba y yo lloré, en los primeros días, de rabia. Poco a poco iba atendiendo otra vez a la realidad que me envolvía. Me di cuenta en seguida de que había perdido mi jefatura con los chicos del bando aliado y que los de mi bando estaban aterrorizados por Carrasco. Éste asomaba por encima del muro y mordiéndose el dedo gruñía sin ningún respeto:

—Tengo abierta ya tu fuesa.

Yo tuve una vez la duda de que aquello pudiera ser verdad. Mi destino de héroe y de poeta era morir, pero no eran tipos como Carrasco los que mataban, sino verdugos con brazos de hierro en las oscuras cuevas de los castillos, mientras los gordos frailes despenseros bailaban.

Después del veraneo en San Sebastián, Valentina había ido a Bilbao a casa de unas tías con las que pasaría un par de meses. Para Navidad las tías

59 No matter who's there or what happens, in the end you are always the centre of attention.

irían a mi pueblo y traerían a Valentina a su casa. Yo veía en aquello una maniobra contra mí. Intrigué cuanto pude para averiguar su dirección y un día que vi a su madre en mi casa —en visita solemne, en el salón— fui a ella y se la pregunté. Ella me la dijo y me acarició el cabello. Ah, ella nos comprendía. Era la única que nos comprendía.

Yo envié a la dirección de Valentina cuarenta hojas de la *Universiada* y una carta exaltando las cualidades de su madre y llenando de injurias a su padre. Para poder ponerla en el correo tuve que robar de la biblioteca casi todos los timbres postales.

Recuerdo que al día siguiente hice con otros amigos una experiencia que repetíamos de vez en cuando. Cazamos un murciélago vivo y nos dedicamos a quemarle el hocico esperando oírle decir juramentos y palabras sucias. Aunque el animalito no hizo sino chillar y quejarse, todos creíamos haberlas oído. Cuando lo contaba yo a alguien él recordaba experiencias semejantes en las que también oyó exclamaciones soeces y blasfemias al murciélago. Ni él ni yo mentíamos. Estábamos seguros de haberlas oído.

Aquel mismo día, al salir de casa me encontré a Carrasco esperándome en la esquina. Gruñía más que nunca, pero yo pasé por su lado sin mirarlo y no se atrevió a atacarme. Murmuró:

—Con los difuntos del castillo, te atreves, pero no conmigo.

Aquel día era uno de los más fríos del otoño. Al caer la tarde el viento que se levantó anunciaba las primeras nieves en las montañas. Y yo volvía a casa fastidiado, insatisfecho.

Hubo un incidente. Al día siguiente, vino la Clara a cobrar su pensión pero no vino sola. Con ella, tímidamente, llegaba una viuda de cincuenta años. Cuando se oía la voz de la Clara en la escalera, los chicos salíamos a curiosear hasta que mi madre nos echaba. Esta vez la Clara alzaba la voz pero no contra nosotros sino contra su vecina:

—Que si el aire del norte, que si el frío del norte, que si la hostia del norte —gritaba.

La vecina aseguraba que no quería molestar y que todo el escándalo era promovido contra su voluntad. Ella ni siquiera hubiera venido.

Mi madre las hizo pasar, lo que pareció satisfacer mucho a la Clara. La vecina se anudaba el pañuelo bajo la barba. Mi madre le preguntaba:

—¿No es usted la señora Rita?

—La viuda de Agustín el joven, para servirle.

—La viuda, la viuda. Seis meses estuviste casada —gruñía la Clara—. Vaya un matrimonio. Seis meses.

—Y tres años antes de relaciones —añadió la viuda volviéndose a anudar el pañuelo.

Traían un grave pleito para que fallara mi padre, pero mi padre no estaba en casa. En su ausencia confiaba en mi madre. La viuda se había casado a los veinte años y ahora tenía cincuenta. Seis meses después de la boda, el marido murió de una pulmonía. La viuda se encerró en su casa y se ganaba la vida cosiendo. No salía, no daba que hablar. Su balconcito estaba cerrado. Vivía al lado de la casa de la Clara y tenía una pequeñita azotea un poco más alta que la de su vecina. Y la viuda, desde hacía treinta años, cuando creía que soplaba el viento del norte, sacaba del armario una por una las prendas de vestir de su difunto marido y las colgaba en la terraza para que se orearan. Cada vez que llenaba su terracita con las ropas del difunto proyectaba sobre la de su vecina una sombra que según ella perjudicaba a su propia ropa interior mojada. Decía la Clara que su ropa tenía que secarse al sol para que estuviera blanca. Al principio, la Clara se quejaba de que le quitaba el sol. Ahora se obstinaba en que aquélla era la sombra del difunto que le daba mala suerte en su vida de soltera. La ropa del difunto y la ropa interior de la Clara acabaron por crear un conflicto a lo largo de los años y la Clara había trepado hasta la terraza de su vecina arrojó la ropa del difunto al patio interior y arañó a la viuda. La Clara se quejaba de que cada tres o cuatro días, la viuda sacaba aquellas ropas y les daba «mala sombra» a sus enaguas. Mi madre quería tranquilizarla, pero no lo conseguía y como mi padre no estaba —él sabía de leyes y hubiera arreglado aquello— el conflicto iba en aumento. «Qué viento norte, ni qué hostia —insistía Clara—. Por seis meses que estuvo casada tanto viento norte.» La cosa llevaba trazas de arrollar a mi madre cuando llegó la tía Ignacia.

—Vamos —decía—, nunca se ha visto cosa igual. Tanto ruido por unos calzones vacíos.

—Yo no decía nada —se disculpó la viuda.

—¿Eh? —decía la Clara, indecisa, sintiéndose más débil que la tía Ignacia.

—Vamos, márchate. Y tú —le dijo a la viuda que sollozaba—, no te pases la vida venteando el aire a ver si hay viento norte o no. La ropa de tu marido, que en gloria esté, no lleva dentro marido ninguno.

La Clara, al llegar a la puerta adonde las empujaba la tía Ignacia pareció querer volver a alzar el gallo, pero la tía no se lo permitió:

—Vamos, lárgate, y no vengas con historias, que yo también sé decir hostia y rediós.

Mi madre se perdía por los pasillos riendo.

Me fui a la calle pensando en Carrasco, pero no lo encontré. Cuando volvía era casi de noche. El viento helado hacía oscilar la llama de gas de un farol temprano en la esquina. Y allí mismo, debajo del farol, había un viejo mendigo con los pies sin calcetines metidos en unas botas inmensas. El viejo tenía un poco de barba blanca. Se apoyaba en la pared y lloraba silenciosamente. Me acerqué, impresionado:

—¿Qué le pasa, buen hombre?

Entonces me di cuenta de que era ciego y llevaba colgado de la mano un trozo de cordel. Le habían robado el perro cortando la cuerda con una tijera y ahora estaba completamente desvalido. Acababa de decir esto cuando oí gruñir a Carrasco al otro lado de la calle. Tuve la inspiración de que había sido él, y acerté. Pero no quise de momento hacerme el enterado.

—¿Adónde quería ir usted?

—A recogerme en una cueva que hay en las afueras.

—Apóyese en mi hombro y ande sin cuidado, que yo lo llevaré.

El hombre, sin dejar de llorar, me puso la mano en el hombro. Echamos a andar, despacio. Carrasco brincaba en la acera de enfrente como un demonio, insultándome. Yo no le oía. Atravesamos todo el pueblo. Las gentes que nos veían pasar se hacían cruces, sin acabar de creerlo. Yo iba firme, grave y oía la letanía de gratitudes del pobre viejo que había dejado ya de llorar. Ahora suspiraba y decía: «Yo lo que quisiera, si Dios fuera servido, es rescatar a mi *Pinto*». Era un perro que, según decía, conocía muy bien las casas donde daban limosna y las cuevas a cubierto del viento.

Así anduvimos cruzando el centro del pueblo y salimos a las afueras. El hombre caminaba muy despacio y tardamos bastante en llegar. Una vez allí tuve que ir a las primeras casas del pueblo, ya de noche, a buscar cerillas para encender fuego, porque el pobre viejo estaba aterido. Al contar lo que sucedía, algunas campesinas me dieron patatas crudas y trozos de pan y una me llamó cuando ya había salido para darme sal en un papelito.

Yo permanecí algún tiempo en la cueva diciéndole al ciego cómo tenía que poner los pies para no quemarse, dónde estaban las patatas asándose entre la ceniza caliente, etc. ..., y otra vez el pueblo entero anduvo movilizado en mi busca. Terminé muy tarde y cuando volvía cerca de medianoche, vi en la plaza de las Tres Cruces, junto a una de ellas, porque efectivamente había tres, sobre una plataforma con graderío de piedra, a Carrasco. Nos había seguido todo el camino.

—En tu fuesa he enterrado al perro del ciego. Allí te enterraré a ti.

Fui sobre él. Afortunadamente, aquella misma mañana había raspado las suelas de mis botas con el rallador de la cocina —precaución indispensable para no resbalar en la piedra en caso de pelea— y la luz de la luna iluminó la más feroz contienda de chicos de que se tenga memoria. Rodamos tres, cuatro veces, enlazados, una mano de Carrasco con las uñas clavadas en mi mejilla, yo echando su cabeza atrás por los pelos y golpeándolo en las narices, en la boca. Cuando se vio perdido, porque no conseguía darme la vuelta de nuevo, con la mano que le quedaba libre se dedicó a desgarrarme el vestido. Ése era el último recurso de los cobardes, para que ya que no podían pegarnos ellos, nos castigaran luego en casa. Pero yo sangraba también por la mejilla y el cuello.

Acudió gente y nos separaron. A mí me llevaban dos campesinos de la mano. Se les veía satisfechos de ser ellos quienes me capturaron.

Mi padre me recibió paseando como una fiera por el patio.

—Se acabó ... esto se acabó —repetía.

Al vernos llegar se puso a oír las veintisiete versiones de cada uno de mis acompañantes. Yo debía tener un aspecto lamentable, aunque ninguna de mis lesiones tenía la menor importancia. Llevaba el traje desgarrado, sucio de barro, el rostro y el cuello ensangrentados y un ojo morado. Nada era mi aspecto, sin embargo, al lado del de Carrasco, que andaba cojeando, llevaba una oreja desgarrada y debía marchar con las manos en alto para que se le cortara la hemorragia de la nariz.

Cuando todos se tranquilizaron me hizo subir mi padre delante repitiendo:

—Esto se acabó.

Había decidido enviarme interno a un colegio. Mi madre advertía que tenían que hacerme ropa interior, pero mi padre insistía:

—Mañana mismo.

Yo conté lo sucedido con el ciego callándome lo de Carrasco. Era precisamente lo del ciego lo que les indignaba. Fui a lavarme y vi mi cara que verdaderamente impresionaba. El cura había venido al oír los rumores que llegaron a él en forma alarmante. Al ver que la cuestión carecía de importancia y que las cosas, tal como las conté, eran sencillas y edificantes, tomó mi partido y se puso a defenderme. Mi padre parecía escucharle, pero al fin repitió:

—Mañana se va a un internado.

No fue el día siguiente. Hubo que preparar el viaje y yo fui a ver a mosén Joaquín a su casa. Me miraba como siempre, entre extrañado y divertido. Yo le pregunté por qué a los héroes los mataban.

—Te contestaré si me dices cómo se te ha ocurrido esa idea.

Le expliqué lo mejor que pude lo que me sucedió en el castillo y mosén Joaquín dijo:

—Son cosas demasiado altas para que las comprendas. Pero tú me has preguntado un día qué quería decir la palabra «holocausto». Eso es. Ahí está la respuesta. Estás impresionado por aquel pergamino que leímos. El final, no sólo del héroe sino también del poeta y del santo, es ése, casi siempre.

Yo quería más explicaciones. Con aquello no comprendía una palabra.

—No te diré más, hijo mío. Conserva esa palabra: holocausto.

—Ya la conservo.

—Contesta con ella tus dudas y un día, cuando seas más grande tú mismo lo comprenderás.

Aquello no hacía sino aumentar el misterio. «Holocausto.» La palabra sólo me recordaba a Valentina recibiendo la sangre de una paloma herida.

Seguían los preparativos de viaje. No íbamos a Zaragoza a los jesuitas sino a Reus, más lejos, donde había un colegio «mucho más eficiente», decía mi padre. No tenía simpatía mi padre por los jesuitas.[60] Decía que a pesar de su fama no había conocido todavía en su vida uno solo verdaderamente inteligente. Los frailes de la Sagrada Familia les hacían una competencia terrible.[61] Sus profesores, más preparados —citaba varios sabios conocidos—, sus instalaciones más confortables, su posición social más brillante y sin despertar suspicacias como los jesuitas. Cuando estaba todo dispuesto yo pregunté si se tenían noticias del ciego. Nadie sabía nada. Yo dije que no iría al colegio mientras no me demostraran que el ciego estaba protegido, y dos días después me dijeron que lo habían metido en un asilo.

Hacía frío. Mi padre, con un telegrama del director del colegio, el P. Miró, a quien conocían en casa, dispuso que nos pusiéramos en marcha inmediatamente. A medida que nos alejábamos, mi padre se dulcificaba. Cuando llegamos al tren, tomó dos billetes de segunda.

El viaje siguió tranquilizando a mi padre, aunque estuvo a punto de recaer ante algunas de mis preguntas. Pensando yo en la última carta que le había enviado a Valentina le pregunté:

—¿Los santos se casan?

Como había otras personas en el departamento, mi padre contuvo sus nervios y me dijo que no. Los santos no se casaban de ningún modo.

---

60 Members of the Company of Jesus, a Spanish religious order founded in the sixteenth century and much occupied in missionary work and education.

61 Members of the religious Order of Dominicans, founded in the thirteenth century, which was frequently in dispute with the Company of Jesus.

—¿Entonces es pecado casarse?

Mi padre dijo que no y que era una manera alta y noble de servir a Dios. Añadió que muchas personas casadas habían sido santos.

—¿Entonces los santos se casan? —insistí, queriendo saberlo lo más concretamente posible.

Mi padre abrió la llave del radiador de la calefacción hasta el máximo y pidió permiso a las damas para abrir las ventanillas. Después puntualizó sus respuestas diciendo que como santos, en su calidad de beatitud, nadie se casaba, pero que algunos casados habían sido santos. «Y desde luego —añadió— todos los casados son mártires.» La frase fue celebrada con sonrisas que abrieron diálogo. Con esto, yo quedé olvidado y me dediqué a mirar por la ventanilla hasta llegar a Reus.

Fuimos a un hotel en una pequeña plaza recién regada, cuyo asfalto reflejaba las farolas, los ciclistas y los coches charolados, con llantas de goma, que pasaban silenciosos y sin otros ruidos que el acompasado de los cascos de los caballos. En el centro de la plaza, rodeada de edificios de piedra, había una enorme estatua ecuestre del general Prim. A mí me encantaba la plaza, el hotel, y me habría quedado allí, pero mi padre llamó por teléfono y me dijo muy satisfecho:

—Te están esperando ya.

Tomamos un coche y un momento después estaba yo rodeado de frailes en la sala de recibir del colegio de San Pedro Apóstol, enorme edificio en la Avenida de la Estación, que daba por tres frentes a otros tantos paseos poblados de madroños y algarrobos.

El cuarto daba a una estrecha calle y tenía enfrente una fábrica de electricidad con dos altas chimeneas. Yo lo observé todo en cuanto bajé del coche.

Los frailes me envolvían en atenciones. Mi padre conferenció aparte con el P. Miró y dijo que él mismo se iba a encargar de comprarme los cubiertos reglamentarios y hacerlos grabar. Le dijeron el número que había que poner. Mi padre, muy contento de ver que se deshacía de mí, fue conociendo a todos los frailes ... Yo oía detrás: «profesor de álgebra superior», «profesor de gramática latina», «profesor de lengua y literatura». Luego se cambiaban amables cumplidos. El padre prior, viendo que yo miraba a un patio desde donde llegaban voces y gritos, me dijo:

—Asómate si quieres. Hay fútbol, bicicletas, patines.

Cuando salí yo al patio después de haberse marchado mi padre, tres chicos que tendrían dos años menos que yo me miraban rendidos de admiración y decían:

—No ha llorado.

Yo fui bien acogido, aunque observé que todos se me acercaban y querían andar conmigo por curiosidad. Por todas partes había arcos románicos como los del castillo, pero no eran de piedra sino de cemento y allí donde terminaban comenzaba el muro de ladrillo rojo para volver a abrirse encima en otra galería. Todo el edificio era por lo tanto rojo y gris. A mí me observaban pero yo no observaba menos a mi alrededor.

La cena estuvo bien, pero hubo que rezar antes y dar las gracias después. En el inmenso comedor había una pequeña tribuna de madera labrada donde mientras comíamos, uno de los alumnos leía en voz alta. «Mucho me gusta a mí —me dijo el de al lado— cuando me toca leer, porque entonces como al final yo solo y me dan buenas mermeladas y compotas y todo lo que quiero.»

El convento era inmenso. Las escaleras, como las del castillo. El eco de los pasos se perdía en las inmensas galerías. Yo había perdido a mi padre de vista y me quedaba libre y solo por anchos espacios sonoros. Cuando fui a mi cuarto —fuimos todos en dos hileras— rezamos alineados de pie en la galería y después, cada cual se metió en su celda. La mía tenía una ventana muy grande sobre el lado que daba al interior de la ciudad. Estaba cerrada y al abrirla, porque en el cuarto no había otra luz que la que entraba del pasillo por una pequeña mirilla a través de la puerta, retrocedí embelesado. En la noche, la ciudad parecía elevar al cielo centenares de brazos de luz. Reflectores dorados iluminaban fantasmalmente las veletas y las cruces de los más altos edificios y todas las aristas de las torres y de las cúpulas de la ciudad estaban cubiertas con millares de lámparas eléctricas amarillas que subían sobre el cielo negro para rematar en lo más alto con cruces sobre las cuales todavía había letras latinas que decían: IN HOC SIGNO VINCES.[62]

Salí a los lavabos. Muchos chicos corrían cambiándose golpes a escondidas de un fraile solitario que vigilaba en la confluencia de las tres galerías.

Pregunté yo por qué la ciudad estaba iluminada.

—¿No te has enterado?

Vinieron otros a informarme. Estaban muy finos conmigo aquel primer día. La ciudad aparecía engalanada por las fiestas del centenario de Constantino el Grande.

Volví a mi celda y me acosté, dejando la ventana abierta. Se me perdía el

---

62 'In this sign you will conquer', originally a Greek phrase adopted by Constantine and most usually rendered in Latin, as here, and linked to the Christian cross. It expresses ideas far beyond the understanding of Pepe who has no real awareness of death.

horizonte en un juego de maravillas y frente a mi ventana precisamente, en lo alto, aislada, una cruz despertaba antiguos sentimientos.

—Verdaderamente —me decía— *In hoc signo vinces*.

Me acordé de mis aventuras del castillo. Yo era héroe y a los héroes los mataban. Yo era poeta y a los poetas los mataban. A los santos los sacrificaban también. Quizás a Constantino el Grande lo habían matado en un subterráneo oscuro.

¿Me matarían a mí? Acaricié la sábana cuya vuelta estaba fresca y suave, y mirando una vez más la noche elevándose en luminarias hacia un cielo que me parecía nuevo y recién estrenado me dije, con una gran firmeza en el corazón: «Aunque me maten, ¿qué? Yo comprendo el holocausto. Le escribiré a mosén Joaquín». Pero era mentira. No comprendía nada.

Temas de debate

1 Haz un análisis psicológico de Pepe Garcés prestando atención a su noción del heroísmo.

2 ¿Cómo influyen en nuestra lectura de la novela la situación y mentalidad del Pepe Garcés refugiado en el campo de concentración de Argelés?

3 Considera por qué Sender habrá dado el título *Crónica del alba* a la novela y a la serie de novelas de la que forma parte.

4 'Valentina es más projección subjetiva – en respuesta a una necesidad psicológica – que personaje sólido e independiente.' Comenta esta afirmación.

5 ¿Hasta qué punto puede considerarse *Crónica* la autobiografía de Sender?

6 'La aparente sencillez de una historia de aventuras infantiles oculta una narración compleja de muchas facetas.' Discute con referencia a *Crónica*.

7 ¿Por qué da hincapié Sender en el hecho de que sea Pepe Garcés escritor?

8 Haz una comparación entre esta novela de Sender escrita en el exilio en 1942 y cualquier otra contemporánea escrita bajo el régimen de Franco.

Temas de discusión

1 Reflexiona sobre experiencias de guerra, derrota y exilio (tales como las sufridas por Sender) y considera cómo pueden influir en un escritor.

2 ¿Cuánta importancia tiene un conocimiento de la historia española del siglo veinte para apreciar la novela *Crónica*? ¿Nos ayuda la novela a entender esta historia?

3 ¿Qué técnicas artísticas emplea Sender para captar el interés del lector y divertirle?

4 'Pero era mentira. No comprendía nada.' Así termina la novela. ¿Te parece un juicio justo sobre la mentalidad del joven Pepe Garcés?

5 ¿Cómo afecta nuestra lectura de *Crónica* enterarnos de que Pepe Garcés lleva el mismo nombre y apellido que el autor?

6 Identifica y analiza los componentes míticos de *Crónica*.

7 Enfocando el caso de Sender si quieres, comenta las diferencias entre las experiencias vividas o presenciadas por un autor y lo que aparece en un libro de memorias o autobiografía.

8 Haz una comparación entre *Crónica* de Sender y la película *Valentina* de Betancour.

Selected vocabulary

Meanings given correspond to use of words in the text and may not be applicable to their use in other contexts.

Basic vocabulary likely to be familiar to an 'A level' student has not been included. It has been assumed readers will be able to work back from Irregular verb forms to recognisable infinitives.

All words are to be found in the *Diccionario de la Lengua Española de la Real Academia Española* (RAE) except when indicated otherwise.

abandonarse, to give up, give in to
abarca, rough leather (occasionally wooden) sandal
abarcar, to include
abrasar, to burn
acaparar, to monopolise
acariciar, to caress
acecho, de acecho, in ambush, in wait
aceitunado/a, olive-coloured
acercarse a, to approach
acero, steel
acezar, to pant
acogerse, take refuge
acontecimiento, (big) event
acortar, to reduce
acta, levantar acta, to draw up a formal statement
acudir a, to hasten to
acuerdo, decision
acusar, to show
adelantar, to advance, bring forward; **adelantarse a**, to hasten to
aderezar, prepare, season (food)
adobo, sauce
adoquinado, pavement
advertencia, warning

afán, desire; **afanarse**, to work hard
afelpado/a, velvety
afilar, to sharpen
afiliado, member
aflojar, to reduce (pressure)
agotar, exhaust, use up
agraz, not yet ripe
agriado/a, irritated
aguantar, to bear, put up with; **aguantarse**, to contain oneself
aguerrido/a, hardened
agujero, hole
aguzar, to prick up (ears)
ahogar, to strangle
ahorcados, executed people
ahorrar, to save
ahumado/a, smoked
ala, wing
alambre, barbed wire
alardear, to boast, brag; **alardes, hacer alardes de**, to pretend to
albéitar, veterinary surgeon
alcalde, mayor
alcanfor, camphor
alejarse de, to move away from
aleros, eaves

aletear, to flap wings
alfar, pottery
alfombra, carpet
algarabía, racket
algarrobo, carob tree
algodón, cotton
aliento, breath, breeze
aligerar, to lighten
almidonado/a, starched
alzar, to raise
amanecer, dawn
amarrar, to moor
amenaza, threat
aminorar, to lessen
ampolla, ampoule
añadir, to add
angustia, anguish
anillo, ring
anudar, to tie
apaleado/a, beaten
aparecidos, ghosts
aparte, an aside
apasionante, exciting
apiñado/a, squashed (together)
aplastado/a, flattened
apósito, dressing (of wound)
apoyar, to support
aprendiz, apprentice
apretar, to press, squeeze
apuñalar, to stab
apuntar, to aim, note down
arañar, to scratch
arbolito, little tree
arbusto, shrub
ardillas, squirrels
argamasa, mortar, plaster
arista, arris
armatoste, unwieldy contraption
arranque, sudden impulse
arrapiezo, brat
arrastrado/a, tattered; **arrastrar la vida**, to drag out one's life
arreglarse, to sort out, fix

arremangado/a, turned up, tucked up
arrimarse a, to come close
arrodillarse, to kneel down
arrojar, to throw
arrollado/a, rolled up
arrollador/a, overwhelming
arrugado/a, wrinkled
arrullo, cooing
articulado/a, joined
asegurar, to assure
aseo: hacer el aseo, to tidy up, do one's toilet
asignatura, academic subject
asomar, to look out onto
asunto, matter, business
asustado/a, frightened
atalaje, harness
atalaya, lookout point
ataúd, coffin
atenazar, to grip
aterrorizado/a, terrorised
atestado/a, full
atiplado/a, high-pitched
atizar, to poke
atrapar, to catch
atravesarse, to become an obstacle
atreverse a, to dare to
atrio, porch, portico
atronador/a, deafening
atropellar, to knock down, overwhelm
atusarse, to comb, smooth
aunque, although
aval, endorsement, guarantee
avena, oats
avenido/a, getting on well
avergonzado/a, shamefaced
averiguar, to find out
azotaina, whipping; **azotar**, to whip
azotea, flat roof

bailar, to dance; **bailotear**, to hop around

bajorrelieve, bas-relief
balas, bullets
balbucear, to stammer
balín, pellet, small shot
ballestero, crossbow man
bandeja, tray
bandolera, en bandolera, across one's chest
baqueta, ramrod, loading tube
barandilla, balustrade, bannister
baraúnda, uproar
barbilla, chin
bardas, walls; scrub land
barrer, to sweep
barriga, belly
bastardilla, en bastardilla, in italics
bedel, janitor
beleño, henbane (poisonous plant with alleged magical properties)
besar, to kiss
bichos, bugs
bisabuelo, great-grandfather
blanco, hacer blanco, to hit the target
blocao, blind, hide
bodega, cellar
bolsillo, pocket
bonanza, fair weather
boreal, northerly
borracho/a, drunk
bostezar, to yawn
bote, boat
bóveda, vault, arch cave
brincar, to skip
brindar, to offer
brocal, mouth
brocha, brush
broche, clasp
broma, joke
bucardo, male mountain goat
buche, crop, craw (of birds)
buchonas, pouters (domestic pigeons)
buena de Dios, a la buena de Dios, haphazardly, higgledy-piggledy

caballerizas, stables
cabañas, shacks
caber, to be contained
cabestrillo, sling
cabo, corporal
cabos de vela, candle ends
cabras, goats
cabriolet, open carriage (not recognised by RAE)
cacería, hunt
cacerola, saucepan
cacharro, earthenware pot
cachas, hilt
cachetes, smacks
cadenita, little chain
Caín, avanzar con las de Caín, approach with evil intentions
calarse las gafas, to push one's glasses back
caldero, cauldron
calificaciones, marks
caligrafía, penmanship
cáliz, chalice
callejero/a, street
callejón, narrow street
calva, bald patch
campana, bell(-shaped object)
campesino/a, peasant
cáñamo, hemp
candil, lamp
canela, cinnamon
cañón, barrel
cantar, epic poem, song
cantimplora, flask (for powder)
capellán, chaplain
capisayo, kind of short cape
capucha, hood, cowl
caracola, conch shell
carcomido/a, worm-eaten
carecer de, to lack
carga, charge, shot; cargar, to load
cariñoso/a, affectionate
carrozas, carriages

cartera, portfolio
cartuchos, cartridges
cartulina, piece of cardboard
casco, helmet
casino, men's club
cauce, river bed, channel
caudaloso/a, carrying a lot of water (of a river)
cayado, shepherd's crook
cazador/a, hunting
cazar, to hunt
cazuela, earthen bowl
cebar, to light, set off
cebolla, onion
cegar, to block up
cejas, eyebrows
celada, helmet
celosías, screen
cenicero, ashtray; **ceniza**, ash
cepillo, little brush
cepo, stocks (for punishment)
cerradura, lock
cerrojo, bolt, latch
certero, accurate
cervatillo, young of deer
cesta, basket
cetrería, hunting
cetros, sceptres
chaleco, waistcoat
charol, patent leather; **charolado/a**, polished, shiny
chascar, to click
chillar, to scream
chiste, joke
chorrear, to stream
choza, hut, shack
chupar, to suck
cicatriz, scar
ciervo, deer, stag
cigüeñas, storks
cimbal, little bell, not recognised by RAE.
cinabrio, vermilion

cintas, ribbons
cinto, belt
cintura, waist
circundar, to surround
clausura, de clausura, cloistered
clavar, to pierce, nail
coaccionar, to pressurise, oppress
cochera, coach-house
código, code
codo, elbow; **codos, charlar por los codos**, to talk non-stop
cogidos de la mano, holding hands
colchón, mattress
colillas, cigarette ends
collicas, en collicas, possibly diminutive of **cuello**, neck, meaning astride someone's neck, on their shoulders; not recognised by RAE.
colmar, to crown
colmena, bee hive
comba, curve
comedido/a, courteous
compartir, to share
comportarse, to behave
comprimido, pill
comprobación, verification, proof; **comprobar**, to confirm
concejal, councillor
conejos, rabbits
conjetura, conjecture
conquistar, to defeat, win over
conseguir, to succeed in
consigna, characteristic feature, watchword
contar, to recount
contraseña, scribble, code word
corbatín, little tie; the metal collar used with the garrotte, the Spanish system of execution
corral, yard; **corraliza**, yard, patio
corretear, to run around
cortaplumas, penknife

coscorrón, bump on the head
cosido, sewing
cosquillas, hacer cosquillas, to tickle
costado, side
costilla, rib
cría, rearing, breeding
croquis, sketch
crujir, to crackle
cruzar, to cross
cuaderno, notebook
cuajado/a de, full of
cucharón, ladle
cuchicheo, whispering
cuclillas, en cuclillas, crouching
cuentas, beads (on a rosary)
cuerno, horn
culatazo, blow with the butt of a gun
culpar, to blame
cumplidos, compliments
cumplimientos, compliments, courtesies
cuñado/a, brother/sister-in-law but sometimes used more loosely to denote a connection based on friendship rather than blood or marriage
curtir, piel sin curtir, untanned leather

daño, harm, hurt
dar a, to look out onto
debilitarse, to weaken
decepción, disappointment; **decepcionado/a**, disappointed
dedos, fingers
delantero/a, front
delito, en delito, doing something wrong
demora, delay
deprimido/a, depressed
derrotar, to defeat
derrumbarse, to collapse
desaforado/a, violent

desarrollar, develop
descalabrado/a, hurt
descalificar, to discredit, write off
descifrar, decipher
descolgarse, to climb down
descrismar, to bash on the head, to brain
descubierto/a, open
desembocar, to flow out
desentendido/a, hacerse el desentendido, pretend not to understand
desgraciado/a, unfortunate, wretched
deshacerse de, to get rid of
desleírse, to dissolve
deslizarse, to slide, slip out
deslumbrado/a, stunned, dazzled; **deslumbrar**, to astonish, show off
despedazar, to break into pieces
despegar los labios, open one's lips, speak
despejado/a, clear
despensero, storekeeper
desplegado/a, spread out
desprecio, scorn
destello, flash
desvalido/a, helpless
desván, loft, attic
desviar las cosas, to change the subject
determinación, decision
diablo, devil; **diablura**, piece of mischief
diapasón, tuning fork
dibujar, to sketch; **dibujo**, sketch
diestro/a, expert
dificultar, to make difficult
difunto/a, dead person
digno/a, worthy
diputado, delegate, MP
disfrutar de, to enjoy
disgustado/a, displeased; **disgusto**, upset

disparar, to shoot
disponer, to order
distraer, to amuse, distract;
    distraído/a: hacerse el distraído,
    to pretend not to notice
divertido/a, amusing
dolido/a, saddened
dominación, blessed spirit in the
    heavenly angelic choir
don, gift
doncella, maid servant
dorado/a, golden
dormido/a, hacerse el dormido, to
    pretend to be asleep
dormitar, to doze
dotar, to endow with; dotes, gifts
dulzón, oversweet

ebrio/a, drunk
efluvio, outpouring
eje, axle
ejemplar, copy
ejército, army
élitros, wing covers
embalar, to pack
embelesado/a, enraptured
emblema, sign
embriaguez, drunkenness
embuste, lie; embustero/a, cheat
emocionarse, to get excited
empañar, to steam up
empujar, to push
enaguas, petticoats
encajes, lace-work
encararse con, to confront
encarnizado/a, bloodthirsty
encender, to switch on/turn on (a
    light)
encerrar, to shut up
encharcado/a, covered in puddles
encogerse (de hombros), to shrug
    one's shoulders
enderezar, to put right, to sort out;

enderezarse a, to set out for
enfriarse, to get cold
engañar, to deceive, delude; engaños,
    deceits
enganchado/a, hooked onto
enjalmar, to saddle
enrejado, grating, grille
enrojecerse, to grow red
ensangrentado/a, bloody
entenderse con, to get on with
enterarse, to find out
entreabierto/a, half-open
entrecortado/a, incomplete, laboured
entredicho, estar en entredicho, to
    be under suspicion/scrutiny
entregar, to hand over; entregarse, to
    devote oneself to
entremeses, hors d'oeuvres
entretenerse con, to busy oneself with
entronque, junction
envuelto/a, covered in
equipo, equipment
equivocarse, to make a mistake
erizado/a de, bristling with
eructos, burps
escalinata, staircase, steps
escalón, step, stage
escamado/a, wary
escándalo, commotion
escarcha, hoar frost
escarmentado/a, wary, cautious
escocer, to smart
esconder, to hide; escondite, hiding
    place
escopeta, shotgun; escopetazo,
    gunshot
escudo, shield, coat of arms
esfumarse, to dissipate
espanto, fear
espejo, mirror
espina, thorn
espulgarse, to delouse, scratch
    (animals)

esquila, bell (sheep, cattle)
Estado Mayor, General Staff (army)
estallar, to explode
estambre, worsted
estampido, bang
estanco, tobacconist's, where stamps
    are sold; estanquero, tobacconist
estanque, pool
estepario, of the steppes (geographi-
    cal)
estrago, destruction
estrellarse, to smash, disintegrate
estrías, grooves
estrofa, stanza, verse
estropear, to destroy
estruendo, din
evidencia: poner en evidencia, to
    show up
exaltarse, to get excited
extrañarse de, to be surprised at

faenas, tasks, chores
falange, phalanx (bone of thumb)
fallar, to pronounce judgement
fallecer, to die
falso: en falso, in error, unnecessarily
familiar, family member
fantasma, ghost
fastidiar, to annoy
fecha, date
felpa, towelling
fierecilla, little wild animal
filtraciones, trickling (water)
finca, farm
flaquearse, to weaken
flexionar, to bend
fracaso, failure
fraile, monk
frotar, rub
fueros, charters granted by Spanish
    monarchs to various communities
    establishing rights and obligations
fuesa (huesa), grave

funas, covers
fusta, whip

gabinete de estudio, study
gala, de gala, gala, special (of day or
    clothes)
galantería, politeness
galería, balcony, corridor
gallinas, hens
gallo, cockerel; gallo, alzar el gallo,
    to raise one's voice
ganas atrasadas, a backlog of
    (frustrated) wishes
gangoso/a, nasal
gansos, geese
garabato, squiggle, scrawl
gasas, gauze
gatillo, trigger
gavilanes, guard (on a sword or
    dagger)
gemelos, binoculars
generoso/a, full-bodied (wine)
gesta, saga, heroic deed
gestiones, steps, measures
gimotear, to whine
girar, to turn
glorieta, intersection, roundabout
golfo, good-for-nothing
gollete, neck
golondrinas, swallow
golpear, to hit
goma, rubber
gota, drop
gozo, pleasure; gozos, poems in praise
    of God, saints or the Virgin Mary
grabado, engraving, print
gracia, attractiveness, charm
gracioso/a, witty
grada, step, stair
graneros, granaries
granizadas, hail storms
grillos, crickets
grosor, depth

185

grueso/a, thick, fat
grulla, crane
gruñir, grunt, growl
guante, glove
guapo/a, good looking
guerrero, warrior
guiñar, to wink

halagüeño/a, flattering, favourable
hallazgo, discovery
harapiento/a, ragged
harpía, harpy
hazañas, great deeds
helarse, to freeze
heno, hay
heridas, wounds; **herido/a**, wounded
hermano lego, lay brother
herrero, blacksmith
hierbabuena, mint
hierro, iron, weaponry
hilvanado/a, put together
hocico, snout
hoja, leaf, sheet
hojear, to leaf through
holgado/a, comfortable
hombro, shoulder
homenaje, **torre del homenaje**, main
    tower of castle
honda, sling
hormigueo, anxious feeling
hornacina, niche
hornero/a, baker
hospedarse, to lodge
hostia, host (for the Mass)
hoyo, hole, grave
huella, trace (foot)print
huesos, bones
hule, oilcloth
hundirse, to sink
hurgar, to poke
hurtadillas, **a hurtadillas**, secretly

ileso/a, unharmed

ilusión, hope, false hope; **hacerse
    ilusiones**, to delude oneself
inapelable, refusing to accept a
    challenge
inconsútil, uninterrupted
infierno, hell
inquina, ill will
instar, to press, urge
intemperie, bad weather
interno/a, boarder
intransigente, exacting
intrigar, to scheme
irisado/a, rainbow coloured

jabalí, wild boar
jabalina, javelin
jaramago, hedge mustard
jornada, journey
junturas, crevices
jurar, to swear

labrar, to work (metal)
labriego/a, rustic, peasant (usually a
    noun)
ladrillo, brick
lagarto, lizard
laminero/a, very effective? (not in
    RAE)
lana, wool
lanzarse, to throw oneself
largarse, to go away
lastimoso/a, doleful
latón, brass
lecho, bed
leño, log
levemente, gently
leyes, laws
libélula, dragonfly
lienzo, piece of cloth
ligado/a, linked
ligas, garters
lima, file
lindo/a, attractive

linterna, torch
líos, difficulties
liquidar una cuenta, settle an account
llagas, wounds
llanto, tears
lobero, bala lobera, shot/ammunition for hunting wolves
locura, madness
lograr, to succeed (in)
lomo, back
losas, flagstones
lucero, morning star
lucha, struggle
lueñe, distant
lugar común, commonplace, cliché
luminarias, illuminations

macho, male
macizo/a, solid (rock)
madroños, strawberry tree, arbutus
madrugar, to get up early
maese, head of religious, military order, obsolete form of 'maestro' or 'maestre'
maíz, sweet corn
malva, mauve
manantial, stream
mango, handle
maniático/a, mad, odd
maniobrar, manoeuvre, fiddle with
manita (manito), little paw
manjar, special dish
manojo, handful, bunch
manos, a cuatro manos, on all fours
manso/a, docile
manta, blanket
mantones, shawls
marco, frame
martillo, hammer
mascado/a, chewed, crumpled
mastín, mastiff
mata, bush, shrub
materias, subjects

mechero, wick
mediano/a, average(-sized)
medias, stockings
medir, to stare, size up
mejilla, cheek
mejorar, to improve
mella, impression
memoria, document
menospreciar, to scorn
mentón, chin
metralla, grapeshot, ammunition
mezclar, to mix
mimo, affection
miniado/a, reduced in size
miseria, wretchedness, misfortune
mocoso, brat
moda, de moda, fashionable
modales, manners
modosito/a, well-mannered, demure
mojar, to wet
molestar, to irritate
mona, hangover
montes, hills
morado/a de frío, blue with cold; purple, black (eye)
morder, to bite
morisma, Moorish troops
morral, (game) bag
mosén, Father: used before a Christian name in Aragón and Catalunya to designate a priest
motita, tiny speck
movilizado/a, mobilised
mudéjar, an architectural term used to describe a fusion of Romanesque, Gothic and Moorish styles of the thirteenth to sixteenth centuries
multiplicarse, to busy oneself
muñeca, wrist
muñeco, doll
muralla, wall
murciélago, bat

muslos, thighs

naufragar, to sink
nefando/a, abominable
nefasto/a, odious
negarse a, to refuse to
nido, nest
nimbo, halo
niñera, nursemaid
nodriza, wet nurse
notario, notary
novio/a, boy/girl friend
nuez, walnut

obispo, bishop
oca, goose
ochavado/a, octagonal
odiar, to hate
odre, wineskin
oficial, officer
ojalá, let's hope
ojo con, take care (not to)
oler, to sniff, smell
olfatear, to smell out
olla, pot
ordenanzas, ordinances, decrees
orear, to air
orilla, bank
oscurecerse, to grow dark
oso, bear

palanca, lever
palidecer, to grow pale
palo, stick
paloma, pigeon; **palomar**, pigeon loft
palos, strokes (with the cane or strap)
pañales, nappy
pandilla, band (of children)
panilla, velveteen
pantorrilla, calf
papel, role, part
paraíso, paradise
parco/a, frugal

pared, wall
parentesco, relationship
párpados, eye lids
párrafo, paragraph, passage
partido, tomar el partido de, to take the side of
pasadizo, passage
pasear, to walk
pastor, shepherd
pastos, pasture land
pata, leg (of animal)
patas, legs (of animal)
patines, skates
pato, duck
pavo, edad de pavo, awkward age (of adolescence); **pavo real**, peacock
payaso, clown
pañolito, little handkerchief
pedruscos, rough stones
peinarse, to do one's hair
pelaire, wool-dresser
peleas, fights
pelirrojo/a, red-haired
pellizcar, to pinch
peonza, spinning top
perdigones, pellets
perdiz, partridge
pereza, laziness
pergamino, parchment
perjudicar, to harm
pescante, driver's seat
pestañear, to blink
petardo, firecracker
petróleo, oil
piadoso/a, merciful
picadura, bite (mosquito)
picardía, con picardía, mischievously
pico, pickaxe
picotazo, a big peck
pie, al pie de la letra, literally
piedra pómez, pumice stone
pila de baño, bath tub
pilas, batteries

pilastra, pilaster, column
pisar, to tread on; to emphasise
plaga, plague
pleito, dispute, lawsuit
podrido/a, rotten
polainas, leggings
político/a, courteous, diplomatic
pólvora, gunpowder
polvoriento/a, dusty
polvos, face-powder
poner, to lay (eggs)
ponerse a, to begin to
porvenir, future
postre, dessert
poterna, postern (gate)
prados, pasture land
prenda, article (of clothing)
presa, prize, prey
prestancia, distinction
prestar, to lend; **prestado/a**, what
　does not belong to you
presumido/a, conceited
primo/a, cousin
procedimiento, measure
propósito, a propósito, suitable
protector/a, protective
puente, bridge
pulgar, thumb
pulpejo, fleshy part (of limb)
puñal, dagger
punible, punishable
puño, fist
punta, tip
puntapiés, kicks
puntualizar, to specify
purgante, laxative
puta, hijos de puta, bastard sons
　(literally sons of a whore)

quicio, sacar de quicio, to drive mad,
　make furious
quimera, dream
quisquilloso/a, bickering

quizá, perhaps

rabiar, to get angry
rabo, tail
rafe, edge, eaves
rallador, grater
ramillete, little bunch
rana, frog
rancio/a, stale
rapiña, aves de rapiña, birds of prey
raposa, fox, vixen
rascarse, to scratch
rasgado, almond-shaped (eyes)
raso/a, open, clear
raspar, to scrape, roughen
rayo, flash of lightning
real, army camp
realce, valuation
rebaños, flocks
rebosante de, overflowing with;
　rebosar, to bulge out
recelarse de, to be wary of;
　receloso/a, suspicious
rechazar, to reject
reclamar, to demand
recoger, to pick up
reconvenir, reprimand
recortado, clipped; **recortar**, to
　outline, cut away
recurrir a, to have recourse to
rediós, an interjection indicating
　irritation
redondez, roundness
reducto, redoubt
referir, to tell
refilón, de refilón, obliquely
refrigerio, snack
refuerzos, reinforcements
regadera, watering can; **regar**,
　sprinkle, water
regazo, lap
reintegrarse, to recuperate
relieve, tomar relieve, stand out

189

remansarse, to form a pool, become
  calm
rematado/a, finished off
remate, para remate de pleito, as a
  final straw
remontarse a, to date back to
rendido/a, exhausted
rendija, crack
renglón, line of writing
reñir, to quarrel
renquear, to limp
reo, prisoner
reojo, mirar de reojo, to look at
  someone out of the corner of one's
  eye/with hostility
reparar en, to notice
repartir, distribute
repentino/a, sudden
reprimenda, reprimand
resbalar, to slide
rescatar, to rescue
reservarse, to refuse to tell
resquebrejado/a, cracked, split
retejera, smooth part of roof? (not
  in RAE)
retroceder, to go backwards
revista, review
revolotear, to fly about
revuelta, turn (in the road)
rezongar, grumble
rezos, prayers
riachuelo, small river
riesgo, risk
rima, rhyme
rincón, corner
rizado/a, frizzy, curly
roble, oak (tree)
rodar, to roll (around)
rodear de, to surround with
  (metaphorical)
romance, ballad; a Romance language
  such as Spanish
romancillo, little ballad

románico/a, Romanesque (architectural style)
ronronear, to purr
ropa interior, underwear
ropero, wardrobe
roquedo, rocky place
rosca, a rosca, by unscrewing
rumbo, direction

saber, knowledge
salir a, to resemble, turn out like
sanguijuelas, leeches
santero, caretaker of sanctuary/shrine
santiguarse, to cross oneself
sarna, mange
sastre, tailor
satisfecho/a, happy, satisfied
sedante, calming
semillas, seeds
señalar, to point out/show
senegalés, Senegalese
sentencioso/a, sententious
ser humano, human being
servilleta, napkin
sillería, masonry, ashlar work
simular, to pretend
sinsubstancia, valueless person
sinvergüenza, rascal
siquiera, at least; **ni siquiera**, not
  even; **sin siquiera**, without even
sisear, to hiss
sitiar, to besiege
sobrar, to be spare
sobresaltos, scares
sobrino, nephew
soez, dirty, rude
sofocado/a, out of breath
solanar (solana), sun trap
soltar, release
sombra, ghost
soniquete, jingle
sonreir, to smile
sonrosado/a, flushed

sordo/a, dull
sorprendido/a, surprised
sosiego, calm
sospechoso/a, suspicious
sostenerse de pie, to keep on one's
	feet
sótanos, cellars
sucio/a, dirty
sudar, to sweat; sudor, sweat
suela, sole of shoe
suelto/a, loose
sueño, dream, sleep
suerte, fate, good luck
sujetar, to hold (tight)
súplica, request
suplir, make up for
suspirar, to sigh

taburete, stool
tapar, to cover; tapete, table cover
tapia, wall (of garden); tapiar, to
	block up, wall
tardar en, to take time in
tartamudear, to stammer
tartarabuelo, great-great-grandfather
teclear, to play on a keyboard
tejadillos, roofs; tejado, roof
tejedor, weaver
temple, mettle, value
terciado/a, slung diagonally
teta, ser teta, to be wonderful/
	delicious
tinajas, large earthen jars
tiovivo, merry-go-round
tirador, catapult
tirador, handle
tirar, to fire
tiras, strips
tirón, tug
tiros, freír a tiros, to pepper with
	shots
tisana, infusion, herbal tea
tobillo, ankle

tocar, to play, ring (of bells)
tomo, volume (book)
tonto/a, foolish
toque, touch
tormenta, storm
tornasolado/a, iridescent
torno, revolving dumb waiter
toronjil, lemon balm
torpe, clumsy
torreón, tower, turret
tosco/a, rough
toser, to cough
tozudo/a, stubborn
trabuco, blunderbuss
trago, sip, mouthful
trampas, traps
transcurrir, to pass
trapos, clothes, rags
trastornos, disorder
tratarse de, to be a question of
travesaño, crosspiece
travesuras, mischief
trazas, llevar trazas de, to be likely to
trébol, clover
trenza, plait
trepar, to climb
tresillo, card game
tribuna, rostrum
tribunal, court
trigo, wheat
trinchar, to cut up
trompicar, to clatter
trompos, spinning tops
tropezar con, to run into
trunco/a, truncated, incomplete
tunda, punishment

vadinas, not recognised by RAE;
	badinas, pools
vagabundo, tramp
vaguada, water way
vega, plain (next to a river)
velar, to keep vigil, be wakeful

veletas, weather cocks
velito, little veil
vello, fuzz; **vellón**, tuft (of wool)
vencer, to win; **vencido**, defeated
    person
vendado/a, bandaged; **vendas**,
    bandages
venenoso/a, poisonous
venganza, revenge
ventear, to sniff
verdear, to look green
verdoso/a, greenish
verdugo, executioner
vergüenza, shame
vertiente, slope
vientre, bowels, paunch
viga, beam (of wood)
vilipendio, disgrace
virar, to turn
vísperas, Vespers, religious service
    which takes place at dusk
víveres, provisions
voces, words
volar, to blow up, destroy
voltear, to ring
voluntad, **última voluntad**, last
    request of condemned man
volver en sí, to come to

yunque, anvil, forge

zaherir, to criticise severely
zancas, legs, shanks
zapatillas, slippers
zarandear, to shake vigorously
zolle, pigsty
zureo, cooing
zurra, hiding, tanning; **zurrar**, to
    beat, lash into